ZHONGGUO XIAOSHUO
100 QIANG

中国小说100强（1978—2022）

西省列传

叶　舟　著

图书在版编目（CIP）数据

西省列传 / 叶舟著. -- 北京 : 北京联合出版公司, 2023.9

（中国小说100强）

ISBN 978-7-5596-7109-7

Ⅰ.①西… Ⅱ.①叶… Ⅲ.①中篇小说－小说集－中国－当代②短篇小说－小说集－中国－当代 Ⅳ.①I247.7

中国国家版本馆CIP数据核字(2023)第117954号

西省列传

作　者：叶　舟
出 品 人：赵红仕
出版监制：张晓冬　范晓潮
责任编辑：邓　晨
特约编辑：和庚方　张　颖
封面设计：武　一

北京联合出版公司出版
（北京市西城区德外大街83号楼9层　100088）
北京兴星伟业印刷有限公司印刷　新华书店经销
字数174千字　650毫米×920毫米　1/16　19印张
2023年9月第1版　2023年9月第1次印刷
ISBN 978-7-5596-7109-7
定价：58.00元

中国小说100强（1978—2022）丛书

编委会

总　序

“中国小说 100 强”（1978—2022）是资深出版人张明先生和腾讯读书知名记者张英先生共同策划发起的一套大型文学丛书。他们邀请我和宗仁发、谢有顺、顾建平、文欢一起组成编委会，并特邀徐晨亮参与，经过认真研讨和多轮投票最终评定了 100 人的入选小说家目录。由于编委们大多都是长期在中国文学现场与中国文学一路同行的一线编辑、出版家、评论家和文学记者，可以说都是最专业的文学读者，因此，本套书对专业性的追求是理所当然的，编委们的个人趣味、审美爱好虽有不同，但对作家和文学本身的尊重、对小说艺术的尊重、对文学史和阅读史的尊重，决定了丛书编选的原则、方向和基本逻辑。

从文学史的角度来说，1978 年以后开启的新时期文学是中国当代文学的黄金时代，不仅涌现了一批至今享誉世界的优秀作家，而且创造了许多脍炙人口的文学经典，并某种程度上改写了 20 世纪中国文学史的版图。而在中国新时期文学的经典家族中，小说和小说家无疑是艺术成就最高、影响力最大的部分。“中国小说 100 强”（1978—2022）就是试图将这个时期的具有经典性的小说家和中国小说的经典之作完整、系统地筛选和呈现出来，并以此构成对新时期文学史的某种回顾与重读、观察与评判。呈现在读者面前的这套丛书是对 1978—2022 年间中国当代小说发展历程的一次全面、系统的整体性回顾与检阅，是中国当代文学经典化的重要成果，从特定的角度集中展示了中国新时期文学在小说创作方面的巨大成就。需要说明的是，与 1978—2022 年新时期文学繁荣兴盛的局面相比，100 位作家和 100 本书还远远不能涵盖中国当代小说的全貌，很多堪称经典的小说也许因为各种原因并未能进入。莫言、苏童、余华等作家本来都在编委投票评定的名单里，但因为他们已与某些出版社签下了专有出版合同，不允许其他出版社另出小说集，因而只能因不可抗原因而割爱，遗珠之憾实难避免，而且文学的审美本身也是多元的，我们的判断、评价、选择也许与有些读者的认知和判断是冲突的，但我们绝无把自己的标准强加于别人的意思。我们呈现的只是我们观察中国这个时期当代小说的一个角度、一种标准，我们坚持文学性、学术性、专业性、民间性，注重作家个体的生活体验、叙事能力和艺术功力，我们突破代际局限，老、中、青小说家都平等对待，王蒙、冯骥才、梁晓声、铁凝、阿来等名家名作蔚为大观，徐则臣、阿乙、弋舟、鲁敏、林森等新人新作也是目不暇接，我们特别关注文学的新生力量，尤其是近 10 年作品多次获国家大奖、市场人气爆棚的新生代小说家，我们禀持包容、开放、多元的审美立场，无论是专注用现实题材传达个人迥异驳杂人生经验、用心用情书写和表现时代精神的现实主义作家，还是执着于艺术探索和个体风格的实验性作家，在丛书里都是一视同仁。我们坚信我们是忠实于自己的艺术理想、艺术原则和艺术良心的，但我们并不认为自己的角度和标准是唯一的，我们期待并尊重各种各样的观察角度和文学判断。

当然，编选和出版“中国小说 100 强”（1978—2022）这套大型丛书，除了上述对文学史、小说史成就的整体呈现这一追求之外，我们还有更深远、更宏大的学术目标，那就是全力推进中国当代文学“经典化”的历程和“全民阅读 · 书香中国”建设。

从 1949 年发端的中国当代文学已经有了 70 多年的发展历程，但对这 70 多年文学的评价一直存在巨大的分歧，“极端的否定”与“极端的肯定”常常让我们看不到当代文学的真相。有人认为中国当代文学达到了前所未有的高度和水平。王蒙先生在法兰克福书展上就说：中国当代文学现在是有史以来最繁荣的时期。余秋雨、刘再复甚至认为中国当代文学的成就远远超过了现代文学。也有人极端否定中国当代文学，认为中国当代文学都是垃圾。他们认为现代文学要远远超过当代文学，中国当代文学连与现代文学比较的资格都没有。比如说，相对于鲁（迅）、郭（沫若）、茅（盾）、巴（金）、老（舍）、曹（禺）这样大师级的人物，中国当代作家都是渺小的侏儒，根本不能相提并论，两者比较就是对大师的亵渎。应该说，与对中国当代文学的肯定之声相比，对当代文学的否定和轻视显然更成气候、更为普遍也更有市场。尽管否定者各自的角度和出发点不同，但中国当代作家、作品与中外文学大师、文学经典之间不可比拟的巨大距离却是唱衰中国当代文学者的主要论据。这种判断通常沿着两个逻辑展开：一是对中外文学大师精神价值、道德价值和人格价值的夸大与拔高，对文学大师的不证自明的宗教化、神性化的崇拜。二是对文学经典的神秘化、神圣化、绝对化、空洞化的理解与阐释。在此，我们看到了一个非常有趣的悖论：当谈论经典作家和文学大师时我们总是仰视而崇拜，他们的局限我们要么视而不见要么宽容原谅，但当我们谈论身边作家和身边作品时，我们总是专注于其弱点和局限，反而对其优点视而不见。问题还不在于这种姿态本身的厚此薄彼与伦理偏见，而是这种姿态背后所蕴含的“当代虚无主义”。这种“虚无主义”的最大后果就是对当代作家作品“经典化”的阻滞，对当代文学经典化历程的阻隔与拖延。一方面，我们视当下作家作品为“无物”，拒绝对其进行“经典化”的工作，另一方面又以早就完全“经典化”了的大师和经典来作为贬低当下泥沙俱下的文学现实的依据。这种不在同一个层面上的比较，不仅毫无意义，而且只能使得文学评价上的不公正以及各种偏激的怪论愈演愈烈。

其实，说中国当代文学如何不堪或如何优秀都没有说服力。关键是要进行“经典化”的工作，只有“经典化”的工作完成了才有可能比较客观地对当代的作家作品形成文学史的判断。对当代的“经典化”不是对过往经典、大师的否定，也不是对当代文学唱赞歌，而是要建立一个既立足文学史又与时俱进并与当代文学发展同步的认识评价体系和筛选体系。当然，我们也要承认，“经典化”问题是一个非常复杂的问题，并不是凭热情和冲动一下子就能完成的，但我们至少应该完成认识论上的“转变”并真正启动这样一个“过程”。

现在媒体上流行一些对于中国当代文学经典化冷嘲热讽的稀奇古怪的言论，其核心一是否定中国当代文学有经典、有大师，其二是否定批评界、学术界有关“经典化”的主张，认为在一个无经典的时代，“经典”是怎么“化”也“化”不出来的，“经典化”是一个实实在在的“伪命题”。其实，对于文学，每个人有不同的判断、不同的理解这很正常，每一种观点也都值得尊重。但是，在“经典”和“经典化”这个问题上，我却不能不说，上述观点存在对“经典”和“经典化”的双重误解，因而具有严重的误导性和危害性。

首先，就“经典”而言，否定中国当代文学早就不是什么新鲜事，对当代文学的虚无主义态度在很多人那里早已根深蒂固。我不想争论这背后的是与非，也不想分析这种观点背后的社会基础与人性基础。我只想指出，这种观点单从学理层面上看就已陷入了三个巨大误区：

第一个误区，是对经典的神圣化和神秘化的误区。很多人把经典想象为一个绝对的、神圣的、遥远的文学存在，觉得文学经典就是一个绝对的、乌托邦化的、十全十美的、所有人都喜欢的东西。这其实是为了阻隔当代文学和“经典”这个词发生关系。因为经典既然是绝对的、神圣的、乌托邦的、十全十美的，那我们今天哪一部作品会有这样的特性呢？如果回顾一下人类文学史，有这样特性的作品好像也没有。事实上，没有一部作品可以十全十美，也没有一部作品能让所有人喜欢。在这个问题上，我们应该明确的是，“经典”不是十全十美、无可挑剔的代名词，在人类文学史上似乎并不存在毫无缺点并能被任何人所认同的“经典”。因此，对每一个时代来说，“经典”并不是指那些高不可攀的神圣的、神秘的存在，只不过是那些比较优秀、能被比较多的人喜爱的作品而已。从这个意义上说，当今中国文坛谈论“经典”时那种神圣化、莫测高深的乌托邦姿态，不过是遮蔽和否定当代文学的一种不自觉的方式，他们假定了一种遥远、神秘、绝对、完美的“经典形象”，并以对此一本正经的信仰、崇拜和无限拔高，建立了一整套关于中国当代文学的伦理话语体系与道德话语体系，从而充满正义感地宣判着中国当代文学的死刑。

第二个误区，是经典会自动呈现的误区。很多人会说，是金子总是会发光的。但对文学来说，文学经典的产生有着特殊性，即，它不是一个“标签”，它一定是在阅读的意义上才会产生意义和价值的，也只有在阅读的意义上才能够实现价值，没有被阅读的作品没有被发现的作品就没有价值，就不会发光。而且经典的价值本身也不是固定不变的。如果一个作品的价值一开始就是固定不变的，那这个作品的价值就一定是有限的。经典一定会在不同的时代面对不同的读者呈现出完全不同的价值。这也是所谓文学永恒性的来源。也就是说，文学的永恒性不是指它的某一个意义、某一个价值的永恒，而是指它具有意义、价值的永恒再生性，它可以不断地延伸价值，可以不断地被创造、不断地被发现，这才是经典价值的根本。所以说，经典不但不会自动呈现，而且一定要在读者的阅读或者阐释、评价中才会呈现其价值。

第三个误区，是经典命名权的误区。很多人把经典的命名视为一种特殊权力。这有两个层面的问题：一，是现代人还是后代人具有命名权；二，是权威还是普通人具有命名权。说一个时代的作品是经典，是当代人说了算还是后代人说了算？从理论上来说当然是后代人说了算。我们宁愿把一切交给时间。但是，时间本身是不可信的，它不是客观的，是意识形态化的。某种意义上，时间确会消除文学的很多污染包括意识形态的污染，时间会让我们更清楚地看清模糊的、被掩盖的真相，但是时间同时也会使文学的现场感和鲜活性受到磨损与侵蚀，甚至时间本身也难逃意识形态的污染。此外，如果把一切交给时间，还有一个前提，那就是对后代的读者要有足够的信任，要相信他们能够完成对我们这个时代文学的经典化使命。但我们对后代的读者，其实是没有信心的。我们今天已经陷入了严重的阅读危机，我们怎么能寄希望后代人有更大的阅读热情呢？幻想后代的人用考古的方式对我们这个时代的文学进行经典命名，这现实吗？我不相信后人对我们身处时代“考古”式的阐释会比我们亲历的“经验”更可靠，也不相信，后人对我们身处时代文学的理解会比我们亲历者更准确。我觉得，一部被后代命名为“经典”的作品，在它所处的时代也一定会是被认可为“经典”的作品，我不相信，在当代默默无闻的作品在后代会被“考古”挖掘为“经典”。也许有人会举张爱玲、钱钟书、沈从文的例子，但我要说的是，他们的文学价值早在他们生活的时代就已被认可了，只不过很长时间由于意识形态的原因我们的文学史不谈及他们罢了。此外，在经典命名的问题上，我们还要回答的是当代作家究竟为谁写作的问题。当代作家是为同代人写作还是为后代人写作？幻想同代人不阅读、不接受的作品后代人会接受，这本身就是非常乌托邦的。更何况，当代作家所表现的经验以及对世界的认识，是当代人更能理解还是后代人更能理解？当然是当代人更能理解当代作家所表达的生活和经验，更能够产生共鸣。因此，从这个角度来说，当代人对一个时代经典的命名显然比后代人更重要。第二个层面，就是普通人、普通读者和权威的关系。理论上，我们都相信文学权威对一个时代文学经典命名的重要性，权威当然更有价值。但我们又不能够迷信文学权威。如果把一个时代文学经典的命名权仅仅交给几个权威，那也是非常危险的。这个危险表现在什么地方呢？就是几个人的错误会放大为整个时代的错误，几个人的偏见会放大为整个时代的偏见。我们有很多这样的文学史教训。在这个问题上，我们既要相信权威又不能迷信权威，我们要追求文学经典评价的民主化、民主性。对一个时代文学的判断应该是全体阅读者共同参与的民主化的过程，各种文学声音都应该能够有效地发出。这个时代的文学阅读，最理想的状态应该是一种互补性的阅读。为什么叫“互补性的阅读”？因为一个批评家再敬业，再劳动模范，一个人也读不过来所有的作品。举个例子：现在我们一年有5000部以上的长篇小说，一个批评家如果很敬业，每天在家读二十四小时，他能读多少部？一天读一部，一年也只能读三百部。但他一个人读不完，不等于我们整个时代的读者都读不完。这就需要互补性阅读。所有的读者互补性地读完所有作品。在所有作品都被阅读过的情况下，所有的声音都能发出来的情况下，各种声音的碰撞、妥协、对话，就会形成对这个时代文学比较客观、科学的判断。因此，文学的经典不是由某一个“权威”命名的，而是由一个时代所有的阅读者共同命名的，可以说，每一个阅读者都是一个命名者，他都有对经典进行命名的使命、责任和“权力”。而作为一个文学研究者或一个文学出版者，参与当代文学的进程，参与当代文学经典的筛选、淘洗和确立过程，更是一种义不容辞的责任和使命。说到底，“经典”是主观的，“经典”的确立是一个持续不断的“过程”，“经典”的价值是逐步呈现的，对于一部经典作品来说，它的当代认可、当代评价是不可或缺的。尽管这种认可和评价也许有偏颇，但是没有这种认可和评价，它就无法从浩如烟海的文本世界中突围而出，它就会永久地被埋没。从这个意义上说，在当代任何一部能够被阅读、谈论的文本都是幸运的，这是它变成“经典”的必要洗礼和必然路径。

总之，我们所提倡的“经典化”不是要简单地呈现一种结果，不是要简单地对一个时代的文学作品排座次，不是要武断地指出某部作品是“经典”，某部作品不是“经典”，不是要颁发一个“谁是经典”的荣誉证书，而是要进入一个发现文学价值、感受文学价值、呈现文学价值的过程。所谓“经典化”的“化”实际上就是文学价值影响人的精神生活的过程，就是通过文学阅读发现和呈现文学价值的过程。可以说，文学的经典化过程，既是一个历史化的过程，更是一个当代化的过程。文学的经典化时时刻刻都在进行着，它需要当代人的积极参与和实践。因此，哪怕你是一个对当代文学的虚无主义者，你可以不承认当代文学有经典，但只要你还承认有文学，你还需要和相信文学，还承认当代文学对人的精神生活具有影响力，你就不应该否定当代文学经典化的重要性。没有这个“经典化”，当代文学就不会进入和影响当代人的生活，就失去了存在的意义。每一个人，哪怕你是权威，你也不能以自己的好恶剥夺他人阅读文学和享受文学的权利。

从这个意义上说，当代文学的经典化当然是一个真命题而不是一个伪命题。在一个资讯泛滥的时代，给读者以经典的指引是文学界、出版界共同的责任，而这也是我们编辑出版这套书的意义所在。

最后，感谢张明和张英先生为本套书付出的辛劳，感谢北京立丰天文化传播有限公司、北京金圣典文化有限公司的资金支持，感谢全体编委和北京联合出版公司各位编辑，感谢所有对本套丛书的出版给予大力支持的作家和他们的家人。

是为序。

吴义勤

2022 年冬于北京

目 录
Contents

我的帐篷里有平安

门是半扇式的，没有天，也没有地，就挂在门框中段，齐腰高。

多半是因为酒鬼。原先的门是完整的，但酒鬼们来喝酒时，一般不敲门，而是伸出蹄子踢，把门的下半端给踢烂了。老板不去锯酒鬼们的腿，反倒把门锯掉了天和地，剩下半截子，随便挂在上面，摇摇欲坠，一口气就能吹垮似的。当然，和气生财么，谁也不会跟钱去结仇。老板惹不起酒鬼是另一重原因。——夜深了，八廓街上灯火缭绕，烤羊排的气息逶迤流淌，让风吹远，被转经的信众们裹挟上，弥洒一片。酒鬼们吃完肉，喝饱了酥油茶，给肚子垫了底，便纷纷往这家客栈拢过来，个个揣着一布袋的碎钱，都想大醉一场。据说，一个男人只有喝醉了，才会梦见佛光，比念上一万遍嘛呢（六字真言）还强。

这家客栈是拉萨城里最红火的，不说人，光门口拴下的马，一晚上就能拉出十七八车的粪。白捡的，把粪运到拉萨河的对岸当肥料卖掉，又有一笔不错的收入，老板肯定在背地里偷着笑。进去一拨人，门扇上嵌的青铜铃铛就要丁零叫上一叫，小伙计们闻讯而来，先给客人敬上一条哈达，再引着路，顺利安顿在闲空的位子上。另外，门扇上还钉着一块氆氇，老板每天拿起竹笔，都会在纸上写下酒的名字和产地，再用一把匕首插在彩色的氆氇上，像个告示，以示郑重。喏！今晚上的酒水叫“擦哇”，意思是“一半的酒精”，是用青稞酿的，来自后藏的安多地区。那里靠近拉卜楞寺。价钱么，哼哼，当然不会含糊。

将近半个月，我天天晚上站在门口，眼睛都快花了。

入秋后，天开始变凉，星星们在头顶上打着寒战。即便乌鸦是金刚护法的化身，此时也怕冷，早已踪迹难觅，音信皆无。我整理了一下身上的袈裟，把肩膀护严了。其实，我完全可以跑到大昭寺门前去取暖。那里的僧俗们不舍昼夜地煨桑点灯，站在火堆旁，人不会感冒，也不会打愚蠢的喷嚏，惊吓了天上的神佛。另外，那里还可以看见谁的等身长头磕得比较好，谁的心更虔敬一些，谁的嘛呢更悦耳。这半个月以来，整个拉萨城都在过雪顿节，西藏十三万户人家都往圣城里赶，一来供养寺院；二者，可以参加节日的庆典，祝贺丰收，祈福明年的风调雨顺，牛羊满圈。——傍晚时，我在冬宫（布达拉宫）里吃的饭，没喝酥油茶，喝的是新鲜的酸奶。雪顿节的意思就是酸奶节嘛。到现在，我还能听见袈裟下的肚子在咕噜咕噜地叫，像藏着一只小羊羔，闹夜，始终不肯去睡觉。刚搁下饭碗，我看见尊者踅出了囊谦（佛堂），一摆手，冲我神秘地撇了撇嘴巴。我立时明白了，给周围的喇嘛们装了装样子，就说肚子疼，告退出来，便尾在了尊者的后头。我跟上尊者七拐八转，出了宫后的一个暗门，悄悄进了城，混入了八廓街上的人群里。

人多得像一锅煮烂的稀饭，挤挤挨挨，打头碰脸的。

天知道，这一段时间里，尊者每晚上钻进客栈里做什么。他饮食规律，又不沾酒，兴趣就更寡淡了。他是佛爷，我是个卑贱的侍僧，当然不能去打问，冒犯尊者的威仪。我像一根经幡杆子，站在客栈门前，心里空荒荒的，只好问天打卦，数天上的星星。有时候，尊者也会体恤我一下，在半扇门后露一露脸，冲我招手，喊我进去喝奶茶，祛祛寒气。我忸怩一番，委婉地拒绝，脚下像生了根。一个小小的下人，岂能跟法座同台?！偶尔，尊者会突然跑出来，问我要钱。我就打开布袋子，给他一把碎银子。我贴身侍奉多年，很知道尊者对钱是没什么概念的。一高兴，尊者会用一坨银子买一根竹笔；或者，用一两黄金购下一本空白的册页，还嘻嘻然地说这是印度或尼泊尔的纸莎草装订的，可以写道歌。我见尊者那么开心，也就没说上当受骗的事。我不想捅破。

这不！八廓街上出现了一个卖艺老人，抱着一把旧弦子，在弹唱格萨尔老爷带领藏军，将一股妖魔降伏的事迹。我见过他许多次。听人讲，他的年纪在 78 到 162 岁之间，总之很老了，老得像一只穿破的皮靴子。还听说，他此前是贩羊毛的，一点不识字，连 30 个藏文字母都念不全。可有一回，他路过药王山时遇见了雹灾，躲在山洞里睡了一大觉，醒来后，他就会说唱全本的故事了，身畔还多了一把旧弦子。

他是一枚异熟之果。我思想，他一定是被佛祖摸了顶。

我挪开步子，刚想上前去听弹唱时，尊者急匆匆地从客栈门里跑出来，喊我的名字。尊者说："仁青，我让你保管的那枚金刚杵呢？快拿给我，我真的有用。"我恭顺地致了礼，低眉说："尊者，这枚金刚杵就挂在我的脖颈子上，我不能给你，它是纯金的，可值钱了。"看家护院，不能随便舍财，这也是我的义务，我必须尽责。尊者揪了揪我的鼻子，揶揄说，“小气鬼！快给我，我又不是去乱糟蹋，我是拿去送人的。”我愈加低下了腰身，不敢瞻仰天颜，嘟哝说：“呃！是去送人呀，那就更不能给你了。要知道，这枚金刚杵是上一世佛爷传下来的，是布达拉宫的圣物，不可外流。”尊者呵呵呵地发笑，像在给我开示，笑得我一头雾水。尊者说：“对呀！上一世佛爷传下来的，可传的是我，又不是你仁青，你咋能不让我做主说话呢？”——这是一句申斥。我吓慌了，忙将金刚杵摘下来，双手呈给尊者。

这时，客栈周围的路人们停下脚来，往尊者和我的身上看，好像一个下人闯了祸，在受主子的训斥。我叮嘱尊者说：

“能不给，最好不给。法王，这可是你的传世宝贝啊。”

尊者忽然击了一下巴掌，示意我闭嘴。尊者说，“别乱嚷嚷了，这里没什么法王，我的名字叫宕桑汪波。记住喽！”

“我记下了，少爷！”

“嗐！今天的运气不坏，我碰见了一个山南来的少年人，会讲无数个莲花生大师的故事，都是善行与妙果，好听极了。”尊者扬了扬手里的金刚杵，眉飞色舞地说，“还没听够，会很晚的！你要是等不及，你就先回宫里去，看你，哈欠都打出来了。”——显然，金刚杵是一件赏赐。等一下，它就会挂在那个少年人的脖子上。我有点嫉妒，却也无奈。

“不回！我在外边等。”

“呃，我自己能找见回去的路，放宽心吧。”

尊者道。

“可我找不见，我需要尊者的莲花脚印在前头引路，要不我会迷失的。”我一再执拗，谨守义务。

“你呀你，人小鬼大，也会讲恭维话？”

尊者讥讽说。

我闭紧嘴巴，不露痴相，一时间恼恨起了自己。

尊者离身，对周围的路人们笑了笑，仿佛他认识他们很久了，还打了几声招呼，遂脚步轻盈地推开半扇门，兴致盎然地走进了客栈里。哦！我这才意识到，自己的脊背上早就孵出了一层汗，也不是紧张，更重要的是担心那枚纯金的金刚杵。哎哟！担心很快就被忘掉了，原因是一群路人拢了过来，围住我，上上下下地打量我，好像我是一只山里的长毛猴子似的。

我掀开袈裟，透了透气，凉快死了。

有人问："喂！小喇嘛，刚才那个鲜衣怒马、气度不凡的青年是谁呀？啧啧，长相那么好，双耳逶长，两臂过膝，真的是一副观世音菩萨的颜容呀。"我早有预备，不想回答这些愚蠢的问题，便敷衍说："我家少爷！先时当过一阵子喇嘛，他现在还俗了。我是少爷在寺里时的朋友，结伴来玩。"夜色深沉，我听见一个个嘴巴都洞开了，舌头在赞美，在叹息，在艳羡。又有人问："他一定是贵族吧？听他的口音，准保是门隅一带的人，那可是圣地呀，刚出过一位大法王。"我心里痴笑，暗暗说，算你眼睛里有水，尊者就是在山南门隅被认定为转世灵童，坐上了布达拉宫的无畏狮子大宝法座的。但我嘴上却说："其实，我家少爷叫宕桑汪波，来拉萨城朝佛的。"

"带了几千头牛？"

我不答，指了指天。意思说，比天上的星星还多。

"几万只羊？"

我摸了摸头发。

啧啧！——他们面露讶色，舌头卷起来，古怪地叫，仿佛嘴巴咂着酸奶，赞唱不止。我得意地撑开袈裟，兜住身体，裹紧自己，还扬起了下巴。见我爱搭不理的样子，路人们也就没了闲情，一忽儿就散光了。

再找那个弹弦子的艺人时，也没了踪迹。耳朵里全是八廓街上的嘈杂声，一锅稀饭又滚开了，水面上有牡丹花般的层层涟漪。

客栈右首，是一个露天的马厩，客人们的坐骑都拴在里头，饲料免费。一眼望去，马的品种个个俱佳，称得上主人的身份。其中一匹炭黑色的跑马，几乎有一丈高，正打着响鼻，声震四方。看得出来，这匹马是从康巴藏区来的，差不多值一百两金子吧。左首，紧贴着客栈的是一家卖唐卡的铺子。这么晚了，里头仍灯火通明，金碧辉煌。画师们安静地盘坐在氆氇毡毯上，一笔一画，细心描着画布上的菩萨样子。听说，一根菩萨的眉毛，就要画上大半夜方可停笔，这当然算得上一桩功业。我空荒了一阵子，便想去唐卡店里转转，沾沾佛像的吉。

孰料，八廓街上涌来了一大帮人，吵吵嚷嚷的，停在唐卡铺子前，借着店内明亮的灯光，开始玩起了游戏。

游戏叫“插刀子”，我早就玩腻了。雪顿节前后，拉萨河谷底也就进入了雨季，每天晚上都会下，天亮就停了。昨晚也不例外，雨虽说不大，但此刻地上是软的。一帮人稀稀拉拉地散开，先在湿地上画好了方格，然后退出去七八丈远，开始打赌，看谁把刀子掷得远、投得准，恰好插在事先敲定的那一个宫格内。反正也无聊，我便袖手一旁，看热闹，磨时间，等待尊者出来，好护送他赶紧回囊谦里歇息。我是个侍僧，我不能忘了自己的志业，怠慢了法王。

问题在于，我看着看着，鼻子就快气歪了。哎哟！一帮顶天立地的粗汉子，笨手笨脚的，就像刚嫁人的新媳妇一样，竟然拿不好一根绣花针。投不准不说，有的居然扔到了自己的屁股后边，像一句日喀则的谚语说的那样：我指的是西门上的城楼子，你却是东门上的笨猴子。我忽然失笑起来，一下子笑得弯下了腰，笑得肚子也疼得抽筋，眼泪哗哗的。一帮人停下来，面面相觑，不知道我发的什么疯，中了什么蛊。这时，有一个黑脸踱过来，质问说：

“小喇嘛，你笑话我们呀？有本事，你投一下试试看。”

“呃，那你选一个宫格吧。”

我慨然道。

“嘀，看你的手也就是翻经书摸念珠的，你要是能投中的话，我拜你为师，包括大家。”——黑脸递给我一把刀子，又去指定了一个方格，讽刺说，“要是插不中，小喇嘛你翻个跟头给我们瞧，我就放你一马。”

我轻蔑地哼了一声，一掀袍衣，出手如电，将刀子钉在了目标上。

不用问，他们先是不服气，七嘴八舌，说我凑巧的，简直撞了大运，其实没那么神。又有人递来刀子，我投中了，还有人来递，我全都接上，就当是一种试探吧。后来，我脚下居然堆了十几把刀子，刀柄上的缨穗花花绿绿的，纷纷央求我表演。——真的！我不吹牛，出家人不可妄语，我在剃度为僧前，一直在家里放牛。牛在草坡上啃青时，我就自己玩“插刀子”，技不压身，我差不多算童子功吧。我表演完了，没一次失手的，绝对震住了他们。我知道人都会有嫉妒心，黑脸也算不上太过分。黑脸说：

“这里太窄了，施展不开，不如我们去拉萨河边，那里开阔？”

“呃，乐意奉陪！”

我态度笃定。

“那么请！”黑脸相邀，弯了弯身子。

离开了八廓街，我被一帮人簇拥着、夸赞着、相搀着，拐进了一条僻静的巷道里。巷道很杂乱，污水横流，会闻见死鼠死猫的腐烂气息。每一年，来自藏地的信众们都麇集此处，围绕大昭寺，一圈一圈地扩远，密密麻麻的驻扎起来。或是盖一座简易的土坯房子，或是支起牛毛毡帐，错错落落地生活着，早晚朝佛，经年不散。其实，这怨怪不了他们，有的信徒家中有病人，许下愿，要磕五六年的长头；有的为躲避仇家，大隐于此，连肤色和样貌都渐渐变了；还有的，纯粹是懒汉和酒鬼，知道拉萨城里的日子相对容易，便拖儿带女，天天去磕头的人群里伸手。——看在佛爷的面子上，谁也不会计较。儿女们的肚子里装满了酥油，一个比一个胖，胖得像供养池子里的千年龟。

我被护持着，夹在队伍的中间，穿过巷道。

逼仄处，仅能容一个人侧转身子过去。更多的时候，我的左右都有人搀扶，生怕我被湿漉漉的地皮滑倒，啃一嘴的烂泥。呵呵，前头竟有人开路，喝退一两个路人，令他们避让。冷不丁，脚下蹿出来一群獒犬，颈上都箍着一只只红色的羊毛项圈，冲我龇牙咧嘴，低声咆哮。这时，我听见黑脸开口发话，念了一下嘛呢，又念了一句咒语。獒犬们登时肃穆下来，夹紧尻子，灰溜溜地跑了，比乌鸦还快。在巷子的尽头，忽然站起了一头公牦牛，不停咀嚼着，裆里的睾丸和家什悬垂下，比一块磨盘还大。我有点骇然，不敢看它，它却用挑衅的眼神射我。

黑脸见状，慢慢踱上前去，一下子扳住了公牦牛的犄角。公牦牛在抵他，弯刀般的犄角差一点刺破黑脸的肚皮。但黑脸汉子不费吹灰之力，猛地一撑双臂，就将公牦牛举了起来，举在头顶。

公牦牛不大，中等，可怎么也比十万块玛尼石要沉。黑脸抽空瞅了瞅，发现不远处有一堆干草垛，用来过冬的。黑脸气沉丹田，猛地一甩胳膊，公牦牛飞了出去，陷在了草垛中。害羞死了，它半天都没咳嗽一声，也没出来道个歉。

我失笑了一下，继续走。

距河岸不远了，我能闻见河水的味道，鼻尖上湿漉漉的。夜色也柔，洗浴着头顶的星星们，让它们烁亮，给飞行的度母们引路。偶尔，人的喘息和脚声惊起了草丛间的夜鸟，呀地一叫，在黑暗中一步步滑远，也看不见摔没摔跤。此时，还能听见河水冲击礁石的声音。礁石上一定刻满了彩色的经文，水冲一遍，等于念诵了一遍嘛呢。这个季节，拉萨河时常发脾气，用洪水裹挟着上游的树木和死牲口，不问青红皂白，一泻千里地往下跑。但今晚上，拉萨河很静，静得仿佛在焚香，也仿佛一尊从四川背回来的瓷器，敛尽了人世上的一切喧嚣。

我边走边卖弄，告诉他们该怎么执刀，如何出手，力道要用几分，准头该咋找。以前，我见过几次尊者在冬宫大法会上讲经说法的样子，我其实学的是尊者的口气，手势也像，表情也学着庄严。我这般照猫画虎，他们当然懵懂不知了，继续恭维我，说我的好话，让我的耳朵很舒服，慢慢发软。我讲解完后，另有几个人单独来提问，我就停下脚，拾起一根树枝，在地上开始比画。——比画完，刚收了势，我甚至有点气喘吁吁的，忽然觉得眼前一黑，被一条牛毛口袋罩住了脑壳，四肢被叉住，动弹不得。

佛爷呀！我被绑架了。

我突遭黑手，像一块酥油喂进了别的嘴里。这一刻，我立时明白了，原先他们在演戏，一步步地诱引我，让我自己送上门来。

我真蠢！

我的蹄子乱踹，拳头挥舞，尽力挣扎着。在这个红尘世上，我才活了十七岁，还没有看够风景，身体没长开，拳头也不够硬。我不贪，不嗔，不痴，我知道心上的戒律。对！我喜欢做一个喇嘛，也喜欢读

《五明》经书，更喜欢在尊者的囊谦里擦拭佛龛，给尊者沏茶点灯，供奉一日三餐。我知道有一道宫墙将布达拉和拉萨城隔开了，我对宫里的999间房子滚瓜烂熟，却对俗世上的恩怨一无所知，也不曾结下过仇人和冤家。我猜，他们肯定认错人了。——迷离中，我感觉自己被抬了起来，架在半空中，一帮人往远处跑去，哑默无声。

我的袈裟被风掀开，衣袂飘飘。我越缩越紧。

我一直在踹，每一脚都踹在了棉花垛上，软绵绵的，毫无反应。我的拳头挥出去，打着空气。偶尔，拳头好像砸在了某个家伙的鼻子上，砸出了鼻血。我嗅见了一丝丝的血腥气，在清冽的夜风中很刺鼻，也很解恨。我被举在空中，像一只风筝那般滑行，滑向了夜幕的深处，滑向了拉萨河的滩涂。其实，我根本看不清夜色，牛毛口袋罩在头上，一团黑暗比铁还黑，也更坚硬。——恰在这时，我想起了尊者。尊者晴朗的颜容浮现在我的心里，比满月辉煌，照临我，给了我加持和信念。顺便，我还忆起了尊者前一天在囊谦里，用竹笔写下的一首道歌：

这么静，
比诵经声
还静。
……本来是去远山拾梦，
却惊醒了
梦中的你。

我闭上嘴巴，精气内敛，凝神不动。

这样，我的分量更重了，压得他们吭哧吭哧的，发出了牛喘声，脚步也慢了下来。我有点失笑。我这一具肉体凡胎，从没敬受过如此的恩遇，竟然被当做了一尊佛像，被一帮粗汉子抬举着，向一个不知名的龛笼上归位。眼底里漆黑如墨，但我的耳朵亮了起来，鼻子也尖了不少。这时，我又闻见了河水，以及河面上升起的雾气，有一点点土腥，也有一丝丝的鱼腥，还羼杂了枯枝败叶的腐烂味道。不知怎么了，我听见拉萨河的一刹那，心中作涌，略微有些恓惶。经书上讲，一个人的一世，其实就是一条河流过，把自己的少年、青年和以后都冲走了，只不过剩下了一些似是而非的念想、一些牵挂罢了。先时，我还不懂这一句话，太深奥，便向尊者去求证。尊者每每说，仁青啊，等将来的某一天，河水打湿了你的脚脖子，你就觉悟了。

现在，我的脚是干的，我却恍悟了，了然在心。

……，涉河入林，辗转而行，我感觉身下的人群突然嘈杂起来，相互换手，挨个儿叮咛，将我一寸寸地往前传递，平稳，妥帖，毫不颠簸。听得出来，人实在太多了，比哲蚌寺后院的那一座玛尼山上的经石要多，比秋田上收获的谷穗还多，比云彩中藏下的雨滴更多。他们掐住声嗓，不敢高语，前后左右的悄悄递话，一个说，小心点！一个说，抬稳了，别趔趄！另一个又道，举高点，快把帘子打起来！——倏忽间，一团暖意扑面袭来，我不再发冷打颤，甚至闻见了火堆里劈柴和牛粪的味道，嗅见了酥油茶和糌粑的香气，另有燃香和桑烟。不用说，我被绑架了，这里才是目的地。

我听见那个黑脸的家伙在说：“到了！款款放下，请喇嘛赶紧上座吧。”我像一根经幡杆子，从空气中卸下来，戳在地上。黑脸又催促说：“快摆上坐垫，给喇嘛把靴子脱了，请上去！”我的胳膊被牵拽着，挪前几步，一屁股坐了下来。就这样，牛毛头套忽然被摘掉了，光明刺人，我眼底里黑了一黑。

妈哟！我坐在一顶宫殿般的帐篷里，坐在了首席的氆氇毡毯上。

我的眼前，麇集了成百近千的人，不分男女，无论长幼，每个人都身穿节日的盛装，珠光宝气，笑靥如花，拢着我，盘坐成一大圈。我心猜，他们一定洗了一整天的脸，梳了大半天的辫子，抹了一晚上的酥油。我闻见他们香喷喷的，像刚从煮羊肉的锅里捞出来的样子。男人们的羊毛领口雪白，妇人们的眉心里点了朱砂，鼻涕娃娃们吮着奶疙瘩，衣襟上油光斑斑。见了我，他们开始双手合十，嘴里念起了嘛呢。一时间，帐篷里嗡嗡嘤嘤的，仿佛一大群蜜蜂来送花蜜。我惊呆了，有一点忐忑，也有一种不安。——这时，首领般的黑脸汉子挪过来，边鞠躬，边给我献了一条洁白的哈达。黑脸说：

“仁青喇嘛，请宽恕我这个部落的鲁莽之举吧！”

我缄默。

“哦，冒犯了喇嘛，实出无奈！”黑脸汉子用眼神巡视了一圈，唇红齿白地说，“怕耽搁时间太多，只好动了动粗，将喇嘛你抬了进来，真是礼数亏欠呀。”

心里打鼓，我且听下文。

“呵呵，这座帐篷下是我的整个族人，翻山渡河，来拉萨城朝佛献供，在拉萨河旁扎起毡帐过雪顿节，已经逗留了许多个时日。可是，可是在我的部落开拔前，尚有一个小小的卑微的心愿没能满足，感觉心里空荒。”——黑脸慢慢红了起来，像有一朵彤云升起，又嗫嚅说，“仁青喇嘛，你是尊者的侍僧，如雷贯耳，今夜请你来，想请你开口朗诵，证悟我们。”

“我只是个小僧人。”我答。

“不！西藏十三万户人家，谁不知道六世达赖喇嘛仓央嘉措佛爷的法座下，有一个聪慧机灵的小仆人叫仁青呀。”——黑脸赳赳然的，对着帐篷下的众人朗声介绍说，“喏，都听好了！这就是大名鼎鼎的仁青喇嘛，刚刚请来的客人。”

我有些发窘，搪塞说：

“我是仆人，没什么法力。”

“可是，整个藏地都在传说，说仁青你对仓央嘉措佛爷的诗过目不忘，倒背如流呀。”黑脸汉子边说，边拿起五彩的供品，给三宝献祭。又喜滋滋地说，“哦，这是个恩典的夜晚！从此，我的帐篷里有平安，有了佛赐的平安！”

“那么，绑架我，只为了逼我朗诵？”

我质疑道。

“仁青喇嘛，还请你悲深愿重，宽谅我的整个部落，宽谅我这一座卑贱的帐篷吧！”——黑脸停了手，合十，作揖，虔敬地说，“哦！我要坦白，我跟踪了喇嘛你许久。我知道尊者慈悲，每天晚上去散心，去采集谣曲，去灯火阑珊里习经修法。在八廓街上，我不敢去惊扰尊者的威仪，也不想打扰你去侍奉法王。可今晚上，听见尊者对你讲，时间会很迟的，先让你回去。我想，这是一个佛赐的机缘，所以就！”

我伸手，拈起一撮供台上的五谷，撒向空中。问说：

“朗诵什么？”

“哦，法雨慈云，广拔众苦，快请佛爷的诗，做我们供养的福田吧！”——登时，黑脸汉子声嗓哽咽，长身倾倒，伏卧于地，朝着布达拉宫的方向再三叩首。又说，“我和族人们干渴坏了，盼佛爷的道歌，盼得眼睛里哭出了血，心中也寂灭了许久。恩典的夜晚呀！从此，我的帐篷里有了平安。现在，我看见空行母在帐篷下飞舞，就现在，就在头顶上。”

不作迟疑，我伸手说：

“快！快把三弦琴拿来，让我漫唱一首尊者仓央嘉措的道歌吧！”

我接过琴，抱在怀里。

霎时，我惊呆了。——我发誓，我见过这把旧弦子。先时，它还在八廓街上那个卖艺老人的手里，还在赞唱格萨尔王爷的英雄过去，此刻却神秘地传递到了我的怀中。我想，我也一定是被佛祖摸了顶。不加犹豫，我双目微合，开始弹拨起来，如梦如幻地漫唱起六世达赖喇嘛仓央嘉措的一首谣曲。

听得出，帐篷外开始下起了雨，在这个慈祥的夜晚。

在拉萨河谷地。

（此文获第六届鲁迅文学奖短篇小说奖）

伊帕尔汗

A

开罗来的理发师走到颓墙下时，艾尼瓦尔的一坑馕刚刚打熟。

他是在河边过的夜，身上带了整宿的水汽。艾尼瓦尔埋下头在摘炉坑里的馕饼，发现火苗暗了暗，便知道那个异乡人又来了。买馕的人这时并不多，但需求量大，一坑馕饼四五十个，分散在不同的筐子里后，人就走光了。馕房也在颓墙下，临时搭建的一座简易毡房，四面漏风。艾尼瓦尔的老婆在里头擀面饼，擀好一个，便从门帘下递出来，不露面，但理发师能看见她下半截的碎花裙子。面饼样子僵，艾尼瓦尔用指头抓起盐水，一甩一甩地往上面洒，顺带着也将黑芝麻扔了上去。这一洒，面饼登时生动起来，有一层明黄色的光晕，水湿湿的，发粘，也发软，很容易被贴在炉壁上炙烤。

“朋友，想想看，怎样才能藏好一把盐粒，而不被别人发现？”

“哦，我从没想过，费脑子。”

手上太忙，艾尼瓦尔无心作答。

“再想想吧！你是全伊犁最聪明的小伙子，我不会走眼，你一定能想出来的。”——开罗来的理发师一边发问，一边从兜里摸出一枚粗钉子，嵌在了颓墙的砖缝中，随即又将肩上的包袱挂起来。接着说：“啧啧，别洒那么多的盐水了，你的馕能把一头大象齁死的。”

艾尼瓦尔说：“从没人说过我的馕咸，我从小就这么打馕。”

“再想想吧！”催促道。

“什么？”

“一把盐怎样才能伪装好，不被别的人发现？”

“够了！”艾尼瓦尔忽然火了，将手里的大毡盖猛地扣在坑口上，力气大得足以把馕坑拍碎。理发师悻悻的，不明白对方的这股邪火从何而来，闷头骑上了旁边的颓墙，将身体放平坦了，枕起双手，一个人开始望天。艾尼瓦尔知道自己有点过分，便拽过来劈柴墩子，垫上一块大树根，挥斧砍了下去。哦，该死的！每一斧都砍歪了，手柄也快震裂了。艾尼瓦尔嘟囔说：“问了我整三天，这个破问题把我的脑筋都想坏了，可你还在问，一点不罢休。”

“抱歉！”

“哦，其实也没什么，主要是我的脑子不够用，你可以问问别的人嘛。”

“我没朋友。”开罗来的理发师从颓墙上支起身子，手搭在额顶上，遮住了火辣辣的日光，居高临下地说，“兄弟，我在伊犁没朋友，但你算一个。”

“我也这么看。”艾尼瓦尔和解道。

“感谢主！”

理发师腾地坐起来，高声赞美了一句。

夏日的伊犁令人措手不及。入夜后，河谷地带湿气大，空气里能拧出水来，凉得像一块冰；但日头一旦升起，整个城市又像沦陷在了馕坑的炭火中，撕心裂肺的酷热。这从人们的穿衣上就能瞧出来，有的披着羊皮袄，有的裹着粗毛毯子，可年轻的男女们喜欢裙子、夹袄或袷袢。比如艾尼瓦尔和理发师，都各自穿了一件白色的袷袢，但一个干净，另一个脏兮兮的；一个清清爽爽，另一个湿溻溻的。

后者是开罗来的理发师，天天早上一露面，就像从污水池子里钻出来的。

艾尼瓦尔知道他自有一套工序，多半不理睬，也不催促他开张。一般来讲，理发师挂完包袱中的剃头工具，先要躺在颓墙上晒半天。等晒足了、晒透了，才会像还了阳魂似的，跳下来吆喝个人的买卖。半个月前，理发师初来乍到，在直角尺般的街上溜达了几个来回，数了数行人，终于瞅准了这一处角落。——这里位于左右两条长街的对接处，身后是汹涌的伊犁河，按说是个打头碰面、人粥稠密的所在，但伊犁城的小商小贩们喜欢讲迷信，说滨河地带一般财运不佳，银钱都会被水流白白冲刷殆尽，无人肯就地设摊。可也有不太讲究的，大天白日的将摊子支在了河沿边，扯起声嗓吆喝生意，很快就应验了。先是一个卖锡瓶的站在那里，锡瓶有上百上千只，层层叠叠地码放着。有一日，突然刮起一阵风，锡瓶哗啦一声倒了，滚下了河堤，小贩跑过去想捞，结果被一个浪头卷走了，至今尸首也没找见。接着，哈密来的一个马掌匠站在了那里，生意火旺了半年，最终却被一匹病恹恹的伊犁马给踢死了。后来，一个衣饰鲜亮的迪化商人瞅中了这一块，他倒也不急，雇了一个泥水匠，连夜砌起了半堵墙。迪化商人是做药材生意的，在墙下铺开了摊子，坛坛罐罐里装满了各色药粉，像他的衣裳一般漂亮。不承想，那天下午来了三个女人，不问青红皂白，扑上去就将他骑在了胯下，连撕带打的。街上的人们耳朵尖，知道是他的三个老婆，以前互不认识，都是骗婚骗来的，此番集结而来，就是来讨一个说法的。厮打了半天，其中一个三百斤重的老婆抬起门扇大的尻子，将商人的脑壳从裤裆里拽出来时，才发觉他已经呜呼哀哉了。顿时，三个女人在街上追打了起来，不要命地打，分不清地上是谁的血，反正染红了半条街。打够了，她们才想起去哭尸，又抱成了一团，哭得像亲姊妹。

只是，路边的那半堵颓墙还在，荒凉了一整个冬天。人们扪下心来等待，看哪个倒霉鬼会去替补，免费给伊犁城的百姓们增添一些茶余饭后的谈资。

事实上，艾尼瓦尔也是个异乡人。

刚开春，他带着老婆将馕房设在了颓墙下时，人们暗藏的幸灾乐祸尚未消退，只等着看笑话。孰料，这种不良企图渐渐被艾尼瓦尔的馕饼给修正了。艾尼瓦尔烤的馕里酥外脆，分量足，金灿灿的，有一股新麦的浓香，重要的是它只卖一个天罡钱，而别的馕房一只要卖一个半。渐渐地，艾尼瓦尔的馕房声名鹊起，一天卖三口袋麦粉都不在话下。

但买卖双方都存了私心，都属精明人。在艾尼瓦尔看来，馕房的对过是红乌鸦客栈，全伊犁最高档最热闹的场所。那些戴着大金箍子、身穿貂皮大衣的客人临上路时，往往会在前一夜下订单，一买就是半马车馕饼，订单几乎天天都有，够忙乎的了。对街上的小伙子们来讲，去艾尼瓦尔那里买馕，运气好的话，还可以顺便瞄一眼他的漂亮媳妇。闲话传开了，越说越像一句顺口溜。人们咂巴着嘴说，哎哟！艾尼瓦尔的媳妇，男人看了受不了，女的看了要撞墙。——只不过现在入了三伏，小伙子们都去葡萄园里消暑了，馕房前头贼兮兮的眼睛才少了一多半，但生意照旧火。

开罗来的理发师也瞅准了这里。

他一点不客气，将钉子插在砖缝里，挂起一包袱剃头工具后，简简单单开了张。剃头匠都有自己的幌子。幌子是一条拃宽的生牛皮，既可以捆扎包袱皮，还可以磨刀。理发师对艾尼瓦尔一笑，摸出天罡钱，买了一只热馕饼塞进了嘴里，干噎地说：

朋友，我是从开罗来的，剃了几千里路的头发，剃光了无数脑壳呀。

开罗？

对，在埃及！

天山南，还是天山北的？

理发师知道鸡同鸭讲了，忙释义说，怎么讲，反正挺远的，能跑死一万匹马。

啥村子？

呃，村子也不大，你叫埃及也行，叫金字塔也好，不过我喜欢别人喊我开罗来的。我家里也有一条河，比伊犁河水大，至少大十倍吧。理发师敷衍道。

你会游水？

对呀！我人生地不熟的，无处借宿，打算晚上游过去，住在对岸的树林里。理发师骄傲地说，我住惯了野外，或许还住不惯毡房呢。

这么着，半个月以来，开罗来的理发师每天早起，就像从污水池子里捞出来的，先要躺在颓墙上晒日头。他不像个匠人，匠人没这么懒惰的，但懒惰是别人身上的病，艾尼瓦尔也就懒得去计较。——这时，新一炉的馕饼烤熟了，艾尼瓦尔揭开馕坑上的大毡盖，一股浓烈的麦香突地播散，理发师不由得咽起了唾沫。艾尼瓦尔用火钎子钩起一只，高高地递给了对方。理发师不接，一副忸怩状，递得急了，方说：“兄弟，我兜里光了，仅有的几个天罡早上被水冲掉了。”“你先吃吧，吃完了再说。”艾尼瓦尔摘下馕饼，干脆扔了上去，才逼对方接上手。理发师说：“兄弟，那天我给你剃过头，剃一次七个钱，我已经吃完了，这个算欠你的！”艾尼瓦尔嘻然一笑，摸了摸头皮说：“等我的毛再长出来，你恐怕会吃我上百个吧。别惦记我的毛了，你抓紧干活才对。”

理发师不答，掰开烫乎乎的热馕饼，眯眼蹙鼻，先闻了一阵子麦香，然后才细嚼慢咽起来。

这是上半天的时光，街上的马车、驴车和行人骤然多了起来，游走的小贩叫声嘹亮，附近的店铺都卸开了门板。一个女人在石阶上洗毡，几个鼻涕娃娃在踢毽子，有人正站在梯子上抛浆泥，准备修缮一下破损的屋瓦。忽然，一匹辕马被飞过的麻雀惊了惊，蹄子迟疑间，车上的甜杏子翻倒在街上，四处乱窜，像一枚枚金元宝。——炉火快败了，该到添柴的时候了。艾尼瓦尔从墙根下抱来整齐的劈柴，撅起尻子往馕坑里码放。一扭头，发现理发师正抱膝坐在墙头上，定睛打望着对面的红乌鸦客栈，连眼睛都不眨。

打馕需要暗火。艾尼瓦尔待炉中的劈柴烧透后，才舀来一瓢水，泼在馕坑里，让它们变成木炭，速度慢了下来。馕坑里的温度上升时，艾尼瓦尔接过老婆从门帘下递来的面饼，洒盐水，扔芝麻，又撅起尻子往坑壁上贴。再一扭头，看见过来了一个长髯老叟，请理发师剃个头，再修一修鬓角。理发师却说：

“不修！今天我歇业。”

“那你不该挂幌子。”

老叟嘀咕道。

“反正没心情，你去别的摊子上修吧，别打搅我。”

老叟蹒跚着走了，原先腿脚不利索，不良于行。艾尼瓦尔蓦地犯了病，攥着一根羽毛掸子，抽打起空气中的苍蝇，边抽边骂。不巧的是，又过来了两个小巴郎子，互相攀着肩，站在颓墙下仰头央告。一个说："我头上生了虱子虮子，请你给我剃成光头吧"。另一个则说："我见了鬼，让鬼啃成了斑秃，我也要个光头。"岂料，理发师不为所动，眼睛直勾勾地盯视着红乌鸦客栈的大门口，老僧入定似的。问急了，理发师居然愤懑地说："滚！快滚！"两个小巴郎子松开手，忽然朝上啐了一口唾沫，反身便跑远了。理发师却也不恼，慢慢揩掉了鼻子上的唾液，继续往死里看。艾尼瓦尔终于忍不住了，抢上前去，在理发师的脊背上抽了一掸子，抽得他哆嗦了一下。艾尼瓦尔嚷叫说：

"到手的钱被你骂走了，你吃撑了吗？"

"嘘！"

理发师催他安静。

"笨蛋，一个大大大的大笨蛋！"艾尼瓦尔气不过，开始揪掸子上的羽毛。羽毛被风一卷，停在了空气中，令理发师的视线一时间混淆起来。他又嗔怪说，"没见过你这样做买卖的。难道，你们开罗村子里的人都缺脑子吗？喂，你再不开张的话，我就不认你做朋友了。"

理发师闻听，从一群羽毛中跳了下来，抚住艾尼瓦尔的肩膀说："那可不成。你不认我的话，我会饿肚子的，我不答应。"

"算你聪明。你看什么看，红乌鸦那是阔人们待的地方，你看也看不饱。"

"不过，今天真的很邪乎呀！"

理发师低声说。

"什么？"

开罗来的理发师顿了顿，用目光扫了一眼街面，沉郁地说："今早上来了两班邮驿，都骑着官府中八百里急递的快马，停在了红乌鸦门口。我看见一个女人从楼上下来，签收了邮驿带来的信件。哦！那个女人脸白得像一捧雪，慌里慌张的，一定有什么重要的事情发生了，我敢打赌。”话毕，理发师从袷袢下掏了掏，摸出来一根纳斯（劣质大麻），给打馕匠让了让。对方直摇头，理发师便自己点了洋火，咂出一口烟来。理发师说：“前一天收工时，就有一班邮驿来，昨天来了两班。蹊跷的是，今早上才过去了一泡屎的工夫，居然就来了两匹快马，频率越来越急。我猜吧，肯定还有另外的在路上，往红乌鸦客栈里赶。你敢打赌吗？”——艾尼瓦尔扑哧一乐，聊赖地说：“呵呵，你们开罗村子里的人不缺脑子，缺的是钱，我才不上你的当呢。不过，这一点也不稀奇，我认得那个脸像一捧雪的女人。”

“你干吗认识？”

“喏，她来买过我的馕，买了一个礼拜了。”

“原先这样子呀。”

“我还知道，她是英国人，从俄罗斯的奥什车站下来的，我听客栈的小厮们这么讲。”艾尼瓦尔占了上风，唏嘘地说，“她可真漂亮呀，比我老婆古丽还漂亮。”

“我走眼了。我还以为你是老实疙瘩，原来你也很坏嘛。”

理发师挖苦道。

“糟了糟了，大事不妙。”

“干么？”

“她出来了，那个英国女人从客栈里出来了，又来买馕。呃，我又听不懂她的话，她干吗难为我，偏偏要来买我的馕呀。”

艾尼瓦尔躲在剃头匠身后，哭诉道。

——这时，开罗来的理发师肃静下来，慢慢侧转过去，瞭见一道顾长婀娜的身影，被正午的日光送过来，越来越近。他抬起头，看见了那一张白雪般的脸，看见了一束搭在胸前的金色发辫，还看见女人的怀里抱着一只镔铁罐子。罐子上有一行罗马体的英文：

伯明翰威尔逊糖厂出品

B

客房在二楼的最里梢，是红乌鸦客栈唯一的套房。

英国女人捧着几只烫乎乎的热馕，左手换到右手，右手丢进左手，刚出锅的东西，没办法。站在门前时，她才安静下来，眯了眼盯着门楣上垂挂下来的一副门帘。——门帘是用极细的竹丝编织的，间距匀称，顶天立地，中间勾连的丝线则更细，在光线下几近于无。但退后一步看，整副帘子上有一方隐约的图案，像一棵硕果盈枝的高树，又像一只黑白的飞鹤。她多半相信前者，因为从奥什车站过来的路上，向导就喋喋不休地介绍说，伊犁是一座苹果城。哼，中国人的小趣味，有点可笑吧。

可每次进出时，她都小心翼翼的，生怕碰坏了它。这一回，她矮了矮身子，行了贵族礼，心中默念了一声：午安！等她闪身进去时，帘子果然没坏，她顿时有了一种满足感。

不用问，卧房在拐角，门前立着一座衣架，挂满了女装、帽子和丝巾。外面的客厅偌大，三面透窗，日光像雪崩似的扑进来，亮若天堂。墙上挂了几幅水墨卷轴，还是中国人的小趣味，虾米、菜蔬、蚂蚱、鱼和龙、花鸟，以及一些夸张放肆的方块字。昨晚上，她将卷轴统统反了过去，露出背衬，希望第二天再翻过来时，变成一张张油画，变成肯特郡乡下的风光。她果然这么干了，一手捧着热馕，一手去翻墙上的卷轴。但她很快失望了，每一幅都确凿无疑，老样子。于是，她再一次告诫自己说：凯瑟琳，你真的远离了伦敦，身在遥远的中亚细亚，在新疆，在伊犁了。

她并不沮丧。她嘻然一笑，踩着厚厚的栽绒地毯踱向了窗前，怀里的热馕香气扑鼻，一丝一缕地唤醒了胃中的饥饿。哦，仔细想想，她已经有许久没认真进过食了，红乌鸦的饭菜太劣，劣到了极点，不是烤肉、抓饭和羊油，就是奶茶、面食与杂碎汤。怎么说呢，这对一个女人的身材不利，尤其是对一位贵族出身的小姐的冒犯，但她都忍了，在敷衍的笑脸下埋着不快。幸亏，一个礼拜前她出门去散步，在红乌鸦的对面，发现了这种本地的面包——她不喜欢叫馕，她讨厌那个粗笨的发音——并渐渐习惯了它。呵呵，今早上蛮不错的，那个烤面包的小伙子言听计从，在她的指导下烤了几只带糖的，而不是那种苦兮兮的咸东西。

突然，她像一只弹簧般地跳起了脚，神色骤变。

她扔掉了怀中的热馕，扑向了窗下的书桌，声嘶力竭地尖喊了一声：上帝！——桌案上凌乱不堪，一片狼藉。她临出门前摆放整齐的几册书、一沓信纸和蘸水笔都挪换了位置，要命的是两封摊开在桌上、尚未重读的家书也次序颠倒，高下不平，仿佛被人私自翻动过似的。她有一个固执的习惯，喜欢将母亲的信置于右边，而将乔治的信放在左边，那里离心更近，更容易被自己诵读和感动。可现在，桌子上被人做了手脚，稍一低头，甚至会看见光线下一枚粗鲁的大指纹。

她咒骂了一句，冲过去拽动了一根线绳。

线绳机敏，牵连着红乌鸦厅堂内的一盏叫铃。她拽得很粗暴，像一个比赛中的划桨手，差一点将线绳扯断了。果然，一个红衣黑裤的小厮忙不迭地跑来，在竹丝帘子外气喘吁吁的。她喊他进来。小厮撩起帘子入内，头顶的瓜皮帽掉在了地上，刚戴稳，小厮双手抱拳欲作揖时，瓜皮帽又掉了下来，窘得他满脸通红，汗水涔涔的。眼前的一幕，令她的气消了一大半，差点儿失笑出来。她从没见过这么古板的人，连打声招呼都像蛤蟆似的撅起屁股，拘谨死了，与中世纪的玩偶一样。她没笑出声，反而板起了脸，指着一桌的凌乱说：

“猫来做客了？”

“不！客栈里不养猫，也不养狗。”

小厮镇定地说。

“嗬，那你也别告诉我，说服务员来清扫了房间，更别说刚才刮了一阵风。我刚从街上回来，风平浪静的，连一只飞鸟都没看见。”她有点咄咄逼人，又问，“你是想说风吧，可风在哪儿？”

“天山上。”

“山上自然风大，可它干吗偏偏吹我的窗户，弄乱我的东西呢？”

“小姐，请等等！”——小厮忽然叫停，这倒出乎她的意料，不能不闭嘴。她瞧见小厮合上眼，背起手，穿着一双船形的土布鞋，在栽绒地毯上踱起了方步。她心说，别糊弄我了，你想找见一只老鼠或旱獭，然后归罪于它们吧？但又不像，小厮一直抽吸着鼻子，东嗅嗅，西闻闻，简直目中无人一般。她却也不恼。她觉得他像马戏团里的一个小丑，挺有笑料的，所以就宽容了他的孟浪与无礼。好半天了，小厮这才塑下身子，睁大了眼睛，陶醉地盯视着她。

哦！他还是个少年人，双颊细腻，唇上孵了一层淡黑的汗毛。蓦地，她发现这名小厮的目光变了，由刚进门时的懒散和无力，变成了两道烁闪的精光，贪婪而又满足，似乎挺矛盾的。的确，她发现他的眼底里有一团发亮的物质，可究竟是什么，她也说不清楚。终于，小厮稳住了鼻子，试探说：

“小姐，恐怕您还不知道吧？楼上楼下的客人们，悄悄给您起了个绰号，喊得可亲热了。”

“绰号？给我的？”

她惊诧道。

“对呀！都快喊了您一个礼拜了，可您就是独自待在客房里，不肯下去跟他们一起进餐，让他们一睹芳容。”小厮伶牙俐齿的，口气夸张地说，“为见您一面，有几个客人还续了房，耽误了买卖，甚至拌过嘴，红过脸，打了赌。真不骗您，骗您我就是这一只臭鞋。”他指了指脚上。

“瞎说！我有什么好见的，我又不是天使和圣女。”

“小姐比天使还美。”

“呃，你的嘴巴抹了蜂蜜水，可我不愿给你小费，你去别的客房赞美吧。”

“小的免费！”

她斗不过他，但心里涌过了一阵激动的微澜，像一枝玫瑰在怒放。她尽量掩饰着，又问道，“你的口音里有一股伦敦腔，你去过英国吗？哦，自从我在伦敦上了船，这大半年来坐火车穿过了法兰西、德意志和俄罗斯，又从奥什车站一路走到了伊犁，你是我见过的最标准的发音。如果不看你，我还真以为碰见了同乡。”

“客栈里偶尔有英国人，我听会的，觉得也不太难。”

“听会的？”

“当然。但我不认识字母，你们的字像蚯蚓一样。”小厮道。

她抚了抚桌案上的信瓤，略略踏实下来，又蓦地问：“嗨，说了半天，你还没讲我的绰号呢，客栈里的人们究竟是怎么捉弄我的呀？”

“伊帕尔汗！”

“什么？”

“他们私下里喊您伊帕尔汗。嘿嘿，全叫开了，连红乌鸦客栈里的洗衣娘、厨师、扫地丫鬟和马车夫统统都叫您伊帕尔汗。不信的话，您出去问问吧。”

“不！其实我叫凯瑟琳·波尔兰德，叫我马嘎特尼夫人也行。”她急了，这事关她的身份和名誉，没法不急。又嚷道，“我的丈夫叫乔治·马嘎特尼。呃，这名字也许拗口，但他还有一个中国名字叫马继业，怎么说呢，他是个混血儿，有一半来自他的中国妈妈。乔治很优秀，一米八的个头，帅极了。知道吗，我和乔治是在泰晤士河边认识的，那天雾挺大，我很马虎地丢了伞。可乔治是个细心人，他从伞上发现了我的乳名，刺绣下的，他就在浓雾中大喊波尔兰德、波尔兰德。这么着，认识了刚刚一个月，他就对我展开了攻势。他挺浪漫的，有一肚子的奇思怪想，居然三天两头就跑到肯特郡去看我，我没法不被他俘虏，我的心肠挺软，这你能瞧出来吧？”她越说越激动，越来越亢奋，面色潮红，仿佛在旅途上酝酿了大半年的话，终于能够一吐为快了。又说，“哦！我和乔治认识三个月就结了婚，婚礼蛮朴素的，就在一座乡村的教堂里完成了婚誓。这事不怪他，他走得很急，因为女王陛下下了诏书，正式任命乔治为英国驻克什米尔公使的中国事务特别助理。其实，他此前干的就是这份活，只不过未被任命罢了。太风光了！在肯特郡，人们都对波尔兰德家族竖大拇指，尤其那些跟我一般大的姑娘，呵呵，简直嫉妒死我了，恨不得把家里的伞统统扔进伦敦，砸中哪个白马王子算了。喏！我丈夫乔治是 1890 年去喀什噶尔的，粗粗算来也有七八个年头了，我是他妻子，我不能不来陪他。所以呢，你不能喊我别的，叫我波尔兰德小姐也行，最好称呼我为马嘎特尼夫人吧。”

“夫人，大家没一点恶意。”

小厮申辩道。

“是吗？”

她有些意犹未尽，但更多的是为了纠正这个仆人，也为了发泄这一趟漫漫长旅上积攒的不快。便说：“知道吗，乔治很孤独，也挺想我。我了解我的丈夫，他在婚后三个月就走了，但他不停地给我写信，不停地写呀写，来安慰我，好让我开心。哦，他只身一人在喀什噶尔，虽然口口声声说那里是中亚细亚最富庶最繁华的城市，说那里有精美的饮食、热闹的巴扎、漂亮的丝绸以及疯狂的歌舞。他还说那里有一座外国人俱乐部，每个周末都有定期的酒会或沙龙；他还说自己多年来花钱建了一座 CHINA PARK（中国花园），专门等着我去做女主人，生一大堆孩子，等等的。反正他说了很多，就像他经常爱唱的那些歌，什么一片陌生的土地上唱着天国的赞歌，什么为女王陛下照料东方，什么英国的战靴到了哪儿、哪儿就有女王陛下的曙光……，但我作为妻子，我知道乔治很寂寞，真的寂寞。他在信上的那些话，只不过为了粉饰太平，让我别担心。我此番前来，就是替我的丈夫瓦解寂寞、分担不快的，可我没料到我竟干了一件蠢事，蠢到了家。我居然在伊犁的这个破烂客栈里，滞留了有一个礼拜了，迟迟动不了身。”一念至此，她的眼圈忽然红了，噙着泪水，哀告说，“乔治爱听我弹琴，说我的琴声里有一种单纯而忧伤的元素。在肯特郡的老家时，我一边弹，他会在一边旁若无人地伴唱。或许吧，那是婚后最快乐的一段时光。在琴声中，我发觉自己越来越爱他，离不开他。临来前，我想给乔治一个大大的惊喜，所以我不顾家人的反对，执拗地带走了一架钢琴，搬上了轮船，搬到了法兰西，又搬上了驶往奥什的火车。上帝！我没料到会这么远，即便天上的月亮徒步来伊犁，来喀什噶尔做客的话，也早已到了吧。可事与愿违，来伊犁的路上，那几座冰大坂开始融雪，洪水冲毁了道路，加上接我的管家雇来的一帮阿塞拜疆的挑夫太蠢，竟然让钢琴陷在了泥浆里。唉，管家先把我送来了，安顿在了这个客栈，他又折返回去迎钢琴了。先生，我在等钢琴，等了一个多礼拜了。我不想下楼，因为我不愿认识谁，也不想招惹谁，拜托大家也别取笑我，亵渎我，别给我起什么绰号。”

“小姐，不，夫人，您真的误解了。”

“我相信直觉！”

“夫人，伊帕尔汗是‘香姑娘’的意思。”小厮笃定地说。

“香姑娘？”

小厮回说：“对呀。大家都议论说，自从夫人您入住了这间客房后，整个红乌鸦客栈里都飘满了一股淡淡的馨香。一定的，香气是从这门缝里漏出去的，从您的窗口上飘下去的，一朵云似的，罩在了每个人的头顶，吹也吹不走。您下楼去买馕时，扫地丫鬟和洗衣娘碰见过您，她们鼻子尖，非说您的裙子也香，您的头发也香，您戴着的那一顶帽子也香气扑鼻，险些馋死她们了。后来，大家商量来商量去，一致觉得其实是您身上的肉香，香气是从您的肉里发散出来的，不是什么破香水，也不是您涂了脂、抹了粉，所以大家爱喊您伊帕尔汗。”

“肉香？”

她吓了一跳，蹊跷地问。

“一个比方吧。小的刚听了夫人的话，深觉有理，夫人跟马嘎特尼先生好像还在热恋当中那样。热恋的人不免会，怎么说呢，不免会散发出一股气息。在中国，人们叫它心气儿，平头百姓也爱叫它肉香，一种心底里的东西嘛。”

“咦，怎么个香法呀？”

她好奇道。

“抱歉！我的鼻子不够尖，我刚才抽了两根纳斯，但我知道香还在，快熏死我了。”——小厮又恢复了刚进门时的颟顸样子，眯眼蹙鼻，背起手踱步，慨然说，“我会找出来的，我一定会说清楚的，夫人。”

“可我喜欢这个名字，伊帕尔汗。”她喜兴道。

“这个也免费！”

“呃，先生，那我就更不肯下楼去了，免得大家白白闻了我。”她幽默道。

小厮陡地严肃起来，一本正经地说：“夫人，您远道而来，就是伊犁的客人，是红乌鸦的客人，我们欢喜都来不及呢。但有些话需要先提醒您，不光伊犁，不光喀什噶尔，最近连整个新疆都兵荒马乱的，街上的贼娃子和化装进城的土匪很猖獗，哥萨克的骑兵也经常骚扰边境线，据说屠杀了几个村子，放火烧掉了大片大片的草场，抢了无数牛羊。街上传言说，朝廷和皇上都知道了，没准儿会重开战事，给老毛子来个狠的。”说到这，小厮攥起拳头，一下子击在了墙上，疼得他龇牙咧嘴了半天。又叮嘱说，“夫人，您千万得留个心眼，不怕猫，也不怕狗，但请您晚上把门窗关好，您桌上的物件可都精贵着呢。”

“你又在怪罪风吧？”

“对呀！夫人有所不知，天山上有一只斑斓猛虎，它专管风，它的胃就是一座大风库。它有个坏毛病，喜欢站在山头上往伊犁看，往喀什噶尔看，一瞧见香喷喷的漂亮太太，它就忽地吹一口气，等你愣神的工夫，它就会下嘴吞了你的。”小厮做了个虎啸的怪脸，惟妙惟肖，又唏嘘说，“反正，全伊犁的漂亮太太都被吃光了，今年夏天数您最漂亮，马嘎特尼夫人，不骗您！”

“先生，我记住你的话了，我真的很愉快。”

“如此便好。”

“再见！”

“伊帕尔汗，回见！”

小厮鞠了一躬，拧身出门。

她偏偏不从。她忙乱了一阵，将三面窗户统统敞大，让日光彻底喷涌而入。——异域的正午，天空深蓝，水洗似的，犹若一片明净的弧形之瓦，罩在头顶。她自小习惯了肯特郡那种晦暝难分的天气，阴郁，霉湿，雾霭缠绵，心里好像时时生了一层苍苔。但伊犁却不，雪崩般的日光砸下来，毫无阴影，连空气中的灰尘仿佛都长了一双隐形的翅膀。她记得一位爱尔兰的诗人说过：啊！日光灿烂，犹如一本发光的书。对！她笃定地说，伊犁也这样，伊犁就是一本日光之书。

她的心情好极了。她对着窗外河谷一带的苹果林，伸了一个长长的懒腰。

后来，她弯腰捡起地毯上的馕饼，没摔碎，还烫。她吹掉了灰，一口咬成了月牙状，狼吞虎咽起来。她一手持馕，一手搬来圈椅，安静地坐在书桌前，将早上邮驿送来的两封家书依次摆好，打算再读一遍。——其实，这一路上乔治和妈妈的信就像上帝的信鸽，一步不差地追撵着她，总会在她落脚的地方扇起翅膀，咯咯咯地叫她。不说妈妈了，光乔治寄来的信就有一大摞，都被她按时间顺序，仔细装进了行李中。喃，滞留在红乌鸦客栈的这一个礼拜内，乔治的信越来越多、越来越快，今早上她刚读完了一封，另一封又在楼下喊她。这让她觉得喀什噶尔离伊犁并不太远，兴许就在伊犁的郊外呢，谁说得准呀？

现在，先读谁的呢？

她边吃边思忖，左乔治，右妈妈，妈妈当然啰唆了些，但她喜欢说肯特郡，说伦敦，自然感觉亲近；而乔治虽说谈的都是陌生的喀什噶尔的琐事，有点乏味，有一点点无聊，但乔治离自己的心脏更近。不是吗？

当然，面包也不错，不像前几日那么咸、那么齁。

这得归功于自己，她暗自庆幸。早上，她抱着一罐白砂糖去交涉，烤面包的小伙子也不太顽固，将她带进了阴暗的毡房，让他的戴着头巾的太太将糖粒化成了水，揉进了面团，这才烤出了如此喷香的面包，这不免令她得意。

哦，臭乔治，两撇小胡子的乔治、长了一双大脚丫的乔治、喜欢在头发上抹发蜡的乔治、爱穿枪驳领西服的乔治、吹牛的乔治、女王陛下的乔治、我的心肝乔治……她念叨着，干涩地咽下了一口馕饼，打算从乔治开始。

波尔兰德，我的宝贝！

哦，上一封信还没说够，我就匆匆交寄了，真的很后悔。你知道的，一对你开口，我的话就像伊丽莎白姨妈家的那只破手风琴，越拉越长，怎么也讲不完。（顺便，姨妈的门牙补了吗？她家的那只癞皮狗还喜欢在半夜里吠叫吗？）……告诉你吧，昨晚上喀什噶尔又刮了一场沙尘暴，不大，但也不小。早起，我就带领仆人们将CHINA PARK冲洗了三遍，里里外外亮得像一块玻璃，比这片绿洲上的任何东西都亮。相信我！写信的这一刻，CHINA PARK 的院子里落满了云雀、燕子、红腹灰雀，另外还有几只美丽的 GOLDEN ORIOIE（金莺）和 HOOPOES（戴胜鸟）。门外的克孜尔苏河面上，照旧吹来了一阵阵巧克力味道的风，令人陶醉。

我还做了祷告。我祈求该死的塔克拉玛干在你到来之前，收回它的狂躁和魔法，别再刮魔鬼般的沙尘了，好给你一个不错的第一印象。——你应该知道，喀什噶尔是整个中亚细亚的圣城，这里唯一升起的一面“米”字旗，就在 CHINA PARK 的上空，女王陛下会保佑你快乐的，波尔兰德。

呃，波尔兰德，现在我要给你隆重介绍一位先生，一位学识、德行与智慧集于一身的绅士。

他叫彼得罗夫斯基，乃俄国沙皇陛下派驻喀什噶尔的总领事。他幽默风趣，擅长朗诵普希金，在喀什噶尔的外国人俱乐部中，他的酒量数第一。我与他相处甚睦，惺惺相惜，虽说为了各自国家的利益偶有不快，但我尊敬他、爱戴他，始终以“兄长”视之。这不，今早上这位绅士大驾光临，还带来了他的一队哥萨克精兵，不问三七二十一，就将院子墙角下的几株吉格达尔（沙枣树）连根挖掉了，移栽上了石榴树。这位绅士说，吉格达尔太难看了，简直配不上美丽的凯瑟琳小姐。对他的盛情，我深表赞同，因为石榴树刚到了它灿烂的一季，花蕾绽放，彤红一片，像极了你曾经穿过的一件曳地长裙。

对了，波尔兰德，等你一到喀什噶尔的话，我想我们应该第一时间就去拜访这位绅士，以表谢意。——要知道，彼得罗夫斯基先生心地善良，温文尔雅，也很随和。不瞒你说，他可是整个喀什噶尔乃至中亚细亚最有权势的大人物。前几年，那个来自瑞典的探险家斯文·赫定，就将彼得罗夫斯基称为“新察合台汗”，这当然是一份敬意。我想，这位绅士一定会接待我们的，不仅会为你斟一杯伏特加，还会沏一杯香浓的咖啡，而他亲煮的咖啡，在喀什噶尔是绝无仅有的。

另外，喀什噶尔的按办大臣潘效苏，今早上也差人送来了一只锦凳。凳子上蒙了一块彩色丝绸，绣满了松枝与仙鹤。哼，这是中国佬爱玩的小把戏，我对此不屑一顾。先说这些吧，再续！

吻你！

18/7/1897　你的马嘎特尼

妈妈的信写在一页粉红色的信笺上，蓝色墨水，像她的人一样整洁。

波尔兰德，为你祈祷！

这些天，我一直拿着最新版的中亚地图，特别是新疆方面的，我掐指计算，你应该到了天山的南侧盆地了吧？但愿你一路顺畅。……哦，孩子，你的月经还好吧？要知道你每次来月经前，你疼得死去活来的样子多可怕，这是最让妈妈揪心的事。记住，月经疼痛时，除了向上帝祈祷外，你一定要卧床休息才是，别那么着急赶路。……现在，在伦敦流行的是一种装饰了白鹭修长羽毛的小耳帽子，就连女王陛下在礼拜日的祷告会上也戴着这样的帽子。亲爱的女儿，我会给你寄去一顶这样的帽子，不是现在，因为这种流行的时尚弥漫以后，整个大不列颠土地上的白鹭已经至为罕见了，人们开始从美国西部印地安人的沼泽中猎杀这种候鸟，然后再源源不断地输入伦敦。整个市场上的羽毛价钱看涨，一根羽毛居然和一头小牛犊的价钱一样了……

在中亚的喀什噶尔，我相信也有白鹭的，你可以让乔治想想办法。下回见！

11/5/1897　你的妈妈

她读完了，也吃完了一块甜馕饼，甚至将掉下来的琐屑都拾进了嘴里。在整理最近的几封书信时，她忽然觉得乔治太粗心了，也太不像话了。——妈妈的信纸都是光洁典雅的粉红色，可乔治的呢，乔治的信纸越来越黑、越来越粗糙，尤其是手头的这几封，像随意撕下来的一片片纸头，边角料。况且，乔治的拼写越发潦草，字母也丢三落四的，勾勾画画，涂抹的痕迹非常重。蘸水笔也可能坏了，滴下来的墨汁晕染一片，不使劲猜，还真的让人费解。

呃，这对人的确不太尊重，这也不像一位绅士的品行。她暗忖道。

但是，对乔治的怨怪并不妨碍她的好心情。她忽然有了一个怪念头，在空旷的客房内扑哧笑出了声，笑声若一只野鸽子，在日光下羽翅缭绕。她去盥洗室净了面，擦了粉，描了眉，又从衣架上择出一件火红色的曳地长裙，无袖，低胸，裙裾上镶满了一道道蕾丝。她匆忙换在身上。临出门前，她又摘下衣架上的那顶帽子，歪斜地扣在了头顶。

下楼梯时，她看见红乌鸦厅堂内的人们都停下了手中的活计，纷纷举起头，将目光焊在了自己身上。她无二话，下巴扬得很高，暗中拎起了裙摆，咚咚咚地用鞋后跟回击了众人的无礼眼神。

街上的日光像一块透明的白地毯，绣满了中亚细亚的夏天。她抬脚迈过了门槛，塑下身子，略略停顿了几秒钟，朝左右两侧的长街深望了一眼。行人稀少，街景寡趣，这个火辣辣的午后，人们都去家里或树荫下乘凉了。她忽然有点失意，觉得冷清真是一份罪过，尤其当一个白种女人站在街上，尤其这一件石榴色的长裙亮相时。

可她并不气馁，有三个人就足够了。

她收腹挺胸，暗暗将臀部抬升，迈起一种猫步，妖娆地朝对面的馕房走去。——艾尼瓦尔正在贴馕，新一炉的烤制开始了，炉火正旺。当她的身影抛过去时，艾尼瓦尔刚直起了腰，眼睛忽地瞪圆了，比牛眼还大。她发现面包师的太太也撩开了门帘，不错眼珠子地盯着自己，嘴角上文了一朵花似的。另一侧，那个邋遢的理发师本来躺在颓墙上打盹儿，此时也扑腾跳了下来，瘸了瘸脚，显得很窘。

“先生，我专程来告诉你，谢谢你的面包！”

她恳切地说。

“面包真香！”

再道。

自然，面包师听不懂她的话，但从她的手势上，似乎又猜见了什么，谦逊地点了点头，仿佛在说不客气。她的目光掠过艾尼瓦尔，又对着女主人打招呼。古丽大方地斜出来半个肩膀，用笑意回应了她。——上帝！她突然停下了，她发现面包师的太太居然才是个大美人，美得无以复加，像正午的一个梦，像一只工业时代的精密仪器，像一座镶满了彩绘玻璃的小小教堂。她有点尴尬。心说，比起眼前的这一位精美的中国瓷人，自己不过是一间窄小作坊里，刚刚捏塑完的泥胎粗坯罢了。念想至此，她反倒轻松下来。她说：

“拜托一件事，我肯定会付小费的，先生。”

什么？

她看见了夫妇俩的疑问，忙用手语比画说，“外边真的太热，我决定不再下楼了。烦请你们一日三餐，将烤好的甜面包送到客房里吧。我会付小费的。”

没问题！一点小事而已，太太。

她得到了答案，伸手抹下了宽大的帽子，频频致谢。这是一种礼节。但面包师忘了手上的软饼，美人古丽也一直瞅着她，目光中缠满了艳羡和欣赏，好像在这个短暂的空隙里，她也被馕坑烧制成了一片优美的中国瓷。忽然，她指着毡房门前垂挂的一根掸子说：

“可否给我一根羽毛，彩色的那根？”

古丽依言拔下了一根，款款递到了她的手中。

“哦，上帝！”她愉悦地接过来，在帽兜上找了一圈，终于找见了一线缝隙，将彩羽插了进去。赞美说，“简直太漂亮了，这是什么鸟的羽毛呀？”

“野鸡的！”

“什么？”她看见理发师瘸着腿，慢慢走上前答话。

“红尾锦雉。”

她喜兴地问:“先生，你会说英语？你是个理发师吧，你会英语？”

“呵呵，除了英语，我还会讲法语、德语和俄语，这难不倒我，因为我在欧洲漂泊过，像一个浪子那样。”——理发师很大度，边回话，边将内容翻译给艾尼瓦尔两口子听，语气里不乏卖弄。“太太，我从埃及来，我是一个开罗的理发师。想必你也知道的，我回家的路被战乱和瘟疫给阻绝了，我滞留在了这个该死的地方，天天做梦都想回到金字塔下去。”

“呃，难怪你一直盯着我的头发看，想做一单我的生意？”她问。

“不尽然。”

她忽然讥诮说：“莫非卖镜子的人都不照照自己？卖水的人会被渴死？一个理发师留这么长的脏头发，十天半月都不洗，让我怎么放心呢？”

“为了衬托你的金头发，和你身上的香气。”

“Shut up！”

“太太，你现在是整个伊犁城的伊帕尔汗，香姑娘。”理发师赞美道。

“先生，您称呼我什么？”

她顿了顿，嗫嚅道。

“伊帕尔汗！”

“这您也知道呀？哦，上帝，干吗客栈内外的人都这么称呼我，这么见外？”她一半埋怨，一半享受地说，“我究竟做了什么呀，难道圣母马利亚给我洒了甘露？难道我的到来让大家不快？难道——”

“因为薰衣草！”

“薰衣草？”

她惊诧地问。

开罗来的理发师诚实地笑了笑，指着她身上火红色的长裙说：“太太，你一定路过了巴黎郊外的普罗旺斯，你也一定在薰衣草的花田里走过，所以你的裙子上沾满了欧洲的花粉，你慷慨地把薰衣草的味道带进了伊犁城，带入了新疆。”

“是的，您真是料事如神啊，先生！”

她真想给他一个拥抱。

C

艾尼瓦尔的馕饼之所以走俏，除了价廉，另一个关键在面粉。

不是粮铺里卖的大路货，更不是小贩们上门推销的那种羼杂了麸皮和灰尘的面粉。馕房里的粮袋快告罄时，艾尼瓦尔会和古丽租一辆架子车，去伊犁城郊外的农户家里，专门收购新麦子。农户们勤俭持家，一般舍不得吃当年的新麦，吃的是往年的旧粮食，卖的自然也是陈粮。但艾尼瓦尔长相喜人，嘴也甜，带着古丽走村串户，一家一家地拜访，积少成多，总能淘来满架子车的新麦子。新麦子贵，一袋要多出七八个天罡钱，艾尼瓦尔却觉得值，薄利多销嘛。

买来的新麦子，也不会送进粮铺里去磨。粮铺里虽然磨得细，但浪费大，老板为了赶工，还常爱在磨石上膏一种润滑的煤油，这使得面粉中常有一股刺鼻的味道。夫妇俩喜欢伊犁河畔的水磨坊，价钱低，还磨得粗。打馕一定要用比较粗的面粉，尤其对新麦子而言。粗面粉再经过一只网眼大的箩子一筛，筛下来的粗颗粒就可以和面、发酵和打馕了。——这种粗颗粒在炭火中会爆炸，炸出花，炸出粮食本身的香味来，不像蒸煮的那样，吃不出精彩。

几天后的傍晚，艾尼瓦尔熄完馕坑的火，收了工，去租了一辆架子车。

古丽跳上了车，坐在车框上，又整理了一下头巾，将五官虚笼笼地掩在里头。艾尼瓦尔想了想，丢下车把，踅到了半堵颓墙下。一连几天，开罗来的理发师都闷闷不乐，斜倚在墙头上，不吭不哈的，互相之间鲜有交流。艾尼瓦尔明白，这个脏头发的家伙没吃没喝，就那么一直硬扛着，八成是不好意思张口，再赊欠自己的热馕了吧。

开罗人！——艾尼瓦尔记得理发师曾说过，那个叫开罗的村子能跑死一万匹马。啧！够远的了，难怪他里子厚、脸皮薄。料想一番，艾尼瓦尔抹下小帽，抠着青光锃亮的头皮，笑眯眯地问说：

“朋友，给我剃个头吧？”

“一边凉快去！你的光头亮得能当镜子使，你故意挖苦我？”一顿白眼。

“喂，就算你提前预支，先替我剃了，我欠你一份工钱嘛。”艾尼瓦尔从馕房里取出几只馕饼，温暾暾的，递上去说，“这几个样子怪丑的，我没卖，想留下自己吃。干脆，你的工钱就用馕换了吧。”

理发师一骨碌翻起来，接在手里，“这主意不错，伙计，成交了。”

“那你欠我一个光头？”

“当然，随叫随到。”

理发师狼吞虎咽地啃下一口，腮帮子都肿了。

“可我很纳闷，你干吗白天光睡觉，不接客挣钱呢？”

“没心情。”

闻听此话，艾尼瓦尔气不过，掉头欲走。——这时，他发现理发师停止了咀嚼，目光迢递而去，直勾勾地盯在了红乌鸦客栈的门口。客栈里又迎来了一单大生意，箱箧满地，吵吵嚷嚷的。迎送嘉宾的那辆马车卸下来不少人，辕马也在打着响鼻，不失时机地凑起了热闹。看见艾尼瓦尔愤怒的眼神时，理发师聊赖地展了展双臂，狡辩说：

“我们开罗人都说，金字塔不是一天盖成的，不用那么忙。”

“喂，那你能看饱吗？”

“伙计，你放心去买粮吧，我替你守着馕房。”理发师道。

“不必！”

夜深了，一份巨大的凉爽降临下来，熨帖人，滋润人。整个伊犁河谷地，沉浸在了一种夏夜的狂欢中。艾尼瓦尔拉着架子车，曲折地往城外走。街道上行人稠密，吆喝声四起，到处都是卖吃喝卖工具卖衣服和瓜果的虱子巴扎，每个摊位前的煤油灯都挑大了捻子，亮若白昼。艾尼瓦尔边拉车，边给古丽唠叨起理发师这个人，古怪、深沉、摸不透，不像一个吃手艺饭的匠人，甚至还有那么一点点脑子缺弦吧。古丽沉吟一番，另起炉灶地说：

“可我喜欢那个洋女人，漂亮，贵气，金头发，身上还那么香。”

“她有薰衣草，你没有。”

艾尼瓦尔有点生气。

“薰衣草是什么草？”

“呃，你要是有薰衣草，你比洋女人更香，伊犁城的势利眼们也会喊你伊帕尔汗的，我保证。”——艾尼瓦尔擦了擦汗，觉得应该对妻子温柔点才是，遂和缓地说，“我问过理发师了，他喜欢打比方，可比方来比方去，我觉得薰衣草既不像牡丹和芍药，也绝对不是玫瑰和吉格达尔花，反正说不清。”

“她好像也说不清，那个洋女人？”

古丽问。

“我没敢多看她。嗬，她的领口那么低，那么鼓鼓囊囊的，比我刚出炉的热馕还饱胀。古丽，你知道的，我只爱看你，别的女人不入我的眼睛。”

“瞧，桃子下来了。”

艾尼瓦尔顾不上去瞧小贩的桃子，喊了声坐好，忙将车把一拽，撇到了路边。古丽惊了惊，扶住了车框，这才发现对面疯跑过来一匹马，马蹄在麻石上溅起了火花，蹄声恐怖。马上的家伙狂甩着鞭子，抽打在马屁股上，罔顾行人，砍瓜切菜般的一闪而过。两侧的摊贩们遭了殃，扶条凳的扶条凳，拾瓜果的拾瓜果，对着街道尽头的那个家伙和畜生咒骂不止。古丽也缓过劲来，嘟囔说：

“哎哟，像个死神似的，去报丧去吧。”

“该死的邮驿！”

艾尼瓦尔镇定地说。

出了街口，本该往西走的，艾尼瓦尔却拐向了北侧。古丽问：“干吗不从伊犁将军府走呢，这边不是近吗？”艾尼瓦尔低声说：“我预感不好。今晚上不知怎么了，将军府四周站满了朝廷官兵，个个都是重甲铁铠，封锁严密，咱们惹不起。”闻听此话，古丽遮严了面纱，藏住了双眸。

次日一早，理发师从颓墙背后翻了过来，浑身雪亮。

这一宿，他没去对岸的树林里过夜，而是躺在墙根下的一块青石上，数了半夜的星星。银河浩荡，繁星稠密，他一边数，一边支起耳朵，听着红乌鸦客栈里的动静。直到后半夜时，才听见客栈的大门哐当一声闭合了，他才歇下口气。但还是睡不着，他又继续数，数了许多遍，天上的星星像在跟他恶作剧，忽明忽暗，让他每一次都数错了，还得从头再来。偶然，他发现河面上腾起了茫茫的雾气，赳赳然而来，仿佛一幕广大轻薄的帷幔，将夜空完全遮蔽了，不许他反复造次。露水也像黑夜泌出的影子，吹袭而至，悄然落满了他的全身。——这一刹，他抽搐不止，遍体滚烫，蓦地想起了少年时的情景。当时，他还是个放羊娃，给财主做雇工，天天在沙漠上驱赶着上千只羊、三十峰骆驼，逐水草而行。有一日，从马格里布沙漠尽头掀起了一场黑风暴，将羊只和骆驼都活埋了，一个不剩。他捡了一条命，昼伏夜行，数着天上的星星，才幸运地踅出了沙漠。但他不敢回家，他知道财主一旦看见他两手空空地回去，会毫不犹豫地派人绑了自己的父母，然后扔进沙漠深处。不出几天，父母就会变成两具惨不忍睹的木乃伊。

他决定出逃，亡命天涯，因为有时候死无对证也是一份说辞。

临别前，他站在尼罗河畔，也是这样的夏夜，也是河面上升起了一层薄雾，露水打在了眉头上，心里空荒。他瞭见了远处的金字塔，贝都因部落里隐约的帐篷和石油灯，甚至闻见了空气中一阵羊肉的膻腥。他跪了下去，做了祷告的功课，然后义无反顾地跳进了水中。待他筋疲力竭地泅渡到了尼罗河中游时，他忽然听见了一阵船歌。他获救了。他被一张渔网捞了上去。

此后，他跟着这一艘商船去过开罗，去过亚历山大港，去了地中海对岸的威尼斯、阿勒颇和直布罗陀海峡一带。他瘦小黝黑，身负异禀，自尊心极强，但常常受到同行的欺凌和辱骂。在尼斯港卸货时，他窃走了船主的七枚金币和一把摩洛哥匕首，又一次开溜了，径直往北，再往北，一心要远离家乡，远离开罗，虽说他随时随地自称是开罗来的。

那些年，他做过马车夫、点灯人、皮货匠、擦鞋人、花匠、泥水小工和贼，但他始终没停下过脚步，继续往北奔命，仿佛一只瘦骨嶙峋的丧家狗。——直到他进入了圣彼得堡，懂得了俄语，勾引了一个烂醉如泥的侯爵女儿，并趁机奸污了她后，他才被及时拿住，打入了天牢，等待尼古拉二世陛下签发斩决令，孤身一人地走上断头台。

这时，他又走了狗屎运，他快活地签下了一纸契约，被无罪开释。从此，他背着一包袱剃头工具，辗转进入了中亚腹地的新疆一带，秘密活跃于天山两麓，俨然变成了一位开罗来的理发师。

……忆及过往，他跪在墙后的青石板上，将拳头塞进了嘴里，美美地哭了一鼻子。哭完，他又心生悔意，咒骂了一顿自己的软弱和无能。他不再哀伤，也不再自怜了。他蹲在河边，将身上那件脏兮兮的袷袢搓洗干净，晾在了树杈上。

天亮了，他白雪雪地站在颓墙下，啃吃着半拉牛筋似的冰馕。

这时，一个小厮露头，站在红乌鸦的门槛上，尖起声嗓喊他。他停下嘴，拔长脖子问："喊我吗？"小厮却说："打馕的那个小胡子呢？"他回说："昨晚上就走掉了，好像他老婆得了急症。"小厮探头望了望左右长街，便很泄气地说："不过你也行！她让我喊对过的人，打馕的不在，但你也算对过的。你快点跟我来吧，英国太太有事要吩咐。"——他塑了一秒钟，忙将嘴里的食物吐干净，摘下墙上的包袱，挎在了肩膀上。临进客栈前，他还掸了掸鞋面上的灰土。

"喂，你得把包袱放下，空手进去。"

小厮打着哈欠说，没睡醒的样子。

"搜身吗？"

"我不认识你，但这是规矩。"

"呵呵，里头是吃饭的工具，剃刀、推子、汗巾、黑皂和镜子罢了。小哥，那你替我保管吧。"——理发师卸下包袱，交给小厮，暗中转动了腰肢，将白色袷袢下的凸起处藏稳了。在理发师看来，剃头的家什唾手可得，但那把镶满了珍珠和宝石的摩洛哥匕首，却比命还要紧。它跟了自己十几年，穿州走府，喈血饮泪，劈开了一条条生路，岂能栽在这个愚蠢的仆人手里？理发师说："小哥，烦请你给太太通报一声？"

"进去吧！"

小厮靠住门墙，丢起了盹儿。

隔着竹丝门帘，理发师嗅见了一股猖獗的馨香。这气息含有炽烈的攻击性，像寂寞的山野里炸开的花蕾，也像无端的天籁。他轻撩起帘子，闪身入内，双脚陷在了厚厚的栽绒地毯中。客房里浓香迫人，广大无边，令他越发不堪起来。他觉得这气息是对自己的一种深刻冒犯。他知道，它来自巴黎郊外的普罗旺斯，他见识过那一片片六月里怒放的紫蓝色的花田，但他禁止自己去回忆。——此时，英国女人背对着他，冲着墙上的一面镜子，正在悉心绾着发辫。

哦！她白皙，高挑，性感，一双修长的腿衬托了她，像极了一只火烈鸟。他凝神望去，尤其当她撩开了脑后的金头发，露出光洁细腻的脖颈时，他竟怪异地联想到了断头台上森冷的铡刀，联想起她只呢喃了一半句，便身首分离，泥软地倒了下去。他暗自掐了自己一下，轻咳一声。英国女人听见了，也从镜子里发现了他，便潦草地结束了梳妆，对他莞尔一笑。

“是你呀！面包师呢？”

“今天是主麻日，艾尼瓦尔和古丽一大早就去了寺里。他是个虔诚的教徒，他没落过一次功课。”——理发师放心地撒了谎。他知道，即便双方日后去对质，中间也隔着一道语言关。他又说：

“太太，今天没有甜面包，真抱歉！”

“呃，你干吗这样盯着我，先生？”

“怎么？”

“你的眼睛里有一层蛛网和锈迹，挺奇怪的。”

她异常直率。

理发师含了含胸，明白自己输理在先，忙敷衍说：“太太，我心中的蛛网和锈迹，来自失眠的煎熬和摧残。哦，我来自开罗，已经有十几年没回去过了，思乡日深，而这种思念其实是一场热病，不能怪我。”他暗忖，这句话准定是一把杀手锏，除非这女人天性冷漠，无理取闹。又说，“太太，埃及有一句谚语，看不见金字塔时，一个人就像个可怜的弃儿。你觉得呢？”

“哦，上帝！”

“另有一句，说喝过尼罗河水的人，迟早会回到金字塔下的。”

“求求你甭说了，先生！”——她忽然烦躁起来，十指插进了头发，颓坐在圈椅中。她哀告说，“我是去追随我丈夫的，我以为他在哪儿，哪儿便是我的家。我本来忘了身在旅途这件事，可又被你叫醒了，该死的！”她的金头发乱糟糟的，语气也接近了窒息，忽而又说，“不过我比你好一点点，我快回家了，乔治在等我。可你呢先生，你还将驻留在伊犁吗？”

理发师沮丧地说：“这正是我失眠的缘故。我的白天与黑夜一样混账。”

“可我睡得很香！”

“哦，看得出来，你气色不错，你正坐在那辆叫幸福的马车上。”——理发师斜觑了一眼门外，看见了小厮的侧影，同时也感觉到腰后的那柄摩洛哥匕首在蠢蠢欲动。他霍然说，“对一个幸福之人来讲，再多的恭维也是给黄金涂色，给百合添香，徒劳无功而已。”

“你读过莎士比亚，先生？”

这一刹，她似乎有了某种认同，语气转圜。

“偶尔涉猎吧。”

她蓦地起身趋前，距理发师一尺之遥。她开心地说：“心休眠，人好住，失眠也不是什么大不了的事。先生，也许我可以为你做点什么，比如我可以送你一包薰衣草？”她尽量挑选着辞藻，不让对方感觉为难，也不会令对方当即拒绝。又说，“哦，法国佬真的很浪漫，他们说薰衣草精油是圣母马利亚的甘露，说薰衣草花乃爱情的信物。不过在我看来，薰衣草的花香还能疗治失眠，养神安心，像读完了一页莎士比亚那么满足。”她开始絮叨起来，卖弄说，“要不是先生你那天提醒我，我还真忘了这一茬呢。路过普罗旺斯时，我的确采购了一皮箱薰衣草花，我找出来了，现在像个大富翁哟。也难怪，客栈内外的人都说我浑身香透了，还叫我伊什么来着。”

“伊帕尔汗！”

“先生，请允许我送你一包吧?！”

她慷慨道。

“那敢情好！”

他的目光巡视来去，终于觅见了难逢的机会，没有不答应的道理。他看见英国女人笑吟吟地拧身，迈着一种优雅的猫步，踅进了卧房。

这时，理发师倒也不急，款款踱步，立在了窗前。

窗下有一堵客栈的土坯围墙，两米高，墙头上栽满了干燥的荆棘刺和削尖的木头。墙外则是一座苹果园，枝柯横生，密不透风。他冷笑一下，又缓缓站在了书桌前。桌案上摆着一封家书，内容短促，字迹潦草。——令他意外的是这张粗糙的信纸，约摸二指宽、一拃长，质地烂极了。他不敢动手，只俯身细察。

不出预料，信是这个英国女人的丈夫写来的，但他平静和自负的口吻，一点也掩饰不住书写时的狂躁与急迫。他说：

波尔兰德，祝贺我吧！

因为我刚刚接到了自克什米尔转呈来的外交部邮件，你的丈夫——乔治·马嘎特尼，已被女王陛下任命为大英帝国驻喀什噶尔领事馆之领事。宝贝，我将不再给你写信。这些天，我会闭门谢客，撰述一封效忠信发往伦敦。我期盼你的拥抱，以及对一位新领事的甜蜜之吻。匆匆。不赘。

“你在干吗？”

英国女人尖声问。

“哦，太太，矿石灯快烧完了，天都亮了，你忘了吹灭。”

理发师异常镇定，俯在桌角前，连吹了几口，才将灯吹熄。一转身，他发现英国女人怀抱着一件鼓鼓囊囊的斑斓锦袋，忙说：

“灯光代表了一种哲学，不是吗？”

“当然！”

又是莎士比亚。女人咧起嘴，赠出一记微笑。

“喏，这一定是薰衣草了！不用看，我已经闻见了它神圣的天堂般的气息，闻见了它婴儿般的味道。它绝对是天赐的甘露，也代表了太太对一个开罗来的游子的礼遇。我想，它不光能治好我的失眠，还会让我美梦成真的。”他弯下腰，恭顺地接纳于怀，却茫然地问道：

“太太找我来，有事吗？”

“的确！我想请人改造一下这个萨莫瓦尔，不煮茶，专门用来烧咖啡。”

“茶炊？”

她的兴奋持续不断，引着理发师走到了门端，指着一只红铜茶炊说，“这是我在奥什车站买的。嗯，俄国人的东西总是又蠢又笨，偏偏我不想喝下午茶了，我想亲自煮咖啡，乔治也爱喝我煮的咖啡。”

“放心吧，太太。”

时间紧迫，理发师不敢再逗留，忙将拳头大小的薰衣草锦袋塞入袷袢，系在了腰带上，又将萨莫瓦尔搂抱在怀里。出了门，小厮依旧半梦半醒的，随手将包袱挂在了他的脖子上，哈欠不绝。

理发师下了楼，冲出了红乌鸦客栈，站在颓墙下，扔下萨莫瓦尔，紧着打开了包袱皮。他将那一根做幌子用的生牛皮挂在钉子上，掰开剃刀，将它一拉两半。——这是信号！划开的越多，表明事态越紧急，越强调见面。

简直见鬼了！

整个白天，理发师蹲在墙下的阴影里，抽掉了十几根劣质纳斯。

他急得想骂娘，想抓狂，想跳进河水里清醒一下。但想归想，他必须老老实实地待在原地，等待接头人的到来。他手里下意识地攥着一块小石子，到傍晚前，竟然不知不觉地将它捏碎了，竟毫无痛感。其间，一群二流子涌过来，将他圈住，喝令他给每个人剃个光头。见敌众我寡，力所不逮，带头大哥的腰里又插着几把英吉沙刀子，更要命的是怕误了大事，他忽然灵机一动，在自己的鼻梁上来了一老拳。唉，鼻梁快折了，鲜血汹涌而下，淌在了他雪白的袷袢上。他满不在乎，捧住脸上的血水，左甩一巴掌，右甩一胳膊，装疯卖傻地吓退了他们。——这是他小时候的记忆：血祭。如果没记错的话，埃及的血祭一般用的是羊只和骆驼，但他现在豁上了自己的命。

暮色垂降，晚霞肆虐，伊犁的黄昏像一场巨大的恩情，再一次无辜地降临人世，洒在了高高矮矮的屋顶与麻石砌成的长街上。他在生牛皮上划下了最后一刀，再也无从下手了，因为“信号”快成了一根拂尘，在风中漾荡着，像一茎芦苇花那么缤纷，那么细弱。

就在绝望的一刹，一辆厢式马车嘎吱一声停在了面前，放下来一只梯凳。他认得车框上的那盏小灯笼，光晕中有一枚墨印的骷髅头。

他四下里张看，见一切如常，便摘了包袱，抱起萨莫瓦尔，跳上了车子。马车夫放下了帘子。他在黑暗中扪心自查，究问自己刚才有没有什么纰漏。车子时疾时缓，马车夫的鞭梢子甩得像雷声。他趔趄地坐着，几乎快把心脏都颠碎了。约摸一刻钟后，他忽然听见车厢外人声嘈杂，沸反盈天，吆喝声和争吵声仿佛捅坏的蜂巢。不用猜，一定是到了某处大巴扎，就像他明白如何把一把盐机密地藏好一样，他觉得这个点选得不错。呃，他几乎想即刻奖励一番自己的手下了。

车停了，帘子一起。

他去踩梯凳时，脚踝瘸了一下，手中的萨莫瓦尔突然滑脱，炸响在街道上，若一只嘹亮的响器。该死！他觑见行人们都看了过来，忙埋下头钻进了一旁的店铺。马车夫拾起散落的红铜茶炊，也慌忙尾了进来。

“都到齐了吗？”

他叱问。

“长官，单缺一个情报员，他叫穆萨。”

“狗屎，干吗迟了？我的信号挂了一整天，也没见你们来接应。”

“本该穆萨当班，可他晚上才说他在拉肚子。”

理发师蓦地转身，一记直拳，钉在了伊犁本地情报员头子的脸上。他知道自己绝对打下了对方的两颗门牙，让他们长长记性。小头目四仰八叉地栽倒时，撞翻了店铺里的几排货架，声音凌乱。他看见一堆铁器、锡瓶和铜壶什么的滚落一地，心中陡然一凛。——是的！他现在需要一个巧手的工匠来帮忙。

他扑上去，攥住了小头目的衣领，将他拽起来问话：“谁是铁器匠？”小头目哆嗦说：“小的便是！这家铺子还是总领事大人出资开的，让小的有个合法身份。”他目光扫视一圈，“他们呢？”小头目眼望着理发师满脸满襟的血迹，心存忌惮，畏惧地说：“都是我发展的下线，为沙皇陛下效命的。长官，发生什么事了，你受伤了吗？”他松了手，用脚将萨莫瓦尔钩过来，踢在小头目的跟前，叱令说：

“快动手，把它改成一只咖啡壶。”

“长官，那红乌鸦客栈呢，不用盯梢了？”

“白痴！”

“可是新察合台汗交代过，必须昼夜盯防那个洋女人，不能让她囫囵着回到喀什噶尔呀？”小头目手持器械，一边拆解着萨莫瓦尔，一边生疑地说，“这几天，伊犁将军府警卫森严，盘查严密，好像有什么大的动作。”

理发师说：“洋女人是以游客身份进来的，将军府尚不知情。”

“不过，与其在半路上做掉她，不如在这里刺啦一下。”——小头目以指做刀，在自己的脖子里横切了一下。又说，“死在这里的话，不是恰好嫁祸给将军府，让英国佬去跟我们的朝廷内讧吗？”

“少废话！”

他不乐意自己被窥破，登时咆哮一声。

萨莫瓦尔终于被拆解开了，小头目搬来了铁砧子，其他的几个互相帮衬着，用一把木榔头开始敲打，准备先将铜皮碾平。理发师累极了。在火辣辣的日头下站了一整天，此时口干舌燥，几乎快虚脱了。他将身体窝起来，坐在暗处的犄角旮旯里，脑子里却细细地捋了一遍白天的细节。他挺满意。他觉得没有一丝半毫的差池，更无一点破绽。此刻，只待咖啡壶改制完后，他就可以堂而皇之地走进红乌鸦客栈，像一位热心的绅士那样，敲开英国女人的门，做他该做的一切。

时间漫长，敲打声也很单调，有气无力的，像一支唱坏了的催眠曲。理发师阖上眼，打算先眯一会儿，养养精神。就在他快要睡着的一刹，土著情报员喊醒了他，歉意地说：

“长官，我可从没喝过咖啡呀。”

“一帮蠢杂碎！”

“那壶长得什么样？你画个草图，我才能下料开工。”

“让我想想看。喂，你们谁有纳斯，烟也行？”

理发师接过一罐莫合烟丝，顺手展开了烟纸，准备卷一支喇叭筒，提提神。突然，他的目光僵住了，忙抻开一页烟纸，对着煤油灯光正面看，反面瞧。——烟纸约摸二指宽、一拃长，质地烂极了，多半是这种下三烂的贩夫走卒们吃烟用的。他认出了它，一位英国新领事曾在这种糟糕的纸上，给太太写过信，诉说过衷肠。一念至此，理发师腾地站了起来，问道：

“有后门吧？”

“柜子后面有，快！”土著情报员们迅速动作开来。

“带我走！”

——这天晚上，在人流湍急的大巴扎上，艾尼瓦尔蹲在架子车后，目光不离铁匠铺左右。先时，他听见萨莫瓦尔摔落的炸响时，恰巧回头看见了一只剃头的包袱。他正是从熟悉的包袱皮上，辨识出了理发师的侧影。现在，艾尼瓦尔的腿都蹲麻了，心里不停地埋怨说：

“呃，你还说我是你唯一的朋友，骗鬼去吧！”

D

小厮将古丽带上楼，站在英国女人的客房门前时，放弃了搜身。

事实上，他也没法去搜。首先，古丽始终在笑，咧嘴笑时，两颗迷人的虎牙像和田的羊脂玉，布满了一层迷人的光泽；其次，他经常去馕房里买馕，打头碰面的，也算半拉熟人吧，他没道理不客气。况且，古丽这时还举起了手中的篮子，让他随意拿几个桃子吃呢。

他挑了一颗中等的，替古丽敲开门，撩起了竹丝帘子，转身走了。

这天晚上，英国女人决定节食。因为闲来无事时，她打开了从伦敦带来的几只衣箧，翻检出一大堆裙子和裤装，挨个儿试了一遍。她吃惊地发现，自己的腰肥了一圈，竟有好几条裙裤都穿不上身，卡在了半途中。她沮丧地扔掉了衣裳，坐在圈椅里生闷气。就在她心情恶劣的一瞬，面包师的太太不请自来。

她知道对方不会讲英文，便用很夸张的手语尖叫说：

“哇，古丽，是你吗？”

“太太，我来给您送一篮桃子。伊犁的桃子刚刚上市，个大，汁浓，咬在嘴里像一包蜜糖水。”——古丽用一双幽蓝的眸子在说话，将篮子递给她，催促说，“先尝一个吧！知道您爱吃甜食，您一定会喜欢的。”

“不！我发过誓，今天要节食的。不过好吧好吧，我先拿一个，明天吃！”

“这一篮子都是给您的，太太。”

古丽的嘴巴喋喋不休，一弯腰，将篮子搁在了地毯上。

她有点无措，虽说是一份礼物，但对方的催迫令她产生了些许的不快。她尴尬地耸了耸肩，冷下脸来，却发现古丽哭了。泪水从古丽悠长的睫毛下淌了出来，挂在清冷的面颊上，声音抽噎着。——她退后几步，这才发现古丽不对劲：没了平日里的面纱，头发凌乱，浑身沾满了呛人的灰土，那件碎花的小裙子也撕裂了。哦，古丽哭得那么恳切，一定是有原因的。

“告诉我，发生了什么事？”

没什么。眸子说。

“不！我能读懂你的眼神，一定有事的，请信任我吧。”

她手势频乱。

这时，古丽方才破涕为笑，笑得那么由衷、那么自然。她当然不会再追问下去了，忙举起两手，做了投降状，啃下一口桃子，还故意做出一番陶醉的表情。古丽的样子也舒展开来，悄悄从夹袄下摸出了一封皱巴巴的信，塞给她。

此刻，信并不重要。

她忽然灵光乍现，来不及去读，随手将信件扔在了桌子上。她一把拽住古丽，推推搡搡地将她拥进了卧房中。她开心极了，指着满床满地、花花绿绿的各式衣裳，乐呵呵地说："我嫌瘦！这都是前几年伦敦流行的时装，不过时，可我居然肥了五磅，十磅也说不定呢，我穿不了了，但比较配你。好妹妹，你挑一件吧。"古丽一头雾水，愣怔地瞧着她，不明所以。她拍了拍脑门，拣起一件长袖的白裙，唐突地绷紧在古丽的胸前，左试右探，比画尺寸，裙摆似乎有点太长。她另拿起了一件粉色的百褶裙，肩距、腰身、肥瘦都十分称，好像专为古丽捎来的一样。——哦，上帝，就这件了。一个粉色的烤面包美女站在伊犁街头上，将会引起一场不大不小的轰动吧。她猜。

"不过呢，你得去冲冲澡，才能换上它。"

古丽懵懂着。

"好妹妹，洗澡的时间刚巧到了，客栈的水很烫。等你香喷喷的出来，再穿上这件百褶裙后，呃，那个小胡子的面包师肯定会兴奋地跳起脚，给你来一个猛烈的湿吻的。"她一边自说自话，一边将古丽搡进了盥洗室内。

隔帘后头，浴缸里盛满了水，热气蒸腾，水雾缭绕，墙上的架子里搁着土皂、巾帕、镜子和梳子，这都是客栈的洗衣娘晚饭后准备的。她做了一个邀请的姿势，古丽明白了，但有些为难，也有点忸怩不安，却拗不过眼前这位美貌如花的洋太太的热情，脚步蹒跚。她将古丽轻搡到了浴缸前，拉开了隔帘。

“呀——”

古丽吓出了声，拧身扑进她的怀里，瑟瑟发抖。

“怎么了，好妹妹？”

“你瞧！”

她顺着古丽的手指一看，登时释然了，忙轻轻卸下古丽紧搂的胳膊，踱到了浴缸前。——浴缸中的水面上飘满了一层细碎的花瓣。在蒸汽的作用下，花瓣次第张开，互相攀援，仿佛结成了一块紫蓝色的花毡。她心里有数。这是她刚刚撒进去的，不承想，却惊吓了这个伊犁姑娘。她俯身拨开了一坨花瓣，撩了撩，忽然掬起一捧水，递到了古丽的面前。她催促说：“快闻一闻，好妹妹！再不闻的话，香气就跑掉了。”古丽看懂了她的情义，埋下头，贪婪地抽了几回鼻子，然后陶然地仰起脸，发出一种醉心的表情。她蓦地有了一个捣蛋的念头，趁古丽恍惚的瞬间，将手心里的香水浇在了古丽的头顶。

呵呵，这下你该去洗澡了吧，不洗也得洗。她心说。

“真香！”

眸子说。

“对！这是普罗旺斯的花，天堂的气息。”她回应道。

“Lavender！”

古丽鹦鹉学舌。

“咦，你竟然知道薰衣草这个单词？”

“听来的，听艾尼瓦尔讲的。”

用手语说。

她心里一突，慢慢近前，将古丽搂进怀里，给了一个诚挚的拥抱。

她低语说：“不。在伊犁，它不该叫薰衣草，应该叫伊帕尔汗。”

“伊帕尔汗？”

“是的。你就是伊帕尔汗，一位香姑娘。”

她哀恳道。

隔帘闭合了，光线幽暗，盥洗室内阒寂无声。

古丽躺在浴缸中，视野中繁花绽开，波来涌去，泛起一层神秘的荧光。这一块被水簇拥的薰衣草花毡覆着她，浓烈的气息裹住她，她像个婴儿似的，忽然觉得自己有一种委屈，一种不可自拔的弱小感。她刚才哭了一鼻子，实在忍不住，竟在洋女人的面前哭了，真丢人！

昨晚上，艾尼瓦尔拉着她去买新麦，可他一反常态，不往郊外的村子里走，偏偏在伊犁城区里兜圈子，兜了一整夜。今天她坐在架子车上，又坐了一整天，脑袋都快被晃晕了。天刚擦黑，等她在车框中刚睡醒，却发现车子停在了大巴扎，艾尼瓦尔从一座土楼上急匆匆地出来，一脸惶恐。

丈夫二话不讲，将她拽进了一条僻静的巷道内，从怀里掏出一封信，叮嘱她赶紧送给红乌鸦客栈的英国女人。她太不情愿，艾尼瓦尔却断喝说，现在就去，别磨磨蹭蹭的像只小母鸡，一定要当面交给她。她抢白说，那你呢，你干吗去？丈夫火急火燎地说，男人家的事，女人家废什么话！她也火了，将信扔给了艾尼瓦尔说，我偏不去。

孰料，丈夫竟送上来一记耳光，烙在了她脸上。

后来，她毕竟还是来了，因为艾尼瓦尔抽空跑了。在路上，她还买了一篮子鲜桃，想做一份见面礼。——此刻，在薰衣草的熏染下，古丽觉得脸颊也不那么肿，也不再痛了。她将身体浸润在花田似的水波中，渐渐打起了瞌睡。

这时，外间的书桌上，那盏矿石灯也烧到了末尾，火苗矮下一分，又矮下了一分，终至灭了，仿佛被英国女人奔下楼去的脚声给踩灭的。

今晚，客栈厅堂内空空荡荡，一只机械钟在嘀嗒鸣响。她慢慢敛住了脚步，将手摁在胸脯上，抚下了心跳。她开始端出一副大大方方的样子，走到门端处的镜子前，整理了一番头发，用膏油轻拭了一下嘴唇。她知道自己很优雅，撩起裙摆，骗腿迈过了门槛，用一种夸张的猫步，没入了长街。

三分钟后，她又踮起脚，原路踅了回来，像一条仓皇的暗影，闪进了艾尼瓦尔的镶房。上帝！她听见了一声黑暗的惊叫，声嗓很低。

闭了眼，她扑进了对方的怀里。

她将脑袋深埋在他的脖子里，使劲嗅，拼命咬，疯狂地扭动不止。——不用问，她从他的体味里辨识出了乔治·马嘎特尼，她的丈夫，她未来的爵士，她从万里之遥投奔而来的靠山。她颤抖着，觉得身体内的器官统统打开了，水声漫溢，几乎快淹没了自己。她一手挂住他，另一只手摩挲着往下，想扔掉他腰带上的子弹袋和枪械。但他并不允许这样，他粗暴地捏住她的手腕，撇开了。

她不肯罢休，又用嘴去找，找见了他的胡子，打算用舌头撬开他的牙齿。

“不，波尔兰德！”

“为什么？”

她从他身上滑下来，僵得像一块冰。

“你迟到了半小时，我在信里说好是十一点整来见面的，宝贝！”马嘎特尼十指翻飞，横在彼此之间，喋喋地抱怨说，“事态异常紧急，我本来约定的十一点，备好的马车就在街角上等着咱俩，可你晚了这么久。”

“乔治，你怎么来了？”

“接你！”

“用这样的指责和抱怨吗？”

“呃，亲爱的，我一直在往伊犁赶，马不停蹄地赶，半路上只在一家车马店停留过，和那些该死的瘾君子、臭虫、跳蚤和杂种睡在一张大通铺上。上帝，幸亏你安全无虞，像什么事都没发生过一样。”马嘎特尼一步步退却着，生怕她再贴上来，纠缠不休。又说，“宝贝，现在不是叙旧的时候，咱们就走，马上撤。哦，至于行李呀钢琴呀什么的，自然有我的人善后。”

“你的人？”

“我的情报员，以及喀什噶尔官府派来的特工。”他答。

“乔治，可你在信上说，你一直待在 CHINA PARK 里等我？”

“我撒了谎，我的信上都是谎言。”

“为什么？”

“波尔兰德，现在一言难尽呀。”

“不！你得告诉我，否则。”

她执拗道。

“嗯，这是一片诡谲的土地，也是一块遥远的疆域，杀机四伏。你初来乍到，一个殖民军的妻子，一个外国人，根本不会明白其中的曲折和恩怨。”——这时，马嘎特尼开始示好，想主动拥抱一下妻子，却被她拒绝了。他笃定地说，“我发过誓，我许诺只让你享受中亚细亚的阳光和所有的欢乐，而看不见一丝黑暗。我真不能说，现在也不是讲述的时刻。”

“我必须明白！”

“波尔兰德，我的宝贝。”

“不！领事先生，请称呼我凯瑟琳小姐！”

她用了清晰的发音，重复提醒道。

就在英国夫妇你吵我嚷，争执不下的关口，红乌鸦客栈里突然传来了不测。——小厮的尖叫声像春天的滚雷，也像山崩的巨响，在左右两条长街上回响开来。夫妇俩忙掀起一角帘子，看见红衣黑裤的小厮正站在门槛上，连哭带跳，扯着嗓子朝楼上的宾客们喊话：

“杀人喽！活着的快下来，全都下来呀！”

又喊：

“英国女人被杀了，二楼的洋女人被杀了。”

当然，他很乐意翻译给她听。

她晃了晃，身子往后一趔，差点晕死过去。马嘎特尼手疾眼快，将她揽进了臂膀中。他轻喊她的名字，掐住了人中，才让她慢慢醒了过来。她浑身酥软，却被他轮毂般的双臂箍紧了，不至于瘫倒在地。半天了，她才缓过一口气，嗫嚅说：

“她死了，她是替我死的。”

“谁？”

“伊帕尔汗，香姑娘。”

他切齿地说：“好吧，这就是你刚才要的答案，我不必答复了。”

“放开我，我要去看看古丽。”

“No！”

马嘎特尼低低地咆哮一声，捂住了她的嘴。他一边钳制她，一边耳语说：“波尔兰德，现在需要一点点自私。有的时候，自私其实也是一种不太坏的品质。”——见她依然踢踢打打，泥鳅般地挣扎，他忽然在她的太阳穴上擂了一拳，将她击昏过去。

尾声

礼拜三傍晚，艾尼瓦尔在伊犁河对岸的林子里，找见了开罗来的理发师。

抬埋完了古丽，馕房并未关张，艾尼瓦尔依旧打馕卖饼，像从前那样。这天歇工早，他一边啃着馕饼，一边端着喝水的净杯，踱到了河边，见理发师的一堆衣物扔在岸上，人却在河中心游水。——夕光洒在水面上，风吹微澜，白杨树的叶子犹如一面面手鼓，在喑哑地放歌。理发师招了招手，喊了声："朋友！"他也回应了一句："伙计！"

抽了空，他用脚尖拨拉了一下理发师的衣物，看见腰带上系着一件薰衣草的锦囊。袷袢雪白，但有一点点暗渍，像没洗干净的血迹。

半晌后，理发师从水里钻了出来，哆哆嗦嗦地跑到他的跟前，单腿在跳，想把耳眼中的积水跳出来。他背靠一棵桦树坐下，平静地吃喝。理发师问道："喝得那么香，究竟是什么呀朋友？"他哼了一声，轻蔑地说："糖水！那个失踪的洋女人留下来的一罐白砂糖。"理发师泄气地说："我剃了半辈子的头，现在我的头发太长了，快生虱子了，可没人来为我效劳。你会剃吗？"闻听此话，他款款搁下了净杯和馕饼，随口说："试试吧！反正，你已经欠我一个头了，再欠一个也没什么，虱多不痒嘛。"

四野空旷，夜风逶迤，理发师随便坐在了地埂上。

艾尼瓦尔将一块苫布兜过去，护在他胸前，绾了个疙瘩。他掰开剃刀，左手摁下头发，右手将刃口贴在了发根上，仔细地掠过。他剃得很小心，渐渐地剃白了理发师的头皮，脚下竟堆满了一层脏兮兮的乱发。他不做声，暗中踩住了它，咒骂它，仿佛它是魔鬼的化身。——后来，当剃刀移向左右两腮，开始修理鬓角和胡须时，他突然将锋利的刀尖，摁住了理发师脖子里的一根动脉。

“朋友？”

理发师一挺，脊梁骨戳得像一根椽子。

“别动！”——艾尼瓦尔一边稳住他的下颌，一边攥紧了剃刀，空虚地说，“现在告诉你吧，将一把糖藏进水里，才是最好的伪装。其实，盐也不例外。”

“让你钻了空子！我刚才就应该留心你，因为你不会游水。”

“老虎也有打盹儿的时候。”

“呃，你是怎么发现我的，朋友？”

“你猜！”

“我仅仅是一名开罗来的穷理发师呀，拜托！”哀求道。

“伙计，咱们喀什噶尔的按办大臣潘效苏大人说过，新疆的确太大，大得像十万只老鹰的翅膀依次飞过的地方，但它没有一寸是多余的，没有一寸不被我们心疼。这次你来试过了，不幸的是，你没有第二次机会了。”——艾尼瓦尔慢慢将剃刀喂了进去，听见噗的一声，仿佛气皮囊破了，也仿佛一片树叶落了下来。他疲惫地站起身，掷了刀子，自语说：

“哦，不久后，秋天就要来了，最后的美也将来到。秋天一来，这里就会像一座黄金的宫殿，真好！”

艾尼瓦尔走过去，拾起了地上的薰衣草锦囊。

蓦地，他的腿有些打软，踉跄了几步，赶忙扶住了一棵树。他靠了靠，觉得自己的一根肋骨丢了，而这根肋骨前几天都还在，还好端端地贴着妻子，现在竟丢了。肋骨丢了，又说不清究竟是身上的哪一根，所以才如此狼狈不堪的。他憋足了一口气，硬撑着爬到了伊犁河畔，摸见了冰凉的河水。

他打开了薰衣草锦囊，一粒，又一粒，仔细数着，将一朵朵花蕾吹进了河里。他瞧见这些善解人意的干燥花瓣，首尾相衔地投入了天光中，慢慢落下，栖满了广阔的水面，顿时将一条河，熏染成了波光潋滟的紫蓝色。此时，夏夜静谧，长风吹拂，一团团热烈的馨香渐渐涨潮，漫过了河堤，漫向了弧形的夜空。

撒完了最后一粒，艾尼瓦尔坐了起来，塑住身子，问天打卦，仰视着一群群永恒的星宿。他扪住心口，样子虔诚，一再发愿说：

“古丽，要是你天上有知，就请你让这一片河谷上长满温煦的薰衣草吧，让伊犁的每一个姑娘都香喷喷的，都是像你一样美丽的伊帕尔汗吧。古丽，我知道你听见了，你一定会的！”

突然，艾尼瓦尔号啕大哭起来，哭得像天山上下来的一只豹子。这是古丽被害后的第一次痛哭，第一场悲哀的眼泪。艾尼瓦尔一边捶打河水，一边擂着额头，撕心裂肺地漫唱起了一支谣曲：

没有你，我要这生命干什么，
没有你，要那天堂干什么？

苦恋于你，我流了那么多的泪水，
又要那淅沥不断的秋雨干什么？

傍晚，当你撩起垂散于脸庞的秀发，
我还要那皎洁的月光干什么？

你眼若水仙，面若玫瑰，身材像桧柏，
有你在的地方，还要那花园干什么？

倘若你想到河边来漫步玩耍，
就看我的眼泪吧，还要这河上的清波干什么？

请在你的门槛边，赐我一席栖身之地，
还要那富人们的亭榭楼台干什么？

没有你，我要这生命干什么，
没有你，我要那天堂干什么，古丽呀。[1]

（此文获《长江文艺》2017—2018 双年奖）

① 诗句改写自《阿塔依诗集·雅曲·十二木卡姆·第三套曲》之《没有你，我要这生命干什么》。

斯德哥尔摩效应

见小东西走过来，我失笑，决定再施舍一块钱。

他更贼，脚下顿了顿，和身边一帮课桌高矮的同学说话，还撇过头去，佯装一番。我想我更老练，靠在河岸边的桥栏上，袖手钓他。小东西，该属核桃吧，天生是砸了吃的。其实，我兜里早预备了一块钱，等他开口来哀求。我的镇定压垮了他。小东西忽然面露喜色，迅速摘下红领巾，塞进书包，松松垮垮地走过来。那一瞬，我差点儿失笑，但勉强。

不知咋的，我在这小东西跟前，总有一种乏力的感觉。他冲我笑了笑，双臂一撑，骑坐在桥栏上，长吁一口。春晖小学在马路对过，铜质门徽，在夕光下熠熠反射。此刻校门大启，先出来两溜儿小黄帽，一左一右，在街上拉起了布标，让车辆停行，留下一孔通道。接着，孩子们像鱼群似的涌出来，乌泱泱的，漫漶在傍晚的光线中，噪声大作。连着几天，小东西都是率先奔出校门的。我估计，成绩也好不到哪里去。——我要是他爹，我会在教室里钉一枚特大号的钉子，挂住他。

“晕！女巫婆来了。”

小东西紧忙躲在我身后，搂住肩，脸和我腻了腻。我像肩了一只猴，看见班主任老师走过来，拎着一袋芹菜，又蓦地直角转身，钻入了河畔的林荫道下。女巫婆是他的叫法。天热，我嗅出了他身上的一股汗腥气，忙卸下他。小东西豁开嘴，坏坏地伸出手，支在我眼前：

“我知道你看得起我，借三块钱吧！”

“翻了天呀，昨天一块，前天一块，现在变本加厉了？”我沉下脸。他却浑然不觉，鼻翼上孵出密密匝匝的汗珠来，“怎么，你妈妈今天又没来接你？”

小东西顽劣道：“别提我妈了。借三块钱，就三块，行不行？”

“不行！”

“那，一块一块借，借三次，等于把过几天的也借了？”

我攥住兜里的一张零钞，停了几秒。

——说白了，我是这座城市的过客，犯不着和人瓜葛，包括小东西。影视公司在河畔的百合花宾馆包了套房，让我改本子。制片和导演扔下我，去了景泰黄河石林选景，一天数个电话，教诲我赶快吃草，多多挤奶。我改了几句，便和安妮爆发了一场小规模战争，心情糟透。那天，我站在窗口远眺黄河，才发觉三伏天到来了，漫山遍野的酷热。岸边的林荫下，吼秦腔的、跳三步的、玩筮筷的、发呆的、叫卖的，络绎不绝。日光如织，鸥鸟翔集，我想我不能浪费自己吧。于是下了楼，靠在桥栏上，没心没肺地晒着，晒得无欲则刚，晒得天远地偏，在陌生的城市里有了一丝丝安全感。晒老阳儿的感觉如醉酒，越晒越瘫。堤岸下是个景点，头戴白号帽的回民汉子边放羊皮筏子，边漫唱“花儿”。我闭目，徜徉在粗粝的音乐中，隐约听懂了这么几句：身背了长枪的赵子龙，/刘爷结拜的弟兄，/好抱个身子（么）难保个心，/出一趟远门，/回去了治你的良心。——我空荒着，拼命将安妮这个名字挤出去。我不能亵渎说它像个疥疮，但至少是个小肉刺，如鲠在喉。

叔叔，你咋了？头晕，还是中暑？

小东西是那种年画上才会见到的小子，团脸，浓眉，鼻直口阔，一身的喜兴气。他搡了搡我，想学雷锋。夕光落下了，河面上铺满了碎金，我想自己睡着了吧，回报给他一个微笑。小东西并不走，将书包里的半瓶冰镇绿茶递给我，硬要我笑纳。我抿了抿，他似乎找到了理由，骑坐在桥栏上。小东西见面熟，手开始不老实，拨弄起我的头发。叔叔，我能猜准你是做什么的，你不是流浪的犀利哥，你一定是个艺术家，画家，诗人也说不定呢。——我的头发一尺长，没别的，懒的。我掐了烟，讶异不少，定睛打量起他。人小鬼大，眼睛里嵌着两小粒来历不明的物质，嬉皮涎脸的。按规律，开场白一完，这号小东西就要上房揭瓦了。

借，借我一块钱，咋样？

想吃雪糕？

小东西拉下脸，道，我IC卡用光了，我妈说好来接我，连毛也不见。

我掏兜，摸出一大把零钞，问说，一块够不够，回家几站路？小东西伸出指尖，只捡了一元，款然揣进口袋。临别了，我忽然喊他回来，在冷饮摊上买了一根伊利雪糕，撕开，交在他手里。很快，我就忘了这茬儿，忘得像我小时候吃糕点时，嘴角上沾的那一粒芝麻。次日，我照旧待在春晖小学对面的河岸边晒，小东西驾轻就熟地摸过来，坐我身边。我问说，你妈妈今天又爽约了，卡还没充钱吧？他回道，我妈挺忙的，嘻，现在的公务员都忙，一不留神，领导就让你靠边站了。我妈要那样子，我就得去喝西北风，喝风屙屁，臭死半条街。我怔了怔，问说，你个坏小子，从哪儿学的这一套乱七八糟的玩意儿，你能不能单纯点儿，孩子气一些？小东西吐了吐舌头，古怪一笑。——我的乏力诞生了。我说，你赶紧坐公交回家，省得大人们操心，一块够不够？小东西腼腆，又只拿了一元，不贪。我说，再添一块，你买个雪糕吧。小东西回说，谢谢叔叔的慷慨大方，今天不用吃，说不定以后会大大地麻烦你的。我噎了噎，见他撒丫子跑进了光影中。

“就三块！”现在，他伸出三根指头。

“喂，你小子，把叔叔当成 ATM 机了？”我乜斜一眼，心生不悦，“给你钱，你要进了网吧，或者干了别的，我可担待不起呀。再说，你谁家的小屁孩儿呀，连你名字也不知道，就施舍你？”

小东西豁嘴道：“我叫孟起凡，我妈叫孟柯。”

“你的确不凡！”

“叔叔，我错了，我向你赔情道歉吧，我说了谎。”小东西孟起凡忽然抽起鼻子，眼泪汪汪地道，“我骗了你，昨天和前天都骗了。我要一块钱，不是为坐车，是为了匹诺曹。”——匹诺曹是条小狗。孟起凡含含混混叙说着，无缘无故地落了泪，引得路人纷纷侧目，在我的脸上寻求答案。原来，失了家的小狗匹诺曹再遭不幸，被车撞破了鼻子，蜷缩在校门口，被孟起凡和同学们给救了。救也就救了，但匹诺曹在课桌里苏醒过来时，发声狂叫，把一堂语文课给搅黄了。老师勃然动怒，勒令几个肇事者赶紧处理掉，要么扔围墙外头去，要么扔对过的黄河里，否则请家长来谈心。校门外有个小卖铺，店员是乡下来的一个姐姐，同学们经常去买零嘴，孟起凡也认识。无奈之下，孟起凡央了姐姐许多遍，好歹才将匹诺曹寄养在那里，一下课便结伴去照料。店员姐姐还下了任务，要一帮孩子天天上贡，每人交一块钱，说要给匹诺曹贴膏药，喂跌打丸，还得加强营养。营养是双汇肉肠，捣碎了，一匙一匙喂。喂不完的，大多进了姐姐的嘴巴，谁也不敢提意见。今天孟起凡没交，姐姐拉下脸，连门也不让进。“叔叔，我太想匹诺曹了，今天没看见它，连它的叫声也没听到。它没妈妈，也没家，怪可怜的。”我一下子释然了，忙又掏出一把零钞来，多塞了他几张。孟起凡破涕一笑，黏糊道：“叔叔，你最好了，我早知道你瞧得起我。”

“别像个大人那么世故，好不好？”

孟起凡道：“等匹诺曹好了，我让它给你三鞠躬，喊你叔叔，咋样？”

“你小子，脑子里都是弯弯绕。”

“有恩必报嘛。”

“去去去！少给我嘴上抹蜜，半大小子，咋学得这么贫嘴油滑，我可真不喜欢这样子。”我搡开他，点了烟，但他执拗地拢过来，狗屁膏药似的。“快去吧，晚饭开始了，匹诺曹的肚子一定饿扁了。”

孟起凡唏嘘道：“唉，人在江湖飘，谁能不挨刀。”

——说着话，他迈起马步，以臂作刀，在虚空里左砍右砍，一步一步挪远。我缓过神来，既为小东西的幼稚失笑，又替他那种破绽百出的老练罪过不已。夜落了下来，仿佛一块刚刚淬过火的生铁，连空气也是烫的。我思忖，饱餐一顿后，趁着夜晚开始凉爽，可以赶本子了。其实，剧本都是这样攒出来的，在万家灯火时，一个居心叵测的家伙藏在暗处，非要狼心狗肺，给生活勾兑一些你死我活的元素，纵火，离间，挑唆。这就像让一只篮球钻过吹管一样，看你怎么个吹法了。刚踅摸开，我蓦地一低头，发现孟起凡的书包就在脚下。

小东西！

一个黑心的好莱坞大佬曾说，一部戏制胜的第一大秘密就是编剧，第二大秘密，则是不要把这个秘密告诉编剧。狗娘养的！因了这句阴暗的真理，我不得不向制片和导演妥协，一改再改，改得一头狼藉，面目皆非，直到老婆的肚子怀上了别人的孩子。妥协的另一层意思，是你的银联卡会渐次膨胀起来，出现一根心跳怦然的曲线，命犯金银，九死不悔。

我的套房不像在宾馆，更像一家街边的小碟片店。刚入住不久，我就去了一趟文化市场，抱回来一台影碟机，淘了一蛇皮袋的盗版碟，没白没黑地观摩，还顺手记下了一些细节和小启发，打算羼杂在我的本子里。一张张打开的碟片扔满各处，在薄暗里幽幽反光，挺鬼祟的。离子夜尚远，再读读一部叫《放大》的片子吧，写一个摄影家与一桩没有尸体的谋杀案，中文字幕。在北京时，建外SOHO我们公司的那帮子鸟写手挺推崇它。我不以为然，只对片尾那一段打网球的哑剧感兴趣，觉得带劲儿。

刚看不久，我的思想就抛了锚，盯住了小东西的书包。

双肩包，像百衲衣，红一块，绿一块，糊了许多贴纸，不外是变形金刚、恐龙和未来警察等等。我抬脚，将茶几上的书包够过来，抱在怀里。——丢了书包，等于俗话所说的战士丢了手中的钢枪一样，我比小东西还急。傍晚那阵儿，我横竖等不来他，便在学校周围远兜近转了好几圈，也没揪住他。后来，我想到了匹诺曹，挨家挨户掀开小卖铺的门帘，想找狗叫声，却也未遂。店主大多是老头老太，痴呆呆的，一问三不知，况鲜有顾客。校门紧闭，我敲了敲，想将书包托给门房，次日再转交给失主。门房出来说话时，我却改变了主意，怕班主任握了把柄，去收拾一个孩子。贪玩，乃孩子的共性，犯不上让女巫婆上纲上线。我拎回了宾馆，计划明早儿在校门口堵住小东西，挂他脖子上。

我拉开拉链，将包里的东西倒在茶几上，异味扑鼻。除了书本外，另有半包粉末状的薯片、一盒果冻、一条红领巾、创可贴、餐巾纸、半拉馒头和几根秃画笔。书包的夹层里，居然藏着一双破袜子，熏人。课本和字典呈卷心菜，糊涂乱画一气，封皮上还贴着胶布。当时想，我要是他爹，我非得扒光他的裤子，抽他屁股，揍不成面包算我白痴。——但我的恶劣印象迅速改变了，待我拿起各科的作业本，逐页翻看时，我开始佩服起小东西了。几乎每一页，或者说每道习题下，都被老师画满了红色的“√”。——我想，这种激动人心的符号，不管在股市、存款数额、银行利率或小学生身上，均有一视同仁的价值，令人乐而忘忧。我收拾好书包，暗忖道，等天亮时见了他，多给他一点儿零钱，算是奖赏吧。我对成绩好的孩子，一般都有天然的好感。

双肩包墩在茶几上，像那个陌生的小东西，不多嘴，不讨嫌，一直缄默着。凑巧，我发现了背带上拴着的一块小铜片，像美国大兵脖颈上的身份牌，想必是当地学校的一种安全举措吧。我解下来，看见铜片上刻着两行小字：

春晖小学　孟起凡

家长：孟柯　联系号码：139××××5088

——真该死！这才想起我的手机来，难怪一下午耳根清净，无人叨扰。我在卧室里翻，又在浴室里找，原来手机掉在了沙发夹缝里。一共有四十来个未接电话，安妮疯了，又追发过来十几条短信，质问、恐吓、咒骂，附带了一堆很囧的表情。仿佛她摸着了电门，头发乱奓，歇斯底里。最后一条，安妮冷静下来，用她一贯的职业口吻叮嘱道，寻欢时，别忘了保险措施，检查一下 TT 有无漏点，千万别把那什么艾带回伟大的首都北京，德行！——我猜，那一刻，安妮恐怕有点儿气绝身亡的表现，一定拔下了一缕青丝，以备日后作呈堂证供，向我反扑。

安妮有这个怪癖，喜欢拔头发，高兴时一根一根拔，恼怒中一缕一缕地往下揪。仿佛她的脑壳是一片韭菜田，取之不尽，拔之不竭。更离奇的是，她将每次揪下来的头发装进信封里，按时间排序，分门别类的，写清每一次怄气或发作的原因，矛头基本指向了我。那些信封插在书架上，齐刷刷的，昭示着我该千刀万剐，有负于她。有一次，安妮躺在我怀里温存时，伴着高潮，又开始拔，飘了我一脸。我的幻觉出现了，想象着一根根头发连皮带肉地拱了出来，洇满了血水和枯枝败叶，像一部鬼片。我当时就馁了，半途而废。安妮却娇嗔道，王家安，哪天你要是不爱我，我真去死，叫你内疚一辈子。但看在还有过一场情分的薄面上，拜托你，将这些青丝和我一块儿火化掉，骨灰交给我爹妈吧。身体发肤，受之父母，对他们也是一个交代哟。

这么说，其实有点儿过分，属于腹诽。

说了或许没人信，安妮的头发像吸血鬼，越拔越多，呈几何数地增长。我想，这和一个人的遗传有关吧。安妮有一头浓密的长发，营养饱满，发质清爽，像天天刷了一遍清漆，上了光。糟糕的是安妮在一家医院当护士，白大褂一穿，就得盘起秀发，戴上一顶瓦片样的帽子，再别上几枚发卡，敛起无尽春色。这影响了安妮的心情，也是职业性的欠缺，二者不可兼得也。每次，屏幕里出现一百年润发的广告时，我就为安妮鸣冤叫屈，说一些彼可取而代之的水话，怂恿她高兴。

再瞧她在客厅里旋身几遭，长发若一阵儿荡漾的黑烟，久久不散。有一回，我碰巧见到了刘德华他们公司的女助理，心里试探，想将安妮作为“发模”推荐出去。临了，自己打了退堂鼓。说给安妮听时，安妮不仅不曲意逢迎，反倒挖苦我，问我是不是玩腻了，阴谋设计，想卑鄙地甩了她。我苦笑，一再赌咒说，以后只赞美她的青丝，决不做进一步的开发。即便她有个三长两短（该扇！），我也会违誓，将她遗留的那一束束秀发交给毛笔厂，做一杆小号拂尘，挂在我的书桌前，驱女邪，避情祸，日夜祷告，四季上香，当她还活在这个珍贵的人世间，我将终身不娶。安妮扑哧笑了，拧住我的耳朵说，不对，我在天堂也会指定一个杨丽娟给你的，让你一辈子不得安生。我狐疑道，杨丽娟什么的干活？安妮聊赖地说，喂，你去问问刘德华吧，够你消停的。——妇唱夫随，那以后，我也留起了头发，不是和安妮竞秀，纯粹懒惰所致。

看看表，安妮正在班上，此刻正是查房换药的时间，接不了电话。

未接号码里有制片的，我忙挂了过去。——景泰石林靠近宁夏中卫，北毗腾格里沙漠，南接绿洲，黄河像一条游龙似的潜卧其间，一路风尘仆仆，留下一座座鬼斧神工的地貌，原始，荒凉，可以随便折腾。近些年，银川张贤亮的镇北堡影视基地渐渐稀了，石林却火得不成，《神话》呀，《天下粮仓》呀，《大敦煌》（顺便自夸一下，这名字还是编剧老张向我借的，出自我青年时代的一本小诗集）呀，冯小刚呀，何平呀，张艺谋呀，大多在这里取景。我这个本子写唐朝的一伙儿刀客和马帮，让他们护送几大箱敦煌的佛经雕版，沿途打打杀杀地运往长安，敬贡给皇帝老儿，谋取功名。制片和导演看中了石林，租了一辆八缸的越野去选景。临别时，制片絮叨说，一定要互动，互动知道吗，就是根据前方的景点，该删的删，该添的添。反正都是你点点鼠标的事儿，费不了太多工夫。第一笔款尚未打齐，我不能怠工，只得吞下草，听命挤自己的奶水。果然，这家伙一开口便嚷嚷道：

“停下！赶紧停下来，人物得动一动了。”

我灰败地说：“失身事小，失节乃大啊。”

“听我说，石林这地儿整个一原始社会的风景，焦山渴水，遍地赤野，戏又在八月的暑天里开讲。你让一帮糙老爷儿们在漫漫长路上赶脚，晒得晕头巴脑儿的，挺没劲儿的。干脆，你先写内讧吧，你让班头把金左手给杀了，来点儿血腥，刺激。”——金左手使刀，见血封喉，例不虚发。是戏里的一个要角儿，朝廷密探，身负使命打入了马帮，暗中护佑着几箱子财富。没了金左手，等于一场猝然中断的性事，两面不讨好。我怎能礼贤下士，挥刀自宫？我想象得出，制片正甩着一嘴的大龅牙，名曰讨论，实则派活儿，“杀了！先给丫儿杀了，暗杀最好，让他们内部先人人自危起来，拉帮派，搞斗争。”

“破山易，破心中贼，巨难。”

“一内讧，就有戏了。”

“黑泽明早写了，别罗生门呀。”

制片挺不待见我的咬文嚼字。他的原则就是编剧本一团橡皮泥，该咋捏，完全掌控在他手里。臭老丫儿的。大龅牙说：“反正不费吹灰之力，你点点鼠标，把金左手给灭了。要么，你让金左手把班头给灭了，篡党夺权，让他率起这哨人马，往长安城里赶。”

“老板，他本来就是大内密探，别掉链子哟。”

“王家安！”

“听着呢。”

“那，那你说咋办？一帮子糙老爷儿们拽着骆驼牵着马，懒洋洋地走在石林里，兔子懒得拉屎的地儿，赤日炎炎，不发生点儿啥的，观众不啐唾沫淹死你才怪呢。拜托，这可不是公路片，有速度，有风景，有岔路口，可以忽悠住。你得做一包猛料出来，喷人一鼻子一脸呀。”——靠！我接这单活儿时，我就想写一帮古代浪荡汉子的侠义心肠，他们为了一堆西土的佛经雕版，以命相搏，一诺千金的事。不说惊天地，至少也能泣一泣鬼神吧。现在就动刀子砍人，相当于抽了砖基，一座积木塔訇然倒下，势必眼前。这绝对属非法拆迁。再说，先期的故事梗概就这么个路数，论证了，报批了，盖章了。此刻改弦易辙，恐怕迟了又迟吧。大龅牙还在举一反三，错着牙叫，像一辆重型挖掘机渐渐逼近，拆迁我。我听出了一脑门子的疙瘩，连自焚的心都有了。“拜托了，王家安，你孙子不是号称王家卫失散多年的弟弟吗，你就使你的如椽之笔，给丫儿金左手来个痛快的，一了百了。”

我妥协，“别！还是让他们继续喘口气儿吧。干脆，设计一个雨夜，去投宿客栈，滞留他们几日。”

“龙门客栈？”

“去工商局，改改执照吧。”

大龅牙沉吟道：“咦，这是条捷径。对对对，让他们困在客栈里，下几天淫雨，下霉他们，再赶他们上路。你按你的思路弄，我不干涉艺术。”

艺术是个 P。艺术就是一块里脊肉，手起刀落，可以随便剁馅儿。

——我体无完肤，我口干舌燥，我在这座百合花宾馆内像一只困兽。当初签约时，我是带安妮一块儿去的，制片的饭局。合同只是个形式，填上名字，拿到第一笔订金，开工就是了。安妮知道我出息了，举止间登时妩媚起来，将胸器挺得老高，跃跃欲试，还不停地撩着头发。这怪不了她。我和安妮同居了一载有余，租住在五环外的一间顶层，与一个安徽妞合租，杂物房，临时改建的。夏季时，燠热难挨，安妮浑身是一层蟹红，刚出锅的样子；一入冬，安妮时时虾米在被窝里，让我剥皮焐脚。要命的是，安妮的单位距此尚远，一东一西，单程得花两个多钟头。安妮喜欢坐在地铁上数地上的风景，喔，大望路过去了，呀，建国门过去了，啊，东单过去了，哦，天安门过去了，呵呵，军博也过去了……娘的，终于到了！安妮爱发知音体的感慨，常说，北京的夜晚啊，我站在顶楼上，何时能收回一双流浪的翅膀；或者说，与地铁相伴，我鼹鼠般黑暗的心，比眼睛明亮。有一次，我走火，安妮不小心去做了人流，条件之一便是改善居住环境。在安妮的撺掇下，我和她勘察了医院周边的大小中介，终于挑中了一室一厅，砖混结构，陈年老宅，月租两千五，须预付一年。——安妮的喜悦是由衷的，频频给制片敬酒，后来又玩起了小蜜蜂，输多赢寡。制片说，女孩儿就别喝了，输了，我就摸一摸你的头发吧。安妮真把脑壳支了过去，左甩右甩，将一阵儿乌黑的浓烟，泻在大龅牙的指缝中，不绝如缕。

席间，我心明眼醉，瞧见制片的手，像一小股地主武装，盘踞在安妮的大腿上。安妮也佯装不知。后来，安妮去了一趟洗手间，说要补妆。制片也捂住肚子，连称尿急，疾疾而走。安妮很快回来了，搂着我说，老公，明天就给搬家公司打电话吧，我等不急了。我截铁道，今天就搬，当天吃的，当天就屙出来，决不过夜。大龅牙坐我对面时，我诧异地发现他鼻子破了，鼻血淌满了衣襟，状如蚯蚓。我问，怎么了，摔了？大龅牙舔舔嘴巴，道，不小心磕的，这酒有问题，一定有问题。安妮递去几张餐巾纸，一脸的坏笑。制片没接。事后，安妮也没帮着搬家，袖手一旁，兀自活动着手关节，伤得不轻。

王家安，绝对的草台班子。

当天晚上，我抱着安妮，在这套逼仄阴湿的房间里，持续了很久。

我对安妮有异议。我说，隔山的金子不如到手的铜，有一笔算一笔吧。

唉，野鸡没名，草鞋没号，反正你做枪手的，来钱就行。

我嗔怪道，什么话！上次跟邹静之老、刘恒老，还有张国立他们一块儿吃涮羊肉，央了我好几回，我硬是没接那一单大活儿。我有自己的规则。

吹吧你！你的规则还能硬吗？

怎么？

老公，安妮道，求求你，再潜我一回吧。

……撂下电话，我忙打开了笔记本，将几个关键词敲上去，备忘。大龅牙称，他和导演还得数天才能走完黄河石林。我的时间充裕。他还说，等他回来时，希望能看见一篇清晰的大纲，在一座客栈里把戏给做足了。我想，我已被篡改。《放大》已播了一半，傻小子在那座阒寂的公园里寻觅，始终没找见照片上的那一具死尸。我咯咯咯笑出声来，暗忖道，没了尸体的谋杀案，也类似于一场猝然中断的性事，评说两端了，像此刻的我。听见门口窸窸窣窣的响动，我按下了静音，果真听见一种啄木鸟叩门的尖叫。拉开门，我顿时失笑不已。——孟起凡像个小泥猴儿，除了牙白，浑身上下沾满了泥巴，腥气十足。

“叔叔，我来投奔你了。”泥偶一般，怪瘆人的。

“嗨，快半夜了。”

“我丢了家里的钥匙，回不去。”

我一把拽进门内，搡他进了浴室，扔进了浴缸里。我举起蓬头，劈头盖脸地冲洗他，好像盗墓分子在淘洗一只刚挖掘的青铜器。冲完了烂泥，又勒令他脱下衣服，光屁股站着，给他打了几遍浴液后，才算恢复了人样儿。“小东西，你咋摸到我这儿的，跟屁虫吧？”孟起凡弓起身子，钻进我撑开的浴袍里，缩作一团，蜷在了沙发上。“咦，原先我的书包在这儿呀。”他扑上去，有一番光溜溜的快意。

“小间谍，还没回答我呢。”

“别怪我，怪就怪匹诺曹吧。它在小卖铺关了好几天，发脾气，姐姐说要去河边遛狗，结果匹诺曹掉在水里了。我去救它，我也栽水里了。幸亏一个路过的叔叔把我给捞了出来。要不然，我妈会哭死的。”——孟起凡做了几下狗刨的泳姿，动作夸张，小团脸渐渐展开，有了血色。稍停，他的目光盯在了吧台上，忙跳将上去，将水果、碗装面、小点心、饼干什么的都揽在怀里，忙不迭地往嘴里塞。看他饿死鬼转世的模样儿，我哭笑不得，匆忙挂了电话，让客房部取走了一堆湿溻溻的衣服。特地加急，让赶紧洗净烘干了送来。小东西噎得直拔脖颈，自己去倒了一杯果汁，又兑了凉白开，牛饮一气。我坐在地毯上，戏谑地看他。他用手护着小鸡鸡，腰弯成了一根直尺，臊红了脸。

“真羞！”

“才不羞呢，大人们也有。”

“我不是大人，是个陌生人。你就这么胆大，敢来找我？”

“你面善，不像个坏人。”挺老练的，但也受用。

——原来，下午在河畔我给他掏钱时，房卡掉在了地上。他帮我捡起来，一下子记住了宾馆和房号。伸手不打上门人，况是一个稚童。相反，我对他夜半三更的叨扰，竟有点儿莫名的喜出望外。我曾经读过一部经。经上说，别辜负了投靠你的乞丐和孩童，那是我在试探你，那人，其实是我。一念若此，我便放松下来，启了瓶啤酒。刚搭嘴边，小东西竟然来碰杯，念叨了一句“切丝！”。我不忍，又将浴袍裹在他身上，打开门端的冰箱，取出一罐可乐，交给他。孟起凡笑眯眯的，打了打嗝，环望一遭。“叔叔，你家里可真奢侈呀，太豪华了，像电视剧上的别业（墅）一样。”我及时纠正了这个词，发音给他听，念“shù”，不念“yě”。孟起凡道，可语文老师就是这么念的呀，你比老师还聪明吗？我不好往下深入，逗乐说，那，你们语文老师是二百五喽。孟起凡诧异道，你认识我们老师吗？他不叫二百五，他叫齐柏午，整齐的齐、柏树的柏、中午的午。我笑喷了，伸手挠了他的胳肢窝。小东西乐颠在了沙发上，四脚朝天。

我说：“这不是叔叔的家，这是宾馆，来出差的。”我刚拈起烟，他急忙捧过来打火机，掌心里跳出一簇火苗，慢慢喂我。我说：“你跟我认识三天了，还没说过你家呢。你丢了钥匙，就不敢回家了？”

“叔叔，不谈这事儿，好不好？”

“也好！”我假装起身，拿起座机拨号，“我让服务生把你的衣服送来，给你钱打车，或者我直接送你回去，免得你爸妈操心，深更半夜在街上喊孟起凡回家吃饭。”我的话吓怕了他。他迅即努起了嘴，抽搐几下，生疑地盯视我。

“我有妈妈，但没家。”

我攥住了书包上的那块铜片，想发火。——一个孩子的辩解，差不多像窗外的如渊夜色，令人莫辨真伪。

“我知道，你想问我爸爸。”机灵鬼，见我头上冒火，开始妥协道，“可我爸爸去了美国。我三岁时，我爸爸去加州大学洛杉矶分校读博士了，没回来过。他现在在一家跨国公司上班，每个月寄点儿‘玛内’，我的生活费嘛。”

我说：“那你该寄张照片给他，毕竟是爸爸嘛。”

“他有新太太了，新加坡人。”

“傻瓜！自己的妈妈在哪儿，家就在哪儿。”我有点儿乏力，也有些懵懂。我想，理屈词穷这个成语，多半是为我发明的。

“关键是——，”呵呵，他耸了耸肩，居然用了“关键”这个词，来给我强调重要性。小东西眨着眼睛，像在课堂上回答提问，“关键是妈妈在哪儿，我也不知道。昨天还把钥匙给丢了。好几天了，妈妈都没来学校接过我。”

他哆嗦一下，很短暂。

忽然，孟起凡起身，赤条条地跨过沙发扶手，抱住了我的脑袋。小东西，叽里咕噜说了半天，我竟连一个字也没懂。我将他按在我腿上，揩了他的鼻涕，让他大胆讲。他搭在我耳朵上，诡秘地说：

“你先说保密！”

我举起右手，宣誓。

“我妈妈叫孟柯。我知道，她现在恋爱了，才不爱管我。”

什么话！我扳住他的胳膊，铅笔一样细的胳膊，想笑，却被他塌方似的表情阻击了。我想，这或者是可能的，大人们的生活逻辑，要么是一团乱麻，千头万绪；要么则是一个神话，天方夜谭而已。当然不能与孩子道哉。——我捏了捏他的脸蛋，捏出一丝狰狞的笑纹来，哄他说：

“你个小鬼，你咋知道妈妈恋爱了？举例说明。”

“多了去了！”

“说说看。”

孟起凡眼底里的两小粒不明物质亮了亮，倏忽间，又灭了。他打了一个长长的哈欠，撇下我，偎在了沙发角落中，闷声不言。我空荒起来，一时间举棋不定，不知该咋样处置他。我抛了抛瓶盖，心说，反面，就立刻送他回家，实在不行，或交给学校的门房，或推给派出所去处理，免得嫌疑。正面的话，我乐意赌一赌，将他抱在卧室的大床上，盖上棉被，送他入梦。

——正面！

我坦白，那一刻，我还真想再喝几瓶。起风了，我关了窗子，拉紧窗帘，也将电视关了。孟起凡在半梦半醒中磨牙，声音像一群小鼠，蹑手蹑脚地蹒跚在空气中。我的忐忑是多余的，小东西忽然愣怔地说：

“叔叔，你干脆爱一次我妈妈吧。她挺漂亮，你一定会喜欢上的。”

无语。

“你爱上我妈妈，她就不会这么不管我。”

“我想和你谈谈。不，是你儿子的事儿。”

“哦，现在不行。”

“他情况不妙，得送医院。你得把手头的事儿丢下。我在你单位门口。”

孟柯道：“谢谢你。不过没关系，他老这样子。”

——我开门见山，先简略介绍了自己，又说了孟起凡的现状。她是孟起凡的妈妈，这没错。她也一口承认了。但她的态度匪夷所思，公事公办的口气。我再次强调了发烧的严重性，39℃，可别把脑子给烧坏了。还在线上，孟柯嗫嚅了一番，悄声道：“市长来检查工作，正开会，我在做记录。拜托你，先用冷水毛巾敷一敷他的额头，这法子对他最管用了。”她字正腔圆，一板一眼地教我如何如何，仿佛我在打一个求助电话。我火了，挂了线。

我巡视了几圈，门口的武警冷眼相向，腰板挺得像一根标枪。我不得而入。

黎明时，我一翻身，觉得自己陷在了泳池里，一下子被激醒了。小东西四仰八叉地躺着，早蹬掉了被子，尿了一床。也难怪，他昨晚报销了不少的果汁和可乐。半夜时，我在沙发上无法入睡，便斜在卧室床上，等于傍着一座微型水库。我抱起他，转送在沙发上，垫好了枕头，又盖上另一条毯子。我很萧条，睡意全无，坐在地上看胡蝶的《朝闻天下》。小东西仍在磨牙，将窗外的夜色，一寸寸地磨成齑粉，淌出豆浆色的天光来。后来，见他呼吸一阵阵局促，一摸额顶，才知道发了高烧。

楼外不远的操场上，陆续挤满了小学生，喇叭里开始响起运动操的乐曲。我不忍喊他，却也无计可施。见他的小脸蛋越来越垮，垮成了一摊，仿佛打破的鸡蛋，孵出一层异样的蟹红，让我想起夏夜里一丝不挂的安妮来。——我明白，这是高烧所致。忙跑到客房部，借了一支体温计，量了量。

我摇醒他，逼他喝下去一大杯凉白开，想尽量排排毒，让体温降下来。没准儿，第一堂课早开始了，老师在点他的名呢。孰料，孟起凡根本不以为然，松松垮垮地靠在扶手上，浅薄地坏笑。衣服已干洗好了，我扔在他怀里，催他赶紧起床，别迟到。小东西忙用炭火般的手攥住我，不哀求，却喜兴四射地说：

以往我发了烧，妈妈就会给老师请假，绝不撵我去上学的。

你妈妈在哪儿？我也想知道。

小东西道："叔叔，求一下你吗。你要是爱上了我妈妈，她就要听你的，来和你一块儿照顾我。我妈妈可漂亮了，说不定你也认识的，她像一个人。"

像谁呀？

汤唯！

我瞠目结舌，手停在了半空中，没扇在他脑袋上。我问："小东西，你还知道汤唯呀，你知道汤唯是做什么的吗？"

喏！

孟起凡侧转身子，从茶几上的一堆碟片里，拿起了《色·戒》，眯缝起眼睛，似乎一肚子的鬼秘密。没启封。汤唯和梁朝伟的剧情照赫然其上，有碍观瞻，少儿不宜。我情急之下抢过来，掰成两半，扔进了垃圾桶。我的恶毒眼神并未吓退他。小东西舌头一弹，懒洋洋地说：

别骗人，你其实是个导演。说不定呀，汤唯是你的演员。

你还知道什么？

孟起凡道，妈妈来开家长会，连女巫婆和老师们都说，妈妈简直和汤唯是一个模子里倒出来的，姊妹俩。不过，我才不稀罕什么破汤唯呢，我妈妈比她漂亮八百倍。叔叔，等你见了我妈妈，你就相信了。

现在就相信。她在哪儿？

——我的乏力开始了，从脚踝里一厘米一厘米地上升，通体弥漫，但绝不是睡眠不足的缘故。我不再理他，下楼买了退烧药，催他服下。孟起凡吃了药，又昏昏沉沉地睡着了。春晖小学的铃声响起了，明摆着，孟起凡缺了堂。那一刻，我对自己也心生疑窦，不知哪根线搭错了。脑子如一台坏掉的稳压器，蜂鸣不止。我按照铜片上的号码，试探着给孟柯挂了电话，每次都是“不方便接听”。于是，我按小东西提供的线索，直接打车找到了她的单位，却碰了一鼻子冷灰。

我站在路边拦车，思忖说，等中午小东西的病情稍好后，我干脆送进学校，交给班主任得了。——非亲非故，我干么狗揽八泡屎，多此一举呢。就在这时，孟柯发来一则短信：请在单位对面拐角处的茶楼等我，半小时后，咱们面议。我有点儿恶心，怒目金刚地给她回复了一条：一刻钟内！否则，你就收尸吧。

喝败了一杯茶，我的耐心终于寡淡起来。

二十四小时营业的茶楼，一地的果皮纸屑和散落的扑克牌。服务生正趴在桌上打呼噜，连空气也锈迹斑斑，带着宿醉与茫然。刚走了一拨玩通宵的客人。我不知和黑夜一起遁形的这伙人是谁，也无心去猜。反正，他妈的我没喝过如此早的茶，没干过这么蠢的事儿。我冲了一杯水，啐着茶梗，肚子里翻江倒海一般。此刻，我不想让人打扰，安妮却见缝插针。

"王家安，检查写好了吗？"

我道："保重吧！你刚下夜班，又来查这边儿的岗。"

"少嬉皮笑脸的，问你话呢。"我猜，安妮刚进家，连鞋也懒得脱，径直栽在了床上，却扑了个空。往常，我就是这么被扑醒的。安妮说，"咋样，小姐的服务到位吗，爽不爽？我建议，多给人一点儿小费，谁都不容易，挺难心的。"——茶楼的音箱好像破了，萦回着一种喜洋洋的背景音乐，这和我的作息时间严重不符。我撒谎道：

"刚从黄河边跑步回来，神清气爽呀。"

安妮问："下雨了？"

"你咋知道？下了，毛毛雨，忒凉爽。"我不由自主地探身窗外，见天空如一座高炉，泼下炽烈的炭火，晃得人头晕。茶楼隔壁挂着一块巨大的广告牌，全聚德。一种油腻腻的气息掠过，更晕。安妮道："天气预报说的。怪了，你出差到哪儿，我就特关注那个城市的天气。"——我暗忖，天气预报也是狗娘养的，公然在天空作假账。

"妮儿，你要来就好了，我可以和你一起黄河边散步，在毛毛雨中。"

"晚了！"

我觉得这话唐突，精神消极。

安妮道："真的，一切都太晚了。我怀疑自己现在还有没有浪漫的机能，还敢不敢在雨中去散步，去疯一把。扩大点儿说，我还怀疑自己会不会爱，去爱人，去爱陌生人。我觉得，我的这个功能像一截儿阑尾，也快退化光了。”

“我没踩你呀。”

“对呀，我正惶惑呢。你谁呀，是我的谁？”

——这个早上乱象丛生，千头万绪，令我揣了一肚子乱麻似的。安妮的口气渐渐低沉下来，絮叨不止，总之不明白她在嘀咕些什么。我赶忙忏悔，说昨天之所以没接电话，忘了手机，云云。孰料，安妮根本不顾及我的辩词，拖泥带水地自语着，鼻子抽吸，声音也湿了。我哄她，夜班真不是人上的，像慢性毒药，毁了女人的容颜不说，还会把脑子给搞坏掉，颠倒黑白。安妮嘤嘤地哭了出来，有一种轮胎慢撒气的拟音效果。

“我还在医院。我，我在卫生间跟你说话哪。”

我一惊，“你又给病人挂错水了？”

“错你个头！你闭嘴，最好听我说。今早上冯晓媛来接班，但我主动提议顶她一个白班。我想完完整整地过一个大白天，看看早上有多长，中午究竟有多热，我想看看人。我自愿的。”安妮擤了下鼻涕，从线上响亮地传过来，但轮胎撒气声依旧。我猜，她多半是落单的缘故，少了我，她游魂似的，自己打发自己。这也好。就在这时，安妮却哭了出来，很放肆地哭。——哭声像湍急的河水。安妮又说，“你没见到他，你要是看见那个老头儿的话，你一定会同意我说的。”

“谁惹了你？”

“其实，我挺后悔的。当初我回家奔丧，看见妈妈被推进了火化室，我愣是没哭出声来。即便心里悲哀，哀到了世界末日，我也天真地以为，不哭出来才是真实的，才最悲哀呢。我连那么一次哭的机会，都给错过了，真可怜。”——半年前，安妮回了一趟山东，料理母亲的后事。那天，我去西客站接她。她扭扭捏捏地出来，将行李掷在我身上，大庭广众之下地跳到我背上，吻我。现在，安妮却将哭当成了一种奢侈的权利，布道一般，听得我一脑门子的疙瘩。她说："哭多好呀，哭才灿烂，哭才让一个人生动起来。"

我哑然。

"你在听吗？哦！"——似乎来了人，安妮收敛起来，但语气踉跄，"大概，后半夜吧，急救车送来了一位老太太，比祖母还老的老太太，一头银发。我值班，恰巧安排在我的病房，我按常规做完了一切。那个老头儿，也一脸的枯树皮，在走廊里堵住我，一个劲儿地询问病情，问有没有救了。当然，我要安慰他。老头儿握着拳，一直在砸自己的太阳穴，自责说，老太太去起夜，晕倒在了卫生间里。约摸有三个钟头，就那么躺在水泥地上，没被发现。老头儿嘀咕说，怪我，全都怪我，本来当天是老太太的生日，晚餐时，他贪了杯，结果睡得昏昏沉沉，连一点儿响动都没察觉，硬是给耽搁了。"——我面前的那杯茶继续败下去。败到了尽头时，一枚枚叶片会竖立起来，踩着脚尖，波来荡去。安妮说，"几次去换药，我看见老头儿坐在小马扎上，偷偷地哭，不敢出声。我不会阻止他，病人家属都是这个心情，谁都会遇上这个坎儿的。"

我冲了一杯温暾水，让它们继续跳舞。

"有一回，我进了病房，看见老头儿搓完掌心，热热地敷在老太太的双颊上。小心翼翼，搓了有许多遍，边哭，边流眼泪。老太太凉透了，体征特弱，能不能救活还是两说。等我再进去时，忽然发现老头儿趴在床尾，一动不动。我喊了几声，没能叫醒他。家安，这事儿发生过，一方垂危了，另一方也没了指望。于是自行了断，用尽各种办法。生同心，死同穴。我以前只听说过，可没见过。我慌了，又搡了搡他，原来他睡死了。迷迷瞪瞪醒来时，我才知道他解开了扣子，将老太太的一双小脚塞进了怀里，一直在焐。

“好心疼的一双袖珍小脚啊。像老玉，苍老得有好些个年头了。

“……天亮了，老头儿的子女们纷纷赶过来，想替换一下他，连拽带拉，让他回家去歇歇。老头儿没什么顾忌，照样在子女们跟前哭，哭得像个三岁的孩子，一把鼻涕一把眼泪的。也难怪，一场夫妻活下来，总会有一个人抬脚先走。那一脚，谁也不忍心迈。我一旁帮腔说，您回去吧，我会尽心照顾您太太的。

“一下子，老头儿给愣住了。

“愣了愣，他居然笑了一下，很短，很顽皮。

“老头儿说，错啦，错大发啦！她不是我老伴儿，躺床上的这位神仙奶奶，这位老祖宗，是我妈妈。我是他儿子，整七十一的儿子。家安，我窘死了，我不知该怎么道歉。老头儿忽然捂住我的嘴，说闺女，什么也甭说，听我说。你给好好的救一救老太太吧，我求你了，我不想当一个没娘的孤儿。

“他号啕说，他不想做一个孤儿。

“——真的！家安你听听，他四世同堂吧，他竟然当着一屋子子女的面，膝盖一软，竟然想跪下求我。他哭得特厉害，生离死别的那种。子女们劝他，我也拽住他，央求他别那样儿，可他还是哭。他说，他不想做一个孤儿。”

安妮道：“他是孤儿吗？我当时想，没了老太太，他可不就是嘛。

“我也是孤儿。

“事实上，谁都是孤儿。我是，王家安你也是，大家都是。只不过，一个人冷了，去爱另一个人，想烤烤火，焐焐脚，怕给冻死，才感觉不到自己其实是个孤儿。”安妮吸着鼻子，狼亢道，“所以，我顶了冯晓媛的班，我想看着老太太亲自活过来，吃上一口饭，说上一句话，别让她儿子失望。”

我心里很软，想稀释她。我说：“妮儿，那你的头发咋办？你老毛病了，天天早上要洗一下的，医院不方便吧。”

“它们白了该多好呀！”

“会白的。”

“喂，家安，你真想不出老太太的白发多漂亮，一捧雪似的，不该融化掉。老头儿也是。现在，他还守在病房门口，寸步不离。”安妮唠叨说。线上传来冲厕所的声音。“你继续写吧，不打扰了。我该去换药了。”我挂了线，拍了拍桌子，喊道：

“换茶！来一杯铁观音。”

该怎样形容孟柯呢，我想，还是使用比喻吧。虽然比喻大多很烂俗，这里不妨再用一次。她坐了下来，一双多汁的小腿修长生动，简直无可挑剔。我觉得她很像一块高级的瑞士腕表，有一套自己的系统，风度精准，气质优雅。她坐得很端庄，职业裙装，小翻领，手抚在膝头上。——没错，她应该是孟柯，比汤唯还像汤唯的孟柯。

“这事儿必须了结，就现在。”她说。

我说：“是呀，就现在。”

“我反复说过几次了，哀求过，道过歉，也想给一些赔偿。但你们出尔反尔，现在竟然食言，干出这样下三烂的事。”她突然发难，游丝乱了似的，有一种隐秘的咆哮，“我孩子是无辜的。他还小。他才上小学，成绩也蛮好。他和这件事没关系，太没关系了。这事儿必须了结，就现在。”她说。

“拜托，别用单位的口气说话。”

“我自己来的，没别人。”她道。

——我晕菜了。听她不动声色的威胁，字正腔圆的发音，不知她唱的是哪一出。她换了个姿势，跷起二郎腿，生冷地逼视着我。“你单位门口有武警战士，你应该喊过来一个排，叫大家给评评理。”我说。孟柯鄙夷地哼了一声，头发甩了甩，一脸的不屑。

“我遵守诺言，没报警，连报警的念头都没有过。我发誓。”她道。

我说：“那我来拨110。”

“你们也要守承诺，别让我看不起。”她说。孟柯从包里取出一块纸巾，擦了擦手心。能看出来，她的手心里沁出了很多汗，额头上也是，连脖颈里也密密地孵了一层。她团起湿纸巾，搁在桌子一角。“当初解决这事儿时，你们也答应了，绝不报警。我信任你们。毕竟，你们是男人，该一诺千金吧。”

“喂，你是叫孟柯吗？”我问。

“当然！”

“小东西，不，孟起凡是你儿子吧？”

她搐了搐嘴角，“是的。”

“他现在高烧不退，连学校也没去，旷了课。我早上量过体温，39℃，我怕把他的脑子给烧坏了。”我猜，她压根儿就没打算听进去，对孩子现下的处境也很漠然。我说，“女士，你得去瞧瞧。孟起凡是你儿子，可不是我大爷，轮不上我去求医问诊。”这一刻，我嗓子快哑了，带着祈求。

孟柯道：“你是新手吧。干这行多久了？”

无语。

“看得出来，你才入这一行当，新手。那好，我奉劝你一句。”

我恼怒道：“是你儿子找到我的。”

“那好，长话短说。反正，孩子在你手上，你们开个条件吧。”孟柯一把拽过包，窝在怀里，像抱着一种来历不明的信心，“但丑话说在前头，我的事儿是一码，孩子的事是另一码，你要挟不了我。要是我儿子有个三长两短的话，我也不怕声败名裂，我警告你们。”

说这话时，她的指甲掐了一下胳膊上的肉，像在鼓舞自己。

——我的头肿了一圈。我想起那天下午，在黄河边听到的一句秦腔唱词，估计是本地的俗语吧。大意是：我说的是东门上的楼子，你说的是西门上的猴子。两岔了，我猜。谁都知道，好男不和女斗，面对一位神经兮兮、心怀偏见的女人，最妥当的法子，乃是避其锋芒。我说了声对不起，径直钻进了洗手间，将积攒了一夜的宿酒和陈尿排空，心里蓦地升起一种深沉的虚无感。心里连连哀告说，何苦来哉，何苦来哉。

我捧起水，净了面，才发现镜子里的自己仓皇，狼狈，脸色茫然。

我在外地一般都丢三落四，对自己网开一面，得过且过。忘了给飞利浦充电，下巴上的胡楂儿繁茂如草，像一只用旧的猪鬃板刷。要命的是脖子上的长发，锈迹斑斑，油腻不堪。安妮干净人，挺不待见我的这种邋遢相。安妮就说过，别以为长发的就是艺术家，动物园的狮子也挺长的，孔雀还顶着几根彩色的翎子呢。安妮又说，你看人家外国男人的长发，小贝，《燃情岁月》里的老二布拉德·皮特，丝是丝、缕是缕的，干干净净，飘飘洒洒。这说明一个问题，中国不缺水，缺的是一种素质。那以后，安妮也催逼我天天洗头，挠起满头的泡沫，仿佛一门课业。——我趴在龙头下，美美地搓了几把，使了台子上的洗手液。

“咋样，合计好了吧。”孟柯冷问。

我说：“不懂你的意思。”

“别装蒜了。说合计，是给你一个台阶下。说不好听，你是去密谋了。”孟柯粉颈，拔得老高，恢复了瑞士腕表的那种精准劲儿。我头发湿答答的，坐在她跟前，一副破败相。“你老大怎么说？电话沟通好了吧，我听着呢。”孟柯下巴扬得很高，像仙鹤的样子，将包上的拉链划过来，划过去。我觉得自己被那条拉链夹住了，哑口无言。孟柯说：“马仔不好当。你老大训你了吧？”

“我老大谁呀？”

“划不来！再说了，也挣不了几个小钱嘛。”

我哀求道：“姐姐，拜托了。”

“快点儿吧，我还有个会，不能不参加。”

“是这！我从北京来，是一家影视公司的，双手沾满了万恶的墨水。来这里出差，赶一部戏。”我想，我应该理一理思路，将自己和盘托出才是，“小东西，不，你儿子孟起凡和我忘年交，在学校门口认识了。他丢了家里的钥匙。你一直在加班，也没去接他。他在我房间借宿了一夜，着了凉，在发高烧。我是来通知你的，别无目的。”

孟柯道：“有点儿拙劣。是不是？”

“这是事实。”

——她抬了抬屁股，意欲走人的架势。倏忽间，她又坐了下来，只为了不弄皱她的裙装。然后，她严丝合缝地端详我，眼睛眨得像瑞士腕表的指针，分秒不差。我想为她点一杯茶，再开诚布公地谈一谈，却被她拒绝了。孟柯说：

“人质在你们手上。你们当然有一大套的说辞。”

“我和谁呀？”

“现在，身份变了。先前你们是合法商人，但现在成了绑匪。”孟柯道，“知道绑架坐几年牢吗？告诉你，要是我儿子受了伤，只一点点伤，"她扳起手指，用指甲形容了一下大小，"起码，你在号子里要蹲几年的。别忘了，还有上限，上限是死刑。我希望你能理智一些。"

"我在帮你，帮你儿子，姐姐。"

"我奉劝你，别再执迷不悟了。你被你老大洗了脑，受了他的蛊惑。"孟柯太执拗，手势频仍，一点儿不容我插嘴辩解，"你把儿子交给我，咱们私了吧。说不定，我会给你一笔钱的。"

"你别策反了，我就在帮你。"

"你的短信还在，"孟柯忽然摸出一只红色的诺基亚，调出来，支在我眼前，"要不要看看？你刚才还威胁我，要我收什么来着？"

"那是气话。"

"哼，你老大派你来，和我谈判的吧？"

我忽然笑了，说："你真像那个王佳芝，但我不是易先生。"

"你是说汤唯吗？"

"你儿子这么描述你的，说你就是汤唯，一个模子里倒出来的。你儿子是我小朋友，聊得很好。他还说，连女巫婆和老师们也这么讲你，女巫婆是他的班主任，这你知道。"她一惊，表情有了缓和的样子。我觉得这是个契机，忙道，"不过，孟起凡还说，你比汤唯要漂亮八百倍。"——这不是戏，我没背台词，我也无心继续下去。

孟柯赧然一瞬，"儿子是这么讲过。"

"他有一条小狗，叫匹诺曹。"

"不！"孟柯断然道，"我讨厌宠物，更不会在家里养狗的。儿子以前央求过，但我始终也没答应。"

我又说："昨晚上，我还给他冲了澡。你听听看。他的右半拉屁股上有一块青斑，巴掌大，八成像古代说的那种貔貅。貔貅，是一种辟邪的动物，特吉祥（书上读来的，特唬人）。他的肚脐旁有一颗痦子，草莓色，米粒大小。另外，对了，他头顶上有两个旋儿，上下排列。”

“这不难掌握。”

“他的作业本上全是红‘√’。课本封皮撕破了，粘了几条胶布，估计是你补的吧。对了，他的袜子也穿破了，塞进书包里，臭不可闻。他喜欢吃薯片。他还有尿床的习惯，昨晚上一泡尿浇醒了我。够不够？”我怒目金刚起来，想赶紧了结了这桩破事儿，抽身出门。我翻脸说，“女士，不是我讲的够不够多，是你做母亲够不够格儿的问题。这是原则，不能混淆。”

孟柯搐起了嘴角，脖子弯了下去，仿佛天鹅的颈子。

“你不要儿子，那好，我直接送派出所。”

“别这样。”

她哀求。

“好心当成了驴肝肺，真是的。”

“请千万别这样说，拜托了。我，我和你们老大是有约定的。”孟柯说。

我惶惑道：“姐姐，我只是个过客，孤家寡人一个。我叫王家安，名正言顺地住在百合花宾馆里。我有我的工作。但现在，我被你和你儿子给绑架了，乱成了一锅粥。我没别的法子。我不是绑匪，也不要一分钱的赎金。”

“我能跟儿子通个电话吧。”

孟柯伸出手，乞怜似的，喉咙里也嘤嘤地起了悲切声。——他妈的，我真犯浑，只顾着自己絮絮叨叨过嘴瘾，忘了快刀斩乱麻，让她直接和小东西说话了。孟柯嘟哝说：“儿子要是还好好的，我就答应你们的条件。”

“无条件。”

“请别这样啊。我很抱歉，刚才冒犯了你。”事已至此，她还保持着一种 Office Lady 的小小矜持，恰到好处地说话，拿捏分寸地含胸。“请让我和孩子说句话，了解一下他的处境。拜托了。”

——我将电话挂给宾馆总机，转接到了房间。房间有两部座机，一个客厅，一个卧室。我猜，此时一定会蜂鸣大作，小东西保准会爬起来接听的。但挂了数次，居然无人问津。为取得孟柯的信任，我让她用自己的机子打，结果一致。我尴尬地红了脸，不敢对视她的眼神。

“打给学校吧。你问问女巫婆，是不是去上课了。”

孟柯道：“不行。这事和学校没丁点儿关系，我不想让太多的人知道。”

“烧糊涂了，一定是这样的。”

孟柯道：“孩子都很皮，装不出病。不过，他以前的确没烧过39℃这么高。我记得，还在他小时候，三岁吧，倒是有过一回。”

“在他爸爸去洛杉矶读博士前？”

“你说什么？”

“我知道。”

“你，你这是在恐吓。”

孟柯的目光霎时一散，若一枚磕破的蛋黄，锋芒不再。头也深埋下，空虚地停顿了一阵儿。我像个救援队员，信心满满，等着她全面垮塌、彻底溃堤的一刻。甚至，我蹩脚地设计说，她还会夸张地当庭下跪，弄乱衣服，披头散发，露出一个女人寻死觅活的泼辣劲儿来。孰料，孟柯摸出一只化妆盒，猛地扬起脸来，对着小镜子开始补妆。描完了嘴唇，又给腮上扑了扑粉，双唇一抿。孟柯招了手，递给服务生一百元的钞票，淡然地说，谢谢你，不用找零了。在她腾身站起时，还不忘将桌角上的一块脏纸巾捏在手里，料理后事似的。孟柯说：

“谢谢你。你虽是个新手，却无江湖匪气。”

无语。

“对了，告诉你老大，我答应他，愿意跟他合作。条件是，他必须在晚上八点之前，放了我儿子。晚上招待会一结束，我必须见到儿子。”孟柯起身，恢复了机关里那种千篇一律的姿态，高高挑挑地站着，双腿如并拢的铅笔，有板有眼。她说，“对不起，我得去开一个要紧的会。我分身无术，得去汇报工作，没办法。”

她耸了耸肩。小翻领里的锁骨，仿佛两尾深嵌下去的青鱼脊。一切，真像没办法的样子，随了她高跟鞋的笃笃声，湮灭在了门外。

我木然地趴在窗口，一团糨糊。

该死的女人，算你狠！我走投无路地咒骂她，对自己也有五马分尸的懊恼。仿佛好莱坞的某些肥皂剧一样，我和她似乎在谈抚养费、监护权的问题。谈崩了，一方拖上了油瓶，另一方负气而走，只好法庭上见。——何苦来哉。我觉得我被莫须有了，我想退出这个寡淡的游戏，恢复我本来的自由身。这时，我才发现孟柯在哭。

——她一手挎着包，一手捂住嘴巴，抽泣着，斜穿过车水马龙的长街，往对过的机关大院里走去。光线太强，这不是拍片的最佳时间，也没哪个SB导演会这么差劲儿。孟柯的步态也挺汤唯的，除了故事中的一袭旗袍，她完全像在赴易先生的约会途中，颓丧地走在十里洋场。只不过，易先生是谁，我无从得知。

心说，她在哭，她居然还会哭？

打车到了百合花门口，付完钱，迎面碰上了春晖小学的女巫婆。她勾着头，拎了一大袋子的中药，簌簌而去，显然是提前离校。我有些冲动，想喊住她，问一问孟起凡同学的情况。刚举步，想法却转瞬熄灭。我从女巫婆的脸上，看出了一种旷日持久的浮肿，心说，不是糖尿病，一定就是肾衰竭。日光很好，附近的居民们像一本本打开的书，各念各的经文，各怀各的心事。

此时，制片又挂来了电话。

大龅牙未及开口，兀自狂笑了一阵儿，中了头彩似的。大龅牙道，家安，哎呀好哥儿们，我有预感，这部戏绝对能冲进“亿元俱乐部”，想印多少钞票就印多少吧。天下之大，别光让小刚、凯歌和老谋子他们玩儿，特腻，全国人民都反胃他们。咱不但要给丫卸了磨，还得抓紧杀了这群驴，我等要粉墨登场一回。我不明白他喜从何来。大龅牙说，家安呀，我今世投胎，遇上你这么一个好哥儿们，真三生有幸了。我现在给你撮土为香，天空当幔，大地作帐，烧你一炷高香吧。我瘆得慌。我说，你这是同志的信任呢，还是作别清贫的祖国，一个人驾鹤西游，永不转世？

“陷了！”

又问。

“他妈的！车子陷沙窝里了，满目中皆是唐朝的风景，一派荒凉。”他道。

原来，制片和导演凌晨出了门，摸到了腾格里沙漠一带选景。不小心，八缸的越野陷了进去。沙漠是个大小通吃的玩意儿。它八辈子坐庄，你越挣扎，陷得越深。没了辙，制片忙叫雇来的司机和导演徒步去县城，买一些铁锨、麻袋片和草席，欲将车顺出来。实在不行，就雇几辆农民的手扶拖拉机前来驰援。人走了约莫一个来钟头，制片坐在车顶上，举目四望，天玄地黄，发一发感慨也在情理当中。我问，离县城有多远？大龅牙呵呵一乐，百八十公里吧，路上没碰见半拉活的，真旧社会，真山高皇帝远，兔子不拉屎啊。我说，走到天黑，估计唐朝街上的那些小商小贩早就打烊了，问城管也没用，城管也下班了。大龅牙说：

“这样也好，让老铁走，暴走一遭，才有体验，才会把戏导精彩嘛。”

指的是导演。

“家安，不能再赞美了。再赞的话，我的牙会甜掉的。”线上传来呼呼拉拉的风声。时光隧道，令我恍惚看见了一片戏中的风景，很确凿。制片说：“旷世奇景，就像为你的本子天造地设的一般。肯定火，不答应你不火。你要不火，绝对天要诛你、地也要灭你丫挺的。”——我肤浅，但我经不起怂恿。我想，我也会像希区柯克，在镜头中闪一把，手搭凉棚，瞭望一队古代的马帮，穿行在漠漠无涯的烟尘古道上。制片说：

“别写淫雨了。这地儿太旱，火星表面一样，消防车也不好请。家安，干脆来一场沙尘暴，在客栈里困死英雄好汉们。”

我说：“这容易，让鼓风机吹，沙子免费嘛。”

“另外，金左手不能灭。你有道理，人好歹是一大内高手，皇上的带刀侍卫，肯定有级别和待遇，千万不能给横死了。这世道，裸官谁干呀，给戏里留点儿包袱吧。”大龅牙道，“你给设计一位老板娘，别卖人肉包子，卖风骚吧。”

“张曼玉？”

“丫过时了。”

“愿闻其详。”

“你吧，你就照着杜拉拉写，弄一唐朝的职场，让丫在客栈和一帮子糙爷儿们死磕，玩感情，玩死一个算一个。对，这样才出戏。”我猜，大龅牙坐在车顶上，一定让风吹痛了脑袋瓜。他说，“把客栈弄成一职场，室内剧，还省不少钱呢。”声音乐陶陶的，中了风似的。

我沮丧透顶，“拜托，这本来是个纯爷儿们的戏，不能拧巴了，注水鸡呀。”

“废话太多你。”

“干脆，你送我一根绳子，勒死我得了。”

大龅牙痴呆呆地说：“勒死你，我那算是为民除害，清除视觉污染，净化银屏。你呀，你一个双手沾满墨水的反动小文人，勒死你还劳累人民法院，白白浪费了纳税人的血汗钱。亲爱的，乖，你得洗心革面，沐浴焚香，请出一位貌似观音娘娘，骨子里却风骚浪荡的老板娘出来，来个高潮吧。世界上最怕的，就是‘高潮’二字。人如此，戏犹如此。”大龅牙话痨，喋喋不休，“我呀，打算请，一线的女星，那谁，谁和谁，还有谁。不是吹，我门儿清，不差钱，扔下一张万事达，金卡，先让她们陪我吃，饭，再嗨一，夜，没搞不定的道，理。”

——我钻进电梯里，信号顿显微弱。刚来了一帮外国的沙丁鱼游客，挤成了罐头。大龅牙一息尚存，我挣扎着出来，他还在狺狺。我说：“你说吧，你人肉好了哪个一线女星，我就照她的样儿写，写成天下第一客栈之老板娘，绝对头牌。”

“曼玉不行。艺术吗，最怕重复，也怕她还在龙门县的那家小客栈里惨淡经营，勉强度日呢。”大龅牙沉吟道，“改子怡，行吗？”

“泼了墨，诈了捐，人气直降。”

“大眼睛小薇呢？可别藐视，世上还真有一帮特弱智的格格迷哪。”

我说：“生了，奶孩子哪。”

“迅迅呢？”

“当丫鬟吧。在后堂里剥剥外罩、画画皮、剔剔骨可以，上不了厅堂。”

“就冰冰吧。”

“哪家的？”我问。

大龅牙忽然哑了火。线上传过一阵电流声。我催问了几遍。大龅牙方神秘地说：“嘘！一队大雁，刚擦过我的头顶，飞过去了。特质感，特浪漫，特唐朝不是。”——心说，真是林子大了，什么鸟都有啊。大龅牙又追过来，慨然道，“同志啊，你要信我，信我像信春哥那样。看见雁横西天、碧血黄沙，这事儿成了一半。再出来一位风骚女郎，搅得周天寒彻、旌旗漫卷，这事儿就准成了。放开写吧，亲爱的。”

收了线，我刚摸出门卡。门自己开了。一只狗追出来，像狼崽子。

我顿时石化。

先发懵，脑子里泄氧，几近于昏厥。等睁开眼后，才发觉脚下的小狗在舔我，左一口，右一口，比我儿子还疼我。孟起凡开完门，早仰躺在沙发上，举着半截儿香肠，自己叼了一口，又喂给匹诺曹。房间内已被大闹天宫，就算我是现世的如来佛，我也不能把忍耐当品质。我俗。我修行不够。我冲上前去，揪住孟起凡的耳朵，刚想动粗，又感觉自己抓住了一块烧红的烙铁。小东西，正脸色潮红，嘴皮皲裂，额顶上罩了一层白雾。我馁了，甩了甩温度计，夹在他的胳肢窝下，叫他规矩一点儿。

他倒是老实了，不知道我的愠怒，继续喝果汁，还跷起二郎腿，盯着屏幕上的动画片，呵呵，哈哈的。但匹诺曹隔世为犬，无法沟通，一忽儿钻在沙发下，一忽儿跳上茶几。我嗓底里咆哮了几声，竟也奈何不了这位神仙。——不是公牛闯进了瓷器店，简直是一座垃圾收购站，满目狼藉。我像一本被撕掉了封皮的通俗杂志，塞进麻包里，等着过磅、分拣、入池、化浆、成纸，再印刷上一篇狗屁不通的文字，无人问津。我空荒起来，蹲在地上，捡起一张张碟片，吹灰。

安妮的短信：家安，老太太醒了。

答复：真好！

回执：很短。一、二、三，顶多三分钟。

答复：加把劲儿！

回执：她还笑了一声。

答复：：）

回执：不关心我？

答复：在码字。

回执：顺利吗？

答复：正点。

回执：劳逸结合。遇上靓 M，吃饭喝酒允许，但不能手脚不净。

答复：：（

回执：吻一个。

——小东西有眼色，见我沉默地玩手机，恐怕不妙。我不知他将温度计插过热水杯，待他巴兮兮地递给我时，40℃，我惊了一大跳。再伸手摸他的额头，却又不太像。我狐疑，心里拉锯，竟一时进退两难。孟起凡忽然拽住我，委屈地说："叔叔，我知道，你现在特想把我扔出去，扔得远远的。"

无语。

"我先申明，我犯了错。申明的人有权力说话，命令你不许生气。"孟起凡欲和我拉钩，我撇开。他说，"叔叔，我把一瓶矿泉水泼在床上了，呵呵。这样，服务员发现不了我尿了床，也就不会给你罚款。"

“小弟，你跟谁学的？”

“经常干。”

我苦笑一番。

“大尿冲了龙王庙，可咱们至少还是一家人嘛。我觉得你信任我，我就干了，不想连累你。”孟起凡甜滋滋地说话，舌头发黑，嗓音压低，怕隔墙有耳似的。匹诺曹是一只活泼的卷毛杂种，臭烘烘的，身上一定养了虱子。我紧躲不及，它却一个劲地来嗅我。黏糊糊的唾液沾在脚上，欲罢不能，令我时时有毒发身亡的不祥。小东西呵斥道：“匹诺曹，叫叔叔，给叔叔敬个礼。”——真狗东西，像个机器玩偶一样，人立而起，前肢并拢，汪汪了几声。

“喂，这是五星级，严禁宠物入内的。”

孟起凡说：“没关系。我用书包背进来的，谁也没发现。门锁了。我让服务员开的门。我说我是你儿子，我爸去办事了。嘘——”

“当然，这也不算什么错。”

“我还给女巫婆打了电话，说我病了，病得很厉害，下不了床。”他老练地说，贼样地笑，“我让女巫婆跟我妈妈说话。女巫婆说，算了算了，病了就休息吧。嘻嘻，挺管用的。”

“喂，你还撒过什么谎？”

“没撒。”

“你根本没病。”

“我有病。”

我沉下脸，“早上是发过烧，但现在好多了。瞧瞧你，你顺手就把温度计给我插在水杯里，撒谎撒惯了吧？”他挣红了脸，挤出一副哭的样子，山雨欲来。我说：“先吃了药，睡一觉，再巩固一下。”

“你想撵我走？”

我提高了调门，“下午的课，必须去上。”

“今天周末。下午是体育课和班会，体育练跳绳，班会是打扫学校的厕所。我能不能不去呀？”小东西抚掌合十，笑得很干燥，试图软化我，“叔叔，就让我陪一陪匹诺曹吧。明天礼拜六，后天礼拜天，我会见不着匹诺曹的。”

“你带回自己家去。”

“我妈妈特烦小动物。她的高跟鞋可尖了，非一脚踢死匹诺曹不可。”他说。这时，狗也在舔我，试图与我媾和。

我随口道：“那好呀。踢死的话，趁热剥了皮，撒上花椒、大料，给你做一顿狗肉煲多好，连汤带肉的，挺营养。这样，匹诺曹就在你肚子里了，想分也分不开。”——话未讲完，孟起凡鼓起腮帮子，攥住拳头，愤愤地盯住我。光天化日之下，又产生了一种磨牙的音效来。脸颊上凸显出青筋的印子。或许，我潜意识里就想激怒他。激怒是第一件任务，接着下逐客令，驱而逐之，还我一个清静之地。我说：“三伏天吃狗肉，大补。你的个子会噌噌噌往上蹿，长过姚明。”

“算你狠！”他说。

我问：“怎么，你宁肯站在一只狗的立场上？”

“你敢动一动匹诺曹，我背上炸药包，炸了你全家。”他很截铁，举起拳头的样子，像某一个历史时期的宣传画，很敌对。我存心逗他，又说了几句庖丁解牛的话，绘声绘色。小东西的眼角开始湿了，嘴角一抽一搐地说：“你还是个大人呢，你有没有人性呀。匹诺曹是个小狗狗，刚才还喊了你几声叔叔，你真狼心狗肺（在下恰巧属狗），叛徒、大坏蛋。不稀罕你，欺负一只小狗狗算什么。你有本事的话，去打日本鬼子呀，去开坦克、开飞机呀。”

匹诺曹灵光，心领神会，知道他在说自己。瞬时，它被他的情绪遥控了，对主子摇尾乞怜伸舌头，对我则怒目低吼，露出一嘴的牙齿。

——我的乏力开始了。

我坐在地毯上，瞧他的气一点点泄下去，又一寸寸地鼓上来。乏力是一种伸手不见五指的伟大感觉，等找见了，才发觉是打碎的牙齿。我提气，心里警告了自己。我投了热毛巾，替他揩了揩泪水。他挣了挣，后来归顺了许多。我装出一副诲人不倦的样子，说："孩子，你得待在课堂里，那里才是你的环境，才有你的欢乐。这，好比一条小金鱼一样，必须生活在水里。"我不喜欢艰涩，应该使用比喻，一目了然。我说，"在海洋里，有一条小金鱼在慢慢长大，但它始终也没见过水。水是什么，让它很头痛。于是，它去问妈妈，妈妈，水是什么呀，我怎么从来也没见过它。金鱼妈妈说，宝贝，你天天生活在水里，一秒钟都没离开过水。水是透明的，让你玩，让你呼吸，让你快快乐乐成长。小金鱼说，可我还是看不见它。妈妈带着小金鱼，跃出了水面，跳在空中。一瞬间，小金鱼差点儿窒息了，翻了白眼。一落进水里，它又活了过来，知道了水是什么。"我讲得很认真，归结道，"对你来说，学校就是一片水、一片海洋。那里，才有孟起凡同学的快乐，你才会是一条漂亮的小金鱼。"该死的，他一直鄙夷地盯着我，似笑非笑，胜券在握一般。

"完了？"

我说："当然，故事完了。"

"完了完了。这下，小金鱼被叔叔给搞死了。一条死鱼了。"孟起凡扬起双臂，苍天作证似的，摆了摆小脑瓜。他说，"你其实特想撵我走，让我滚到学校里去，别再烦你。可你也不能违反科学常识，让小金鱼活在海水里呀。"

"怎么讲。"

“海，水，是，咸，的。小金鱼会齁死的。”

“童话知道吗，童话就是我说什么，你理解什么，别那么世故。”我聊赖地说，“唉，算了算了，你鸠占鹊巢，没什么可讲的。”

“哼，这肯定不是一个好词，看你的脸就知道啦。”孟起凡得意扬扬的，又伸手与我拉钩。我的确灰败死了，又不能拒绝一个孩子的请求，拉了。——我本是一架运转正常的机器，冷不丁撞上了这枚螺丝钉，卡死了我。小东西说：“叔叔，你猜猜。猜中的话，你就是司令官，我当士兵。”我顿了顿下巴。小东西道：“A 和 B 两个字母，谁的个子更高一点？”

鸡同鸭讲。

没等我回话，他抢先说：“AB（比）CD（低）。哈哈，你输了。”

“不行！中午 12 点得退房，我要去机场。”我作势拽出了拉杆箱，将杂物往里塞，故意将旧机票扔在茶几上，态度凿然。孟起凡颤巍巍地站起来，匹诺曹偎在他脚下，尾巴在劝慰。孟起凡忽然咆哮说：

“大嗓门的怪物。”

我吗？

“你还在唱呀，你得意什么，你是个大嗓门怪物。”

——脸尚未淹在泪水里，小东西的鼻孔中涌出了两条血龙，蜿蜒，渐粗，吹起了小泡泡。鼻子破了。鼻子像一盏红灯，勒令我停下来。忙拿了纸巾和凉水，又是擦，又是敷的，好歹给止住了。血一流，孟起凡又有了强大的武器，瘫坐在沙发上，占山为王。匹诺曹踱过来，再来舔我的脚趾时，我恨不得立刻掐死它，抛尸窗外。这时，孟起凡慨然道：

“我妈妈来电话，让我待在你这儿。”

我说：“撒谎，我刚见过你妈妈，谈崩了。她是个不负责任的母亲，铁石心肠，撇下你不管不顾，塞在一个陌生人怀里，也不怕你被狼给叼了。”我觉得那个叫孟柯的女人，真是一把优质的德国焊枪，将亲生儿子焊接在我身上，自己去做了逍遥神。细想之下，却又觉出一丝丝疑窦。我说：“你妈妈打到房间了？她怎么对你讲的？”

“在这儿接的，喏！”孟起凡抬脚，示意了一下座机。“我妈妈说，让我尽量配合你，别惹你生气。我妈还说，长头发的叔叔面善，比较好说话。要是其他的人，我妈说那就难保了。”

“其他人指谁？”

“你同伙呀。”

我诧异道：“小子，你赶紧穿衣穿鞋，带上你这位巴儿爷，趁早给我滚远一点儿，别在我眼前晃悠。否则，我立马报警。”——疯了，不是这世界发疯，就是我脑子灌了水。“你来向我要钱，又不请自到，干扰我的生活。现在猪八戒倒打一耙，你居然伙着你妈，反倒给我栽赃，这不是佛头泼粪吗？”

“我妈妈说，你是贾小鹏叔叔一伙儿的，故意来钓鱼。”

“钓什么？”

“钓我。”

“贾小鹏谁呀？”

孟起凡说：“嘿嘿，你真无知，还是装的。你连贾小鹏叔叔都不知道，混什么混。”小东西撇了撇嘴角，居高临下似的。——我预感到，一早上和孟柯不欢而散的谈话，这孩子失家后对我的纠缠，可能起因在此。我稳住情绪，让小东西把话说完。“贾小鹏，就是开宝马的那个叔叔，我记住他的车牌了，尾数四个八。”他做了个“八”的手势，自得不已。我想，我必须洗清自己。我说：“甭管真的假的，小子。我的确不认识一个叫贾小鹏的家伙，与他彻底无关。”

“他要挟我妈妈，一直。”

“要挟？”

“对呀。”孟起凡眯缝了眼，一派心知肚明的架势，晃着两条腿。匹诺曹爬上他的脚尖，像荡秋千一般。“叔叔，你是贾小鹏派来的，难道他没给你说清楚吗？呵呵，看你的表情，就知道你还蒙在鼓里头呢。告诉你吧，贾小鹏叔叔手里有一个我妈妈的录像带，才来要挟我妈妈。”

我说：“录像带？”

“算碟吧。”

“录像带上有什么？”

“不关我的事。再说了，我妈妈不告诉我，她保密。”他的鼻孔里插了纸巾棒，干透了，猪鼻子插葱——装象（像）。“好几天晚上，贾小鹏叔叔跟踪我妈妈，还来过我家里，被我妈妈给轰出去了。真的！一见他，我妈妈就疯了，把垃圾和茶水往他身上泼，还扔鞋子。我妈妈下了班不敢回家，带我去肯德基。我的作业都是在肯德基的桌子上做完的。到了半夜，我妈妈才带我偷偷摸摸回家，连灯也不敢开，动画片也不让我看。”——我忽然笑了。心说，大不了，这又是一个红尘男女的俗故事，刚演到火候上，难解难分。唯一不幸的，是把这个孩子裹挟进来，没家没妈一样，挺无辜。我也挺莫名的，替故事中的人物遮掩说：

“没事儿，他们在拍电影，像我一样。”

他蹙鼻子说：“没见导演呀。”

“嗯，导演这个东西，其实可有可无。”我斟酌着。心想，这一个小小的心脏，恐怕承载不了太多的是非，那么别难为他了。我说，“最关键的，你不是说你妈妈像汤唯吗。汤唯就够了，她是影星，演什么像什么。”

“贾小鹏算导演吗？”

“或许吧。”

孟起凡说：“贾小鹏叔叔站在我家门口，还抱着鲜花，口口声声向我妈妈道歉。喏，他的样子像日本人，腰弯成了这样，快舔到鞋尖了。”他站起来，比画了一番。他说，“我妈妈不理他，扔东西砸他。他也不生气，嬉皮笑脸的。我猜，他和我妈妈闹翻了，才派你来，故意钓鱼的。我妈妈说，晚上下班后，她去盛客隆找贾小鹏叔叔，把我从你手里解救出来。”

“我巴不得呢。”

“叔叔，这就是绑架吧？”

“对！绑架。”

“嘁，才不是呢，我是自投罗网的。因为，你爱上我妈妈了。”他说。

——我抚了抚他的头，一瞬时，居然善心大发。我说：“下楼吧，都中午了。炒几样小菜，吃米饭，给你增加一点儿抵抗力。”孟起凡说：“不！我妈妈让我待在房间，哪儿也不能去。”他忸怩着，一点儿也不配合。我说：“小弟，你就不能说说我的好话，说我是雷锋，助人为乐呀。”我抓起他，扛在肩上，一溜烟儿地出了门。匹诺曹尾随上来，抗议了几声，便泄了气。

我顺手挂上“请打扫房间”的牌子，心里窝了一堆水草似的。

几乎一下午的时间，这个城市便飘满了横幅和彩色气球。煽情的口号，沸腾的街景，令空气骤然升高了几摄氏度。“创卫”开始了。洒水车首尾相连，播着《铃儿响叮当》，让一层层水雾，映出几个圆圈似的虹杠，挂在天上。街边的店主们拎着水桶和抹布，擦起玻璃和隔离带，自扫门前雪，三包到底。显然，政府组织了十几个演出小分队，沿路撒开，在黄河畔吹拉弹唱，弦索不断，努力营造出一种祥和的氛围。——我不怀好意（文雅的说法，该是不揣冒昧）地想，要是让戏里的那一帮刀客和马帮，冷不丁地潜入城里，再公然走在日光澎湃的大街上，又会是怎样的一番景象呢？不用说，肯定炸了，这座城市不神经才怪了，不吐血都不正常。

不过，唐朝的那些事儿，就拜托唐朝的 P 民们解决吧。

我买了瓶冰镇水，要孟起凡喝。下午时，他的病情反复了好几次，体温忽高忽低。我也没怎么休息。朦胧中，还在构思本子上的一些细节。或许吃了药的缘故，孟起凡走得趔趔趄趄，不像中暑，八成是药效发了。我拽着他的胳膊。刚拐过一座街心花园时，孟起凡指着一家大型商厦，努了努嘴。

“盛客隆，贾小鹏叔叔的店。”

我说：“快八点了。在这儿等你妈妈吧。”

“喏，我妈妈的窗子，灯还黑着。”他说。转瞬间，他的思绪飘远了，又说，“楼上一片漆黑，唯独一扇窗子的灯还亮着。这道题，老师判我病句。”

“当然病句。”

“那另一道，年轻的小伙子呢？”

“和你一样，发烧，说胡话。”

“嘻嘻，现在懂了。”

我搂着小东西，目光搜索着街道。

——这是盛客隆的旗舰店。包豪斯风格，背倚一大片厂区和森森古木，渗透着旧年代的痕迹。盛客隆临街，一瞧就明白，当初翻新改造的工程浩大。落地的玻璃窗，门楣上巨幅的LED显示屏，高耸的气球拱门，一派灯火辉煌的景象。拱门下有个舞台，厂家在做促销。主持人捏着嗓子，一直喧嚣不止。周围的顾客反倒不太多，稀稀拉拉的。我的脚站麻了。马路对过的机关门端里，鲜有人进出。武警战士照例绷得很直，枪刺在灯光中恍惚莫辨。见一旁的树荫下有个象棋摊儿，七八个老叟在对弈，我挪了过去，观棋不语。

“叔叔，不太好意思。嗯，再借你一块钱。”

我讥诮说：“反正账多不愁、虱多不痒嘛。”我兜里没零钞，遂递给他一百整的，见他眼底里一喜，撇嘴道，“羊毛出在羊身上，先挂上账，一会儿等我妈妈还你吧。”孟起凡撒丫子跑进了盛客隆，我不能究问。

一局刚结束，孟起凡偎在我身畔，笑眯眯地递给我一盒烟。“送给你。”他说。一瞧，软中华。小东西果决地撕开了塑料纸，磕出一支，手段老练。我有点儿石化。小东西居然拿出打火机，又来喂火。“嗐，小子，你搞什么鬼名堂。”我说。小东西眨了眨眼，慨然道：“我请你抽，叔叔辛苦了嘛。刚看见你摸口袋，我猜，你一定断顿了。”我苦笑说：“喂，一包要六十多块呢，我平时只抽中南海。”小东西说：“别客气！有我妈妈买单，你只管抽吧。抽吧，这包全归你了。”——我回过神来，心痛道：

“这一包顶几条中南海啊。”

“骗人！中南海在北京。”

“你还未成年，营业员就敢卖给你呀。我告你妈，让她去投诉。”

孟起凡说：“简单！我认识老板嘛。”

“造反了。”

“我给营业员说，贾小鹏叔叔让我买的。”

“谁说我的坏话呢？”

——蓦然举头，我便知道，站在眼前的这个男人是贾小鹏。

刚咂了一口烟，我冷不丁就被呛了，咳了几声，却越来越顽固。我想，多一半是为了掩饰自己的尴尬吧（一种莫名的感觉）。我弯下腰，涨红了脸，顺势踩灭了烟头。贾小鹏乐呵呵地说：“小凡呀小凡，你打着我的幌子去买烟，现在还说叔叔的坏话，该当何罪？”小东西偎过来，牵起我的手，嗫嚅几句。我怔忡着，和贾小鹏对视一眼，双方又迅速躲开。像在给我解释，贾小鹏说：“店长给我一描述，我就明白是这个小机灵鬼。真不敢卖，他是狐假虎威吗，呵呵。”

“哼，你就是个老狐狸。”小东西道。

“呵呵，老狐狸没错，但没拐骗你吧。”贾小鹏笑眯眯的，逗着玩，“你呀，和你妈妈一样，疑心重。”

贾小鹏样子很普通，一件T恤，休闲短裤，板寸。给我留下印象的是他的人中很深，笑起来有点儿深邃。另外，他的腕子上挂了一串佛珠，鸡血色，质地不明。说话的时候，佛珠哗啦哗啦响，手势特频。我也礼貌地点点头，敷衍说：“带他在这儿，等他妈妈下班来接他，给你添麻烦了。”

“小凡，你也不介绍一下？”

孟起凡慨然道：

“我爸爸。”

“真巧啊。”贾小鹏伸手过来，很热络地攥住我，像一个失散多年的兄弟似的，“太巧了，我也在等你太太。说好的八点，都快九点了。”

“恐怕你误会了。”

小东西坠在我胳膊上，影痴痴地发笑，一肚子坏水。贾小鹏道：“我和孟柯本来约好的，在我办公室见面。瞧，黄花菜快凉了，人影也不见。不是我说啊，迟到是女人的特权，奈何。”——我想，在一个晴明的夜晚，我并不是感时的花、恨别的鸟，但表情仍是礼貌，刻意顺遂他。贾小鹏殷勤，又说，“不如去我办公室，一边喝茶，一边候着你太太？”

“再说一遍，她不是我太太。”

贾小鹏道：“掰不开！有这小家伙在，你和孟柯一辈子也掰不开的。人啊，谁都买了一张单程车票，往死里活，总归有一些掰不开的纠结事。”他用手搭住我的肩，语气一沉，像是一种警告地说，“别让孩子看破。现在的这些小玩意儿，一个比一个鬼。你掩饰都来不及呢，还敢这么说话呀。婚变的家庭，伤害最大的往往是小孩子，有阴影，对成长太不利了。”他的手暗中用劲儿，卡住我的一坨肉，像摸骨看相。贾小鹏继续说，“婚姻嘛，本来是一纸契约单。一有了孩子，性质就大大不同了，就变成了血书、生死状。瞧这小家伙，现在还在混沌阶段，过五六年长大后，非活剥了你不可，血缘、气质、长相，都有根有据的。你呀，就别说丧气话了，好好和母子俩待一待，回来一趟不易。”我蹒跚不定。孟起凡在后边搡着我，哪吒一般。——进了盛客隆，贾小鹏换了话题，开始介绍这座规模宏大的卖场，仿佛我是某一位微服而至的官吏。见了老板，营业员们很恭敬，微微含胸。路经玩具柜台时，贾小鹏索来一支塑料步枪，咔嗒上了电池，交给了小东西。

茶不太讲究，一次性纸杯。贾小鹏用指尖撮了一点铁观音，冲了水。

“我去过洛杉矶。”他说。

无语。

“小时候，咱们都知道美帝国主义这个词，反动的意思吧。”贾小鹏仰靠在沙发上，挠着头皮。他说，“后来去了几次，我有心得，这个词也有了新解。上帝坐在美利坚，呵呵，这可不就是美帝国主义的意思吗。”语气太自负，也是话痨。我愣怔着，对这个陌生人保持着充足的警惕。贾小鹏说：

“我还去过你们学校，洛杉矶分校。”

我唐突道：“那敢情好。”

“没参加旅游团，我是自助旅行，主要参观大学城和教堂。”贾小鹏说，“我记得，在你们分校的操场边上，有一组群雕，莎士比亚、柏拉图、亚里士多德、莫扎特、贝多芬什么的。有荷马吗？对，反正看着像一位盲诗人，摸着空气，多半是荷马吧。”——他比画着，胳膊横在空中，做瞎子状，“那天下雨，雨挺大，我一直逗留在学校的教堂里。哪儿也不想去，就想感受一下。”

佛珠哗啦哗啦，且在灯光下变了色，像玛瑙，也像珊瑚。

“那天不是礼拜的日子，没什么人。我就静静坐在角落里，想一些破事儿。教堂的门是铸铁的，门把手上嵌着一张天使的脸（呵呵，男孩儿，像捣蛋鬼小凡），有点儿铁锈。可人摸得多了，天使的鼻子是亮的。鼻子贼亮。这有什么讲究吗？”我一时语塞，大脑没存盘。其实，贾小鹏也没在意我的反应。他说，“不过，最漂亮的是教堂山墙上的四幅彩色壁画，圣母马利亚的，怀抱圣子，头上有一圈光环。每幅壁画上有主题，分别是圣杯、锚锭、火焰和矛刺。真的，我搞不懂什么意思，你知道吗？”

我否认。

“后来，碰上一位留学生，问了问。其实，答案挺简单的，分别是四个字母。”他的眼神询问我，自己却脱口而出，有些抢答的味道。他说，“一个是‘爱’，一个是‘信念’，一个是‘勇气’。另一个，大概是‘隐忍’吧。”

“隐忍也叫苦行。”

我恰巧读过类似的文章。

贾小鹏说：“对对对！你在那儿，你有发言权嘛。”

——那支塑料步枪大概是 AK-47 的造型，一扣扳机，枪口里会喷出电火花，像个会喘气的机器。小东西在贾小鹏的办公室里开了几梭子，竟乐不可支，又持枪出门，去走廊里扫射了。待我回过神要找他时，走廊里却阒寂无人。“丢不了，放心。”贾小鹏说，“喏，他走到哪儿，我都能监控住他。你看看这儿。”贾小鹏将桌上的一块显示屏挪过来，指给我瞧。网格状，这座大卖场的角角落落尽现眼前，并被标识了不同的区间。贾小鹏使了鼠标，将其中一格放大全屏。呵呵，小东西像个特警队员，居然藏在一根立柱后，在练习瞄准。

“除了卫生间，都可以搜遍。”

他道。

我说：“别让他妨碍你营业。”

“哦，我去去就来，对不起。”

小东西又跳进了另一格，大概是运动器材区域吧。我点开，发现他爬上了一辆自行车，将枪支架在了车龙头上，咔嗒咔嗒地扫射。附近无人，玩得像个猴子，和大闹天宫毫无两样。后来，小东西又跳进了另一格，枪口顶在一个女士的臀部，吆喝了一句什么。女士扭头一觑，见是个半大的孩子，倒也很配合，乖乖地举起了双手，演电影似的。——这时，制片的电话来了。我心生歉疚，居然忘了问问他们的安危。大龅牙很喜兴，先简略说，导演和司机刚进了县城，果如所料，店铺都打烊了，只好等到次日一早，才能买到救急的工具。我说：“你呢，就在荒郊野外，与狼共舞了？”大龅牙道：“嘿嘿，繁星如被，旷野作床，长风吹动，和唐朝时没什么区别。我呀，我将就一夜，权当自己是李太白吧。”我发笑说：“对了，我现在明白唐诗是怎么诌出来的了。”

“家安，我想出了一句万能对子。不信？不信你说上联，我和你丫对下联。不对死你，我跟你姓。”制片不仅擅于融资，尤喜风雅。他叫阵说，“随便你讲，我一夫当关。你丫准备好今夜黔驴技穷、生不逢时吧。”

“青海长云暗雪山。”

“一枝红杏出墙来！”

制片道。

“清明时节雨纷纷。”

“一枝红杏出墙来！”

我斟酌一番，“杨柳岸，晓风残月。”

“一枝红，杏出墙来。”

“最是，仓皇辞庙日。”

“一枝，红杏出墙来。”

“两个黄鹂鸣翠柳。”

“一枝红杏出墙来！”

我忙说：“得了，我去打酱油了。”

——我猜，大龅牙一准儿乐翻了天。笑声像小规模杀伤性武器，从线上汹涌而至，令人不堪。我边说话，边盯着显示屏，小东西不见了踪影。制片戛然止笑，说：“怎么样，一枝红杏出墙来，你那位客栈里的风骚娘儿们出场了没？”我卖关子道：“心急吃不了热豆腐，你做个耐心的读者好不好。我节奏慢，闲笔太多，我得仔细烘托一下气氛，再恭请一枝红杏出场不迟哦。”大龅牙说：“对，高潮至死，这是硬道理，也是收视率。你信马由缰吧。”我摸着鼠标，搜索小东西的痕迹，却一无所获。这时，大龅牙才说：

“我人肉好了。”

我问：“哪个宫的？”

“汤唯。”

“王佳芝呀。那什么，她不是被禁了吗。”我有点儿想喷，“再说了，汤唯也太洋气了吧，适合十里洋场，配不上大漠孤烟的这份狼狈，别拧巴了。”大龅牙嘻嘻然道，“的确被雪藏了，也不知这丫头得罪了朝中的哪位公公。侯门深似海呀，眼见着就无出头之日了，拉一把吧。不过，一雪藏，身价也就熊了。咱不去啃这根骨头，难不成让别人解了馋？就是汤唯了，已经联系上她的经纪公司啦。”

“这着儿太险。”

制片道：“别担心。我有路子，给几位上书房行走挂了电话，在运作呢。”一般来讲，大龅牙这是板上钉钉了，不容置喙。他又说，“对了，汤唯在戏里的角色得有一个江湖名号。干脆，就叫‘一枝红’吧。”

“好吧，就‘一枝红’。”

——贾小鹏进来时，孟起凡并未跟在他屁股后头。我猜错了，还以为他去找孩子呢。我的表情告诉他，小东西不见了。他不为所动，将手里的一张碟片晃了晃，喂进碟仓里，用遥控器指了指一旁的电视机。贾小鹏说：“你看，你刚回国，我却要大煞风景，给你讲这么一桩烂事儿。嗯，实在抱歉。”

我无语。

“这事儿必须了结，就现在。”这话似曾相识。

“了结什么？”

贾小鹏努了努嘴，好像在下最后的决心。“和你太太有关（暂且这么称呼吧），我是说孟柯。嗯，我知道这很难为情，也太煞风景了，但我无能为力，必须了结。我想，咱俩都是大老爷儿们，好说话，你也可以劝一劝孟柯。”

“录像带，对吗？”

“哦？”他很诧异。

我一番惶惑，却不想究问。贾小鹏嗫嗫嚅嚅的，始终也没撳下“播放”键。他说：“和孟柯有一些误会，谈不上冲突。我想，她一定不是故意的。她或许是太焦虑，压力过重，一时半会儿走了神。她犯不着这样。她有地位，有身份，也有不错的收入。她差不多算是这个社会的精英一分子了。哦，这顶多是误会，我是这么认为的。我不想把这事儿闹大，对她、对我尤其如此。”——开始播放了，影像清晰，视角恰当，仿佛一部制作精良的纪录片。

“喏，那个穿职业装的女士，就是孟柯。”

我回说：“嗯，是她，这没错。”——我置身事外，在这样的场合看见她，竟有点儿偷窥的快意。或许，也是刚才受了制片的蛊惑，我像在看一部汤唯的生活片。这和选角时的情况类似，却是在一家大卖场里。

“这是第一天的监控录像。时间在右下角，下午六点半。她在这里逗留了一个来钟头，看这儿。”贾小鹏快进了一截儿。风姿绰约的孟柯挎着一只大拎包，在化妆品柜台间穿行，轻松，休闲，表情淡定，与周遭的顾客们毫无二致。“瞧，她开始动作了，她给包里塞了迪奥（密集修复精华液）、雅诗兰黛（全效全能明星系列）、资生堂什么的，连拉链都忘了拉。再瞧这儿，她刚把一支兰蔻放进了包里，想了想，又拿出来搁回了柜台上。”

——孟柯徜徉在画面中，在盛客隆的精品区域内来去蹒跚。我得承认，镜头切换得很好，像一个业内老手剪辑出来的。贾小鹏说："看这儿。她去付账了，只付了一袋速冻饺子钱，在门口打车回家了，没一丝异样。我猜，她和小凡的晚餐就是这顿水饺吧。"我呼吸不匀，不知为什么，感觉自己也脸红透顶了。

"哦，我不想说那个词，我想她绝对不是故意的。她一定在梦游。"

我说，"这像一场戏，但它是确凿的。"

又是快进。贾小鹏道："另一天，瞧这儿。她还是六点半进来的，刚下班。对面机关的白领是这儿的主要客源，打头碰面的，店员们差不多能认出来。这是她和熟人在讲话。喏，她又碰上一拨儿。看得出来，孟柯的人缘很好，人对她都很恭维嘛。顾客渐渐稀了，她逛了有一个钟头左右。我想，她的病开始犯了，又开始梦游，她到了食品这一片，把酱呀、调料呀、油呀、小吃什么的，往包里塞了一气。呵呵，都是些不值钱的货。她的包可真够大的，像一个有魔法的口袋。她现在开始付账了，只付了一瓶王致和的账，打车回家了。"——贾小鹏俯身在电视机旁，絮叨不止，好比默片时代一个糟糕的解说员。他说："这一段不放了，孟柯在时装专区里梦游的，没什么意思，还那样儿。后来，店员们盘点时短了货，保安室调看了监控录像。很简单，孟柯浮出了水面。"

"你别用梦游这个词来搪塞。你给我看，其实就想揭发她偷窃，她是在偷窃呀。"我反感贾小鹏貌似公允的态度，"事儿闹大了，该找她谈谈，或者报警。"

"Sir，还轮不上我。"

贾小鹏揿了"暂停"，骑坐在桌角上，继续说戏。"后来，保安和店员堵住她，怎么说，抓了个现行吧。从她的包里倒出了一大堆东西，什么都有，连胸罩、内衣、卫生巾、刷锅的钢丝球、袜子，居然还有一双牛皮靴子，什么都有。我交代过了，保安们其实挺客气的，请她到里面说话。结果呢，孟柯把保安室给砸了。”

“她毁了自己，这怨不了别人。”我也客观。

“我想求你一件事？”

我诧异，“求我？”

“是你。”

贾小鹏打开了碟仓，将那张碟片递给我。他说：“请你把这张碟交给孟柯吧，她怎么处理，由她自己作主。我发誓，我只压了这一张。监控器里的影像早就消除了，没底子。”我愣怔着。贾小鹏的手却一直在怂恿我。

“你应该自己去，那样儿更好。”

“她根本不信任我。”

我说：“这事关名誉，一个人的名誉。”

“是吗？名誉是什么，名誉简直就是一堆臭狗屎。”

贾小鹏诡谲一笑，指尖拍打着碟片，愤愤地说：“我快被这个女人烦死了，不信任我，还谈什么名誉。她天天下了班，出了对过的院子，就跑到我这个办公室来上班。我告诉她，指天发誓说破了嘴，一不会报警，二者，也不会举报到那个衙门里去。我劝她，她一定是犯糊涂了，不小心，毫无恶意，梦游吧。可她怕我拿这张碟广而告之，捅到对面的机关里。我不想两败俱伤，对谁都不好。我是个生意人，太明白这一点啦。”贾小鹏伸手，向我索了一支烟。他的样子很怪，咬掉了过滤嘴，吞在舌头上。“其实，我真还调查过她，无前科，口碑好，前程似锦。虽说离了婚，带着一个男孩儿小凡过日子，但很正常。我犯不着和她死磕，对不对？”贾小鹏说，“来跟我闹，以为我要讹诈她，疯了，魂不守舍似的。我怕她出事，几次跟到了她家里去，又是道歉，又是赔笑，可她不相信我把录像资料全都删掉了。她赖上我了，赖上了，狗皮膏药似的。”贾小鹏说，“给吧，兴许你管用。你交给她，也告诉她，这事就结了。”

我问：“你刚才讲，她赖上你了？”

“Sir，我真快疯了。”

“这叫什么来着，斯德哥尔摩效应。”——我灵光顿现，戏里的思路一下子打开了。仿佛一座被沙尘暴围困的唐朝客栈，将开门纳客。江湖人称“一枝红”的媚娘，即将从楼梯上吟吟下来，妖娆亮相。我说，“这也叫斯德哥尔摩综合征，指的是……”

贾小鹏道：“她有幻觉，觉得我在迫害她和她孩子。”

“挺典型的。”

“呵呵，也不怕你难过。你这位前妻呀，真是个难伺候的主儿。”贾小鹏蹙起鼻子，猥亵地说，“喏，在这儿，在这张桌子上，她央求我上她。她挺主动的，呵呵，张开了大腿，居然让我上她。”

“这事儿很难讲，的确。”

“你啥意思？”

贾小鹏忽然用本地口音质问我。

我忽然问：“喂，你腕子上那玩意儿究竟是什么？”

“玛瑙！”

“你可真操蛋！”

——我想，我应该有所表示吧。既然一队唐朝的刀客和马帮夤夜赶来，这座塞外的客栈不发生点什么，似乎于理不通。我接过碟片，顺手将一杯茶泼在了贾小鹏脸上。剩下的半杯，又仔细泼在了他的头顶。温度刚好，比开水凉，但比心脏要烫。

我走出了盛客隆，将自己的一段影像，留在了监控探头里。

是的，这事儿必须了结，就现在。

在不远处的街心花园，我碰上了这母子俩。就这么简单，没别的理由，因为他们还牵念着一只狗。我拦下一辆的士，打开门，让孟柯和小东西上去。孟起凡扛着那支塑料的AK–47，架在车椅上，咔嗒咔嗒地直叫。孟柯一直沉郁不语，我懒得问。我告诉司机去百合花。

“叔叔，我刚才看见妈妈的窗口亮了，嘻嘻。”

小东西，此刻的欢乐显得放肆，一会儿扫射，一会儿偎进妈妈的怀里，撒娇耍横。我从后视镜里，窥见孟柯的表情慢慢放松了。她像在解释，说：“小凡在机关的幼儿园待过，经常去，他比较熟，溜上去找我了。我也刚结束。”

“匹诺曹一定饿晕了，我听见它在哇哇叫。”

孟起凡道。

我说：“你还站在一只狗的立场上。”

“抱歉！还得打扰你。”孟柯公事公办的口气。

——进了房间，早已整理过了，夜灯幽幽的，静谧异常。孟起凡率先奔进去，大呼小叫着。匹诺曹懒洋洋地从沙发下钻出来，对孟起凡手里的一根香肠并不热情。我侧立一旁，用眼神告诉孟柯，小东西的书包在茶几上。孟柯并未领会。她环视一眼，忽然踢掉了脚上的凉拖，慨然而入。

“小凡都告诉我了，谢谢你。”她说。

我暗示道：“看来，他不烧了。”

“你是导演吧。瞧，桌上这么多影碟，有上百张吧。”孟柯随手乱翻，淡泊地盯着我。——她打了个嗝儿，迅速咽了一下嗓子。我闻见了一股浓烈的酒精气。她说，“哦，我知道导演是做什么的，但始终也不明白，你们怎么会编出那么多的故事来。不碍事的话，我正好可以请教一下你。”

“叫我家安吧。”

孟柯落了座，腿并得很拢，从拎包里摸出了一瓶葡萄酒来。孟柯捧在手里，请我看了看酒标，带点喜兴地说：“本地的，口感特好。你有起子吧？”——恭敬不如从命，我旋开了木塞，斟在两只高脚杯中。孟柯举杯，眼神迷离地来和我碰，嘴里嘟哝了一句“切丝”。我回敬了一声。妈妈在场，小东西并不太闹，躲在卧室里，和匹诺曹开辟了新战场。孟柯干了。我瞧见她领口里的锁骨，像两条细长的鱼脊，动了动。这时，孟柯出溜一下，滑下沙发，坐在地毯上。

“刚才是宴会，公务活动，挺没劲儿的。”

“当然。”

“其实，我最喜欢红酒，但也喝了几杯白的。”

“白酒是喧品，红酒乃静品，安静的静。”我有点儿卖弄，见她撩了撩头发，弄得很乱，有一番夜晚的气息。我也坐在地毯上，中间搁着瓶子和杯子，有古人的范儿。我喜欢慢慢来，舌尖顶在上颌，让酒液顺着舌翼分流，窝在下颌里，渐渐预热一下。我说，“比如现在，就挺适合它。”

孟柯说：“以前不会喝，真的。后来得了病，才学会喝的。”

眼神一问。

“其实，也不是什么病。失眠算病吗？”孟柯自己倒了酒，下巴一扬，催促的意思。我和她“切丝”了一声，饮干了。她说，“反正，没什么理由，就成宿成宿睡不着觉。好不容易眯着了，盗汗，心悸，做梦，醒来一瞧才过了十几分钟。这还不算，老掉头发，一抓一把，枕头上都是的。”

“偶尔行。长期失眠的话，对身体可糟糕了。”我说。

“你不知道，我以前的头发可漂亮啦，乌黑油亮。要是剪下来做假发的话，一定是抢手货。”孟柯说，“你的也不错，但比不上我年轻时候。”

我说：“我这几根毛，和匹诺曹的差不多吧。”

“能让我摸一下吗？”

——我俯下头，感觉她绕在指尖上，捋了几捋。我能看见她的领口，异常饱满。一股体香也趁势涌出来，与我想象中的成熟女人一样。摸完了，她兀自饮了一口，继续说，“有一点点头屑。我想，和你的职业有关吧。熬夜？”

“家常便饭了。”

“试试土方子，用生盐和醋（熏醋最好），调在水里洗。刚开始重一些，后面用量轻一点，特管用，还防止男人脱发。”她的嘴角一撇，自嘲一般，“失眠久了，也就管不了头发，放任它。我试过安眠药，严重时，一次吃一把。”

“催眠了吗？”

“哪儿呀，”她咬了咬指尖，下意识的，“吃完了，反倒是双目炯炯，心比夜空还亮，一直睁眼到天明。也不困，白天跟打了鸡血似的，腿脚上了发条。所以，就爱上了这个，喝不醉。在我来说，醉是一种传说吧。”

我说：“陶然一醉，也是一桩幸事。”

“喂，你相信来世吗？”孟柯冷不丁问。

“我不是教徒。”

“假如真有来世的话，我想做一块黄河里的石头。千百年里，就沉在那儿，纹丝不动。”她影痴痴地望我一眼，半是迷离、半是唏嘘道，“石头好，能压住自己，不妄想什么。至少，不那么滑稽吧。”

我抢答说：“你或许是太封闭。”

“不！是滑稽。”

“好吧，为这个词儿干一杯。”

“你呢？”

这是个郁闷的话题，我有点儿浑浊，但不太想驳她的兴致。我随口说：“来世，我想做一杆钢笔，一笔一画写字的钢笔。”

“钢笔？”

我点头。

“谁会想做一支钢笔呀。亏你想得出来。呵呵，这么浪漫。”她惊呼了一声，“喂，这都什么年代了，现在是电子时代，钢笔早淘汰了。”

我说：“那，我把全世界的插头都拔掉，断电。”

“不错。”

——像是一种讽刺。话音未落，桌上的手机响了。一瞧，安妮用单位座机挂来的。我刚一接听，便听见了线上的哭声，料想不妙。我抱歉了一下，转身站在走廊里说话。安妮边哭边笑，笑得直哽咽。我说：

“老太太过去了？”

“嗯。傍晚时，老太太回光返照，顶多半小时吧。”

我说：“别难过。你已经尽力了。”

“我陪她说了好一会儿话。当时，她那个七老八十的儿子不在，孙辈们也不在。她忽然就醒了，和我唠唠叨叨的。”安妮顿了顿，擤了一把鼻涕，又说，“你猜猜，她告诉我什么了？”

“夸你。”

“她告诉我密码了。”

我狐疑道：“什么密码？”

“银行卡。”

“瞎掰！她活成一尊菩萨了，还费那个神呀。”——走廊尽头有一对黑人情侣，嵌在墙角里，拥吻不止。我掉转头，站在窗口，看见夜色下的一线河水，带着这座城市的细节和故事，蜿蜒东逝。我说：

“你累了，歇歇吧。”

“她一再叮嘱我，别告诉她儿子，也别告诉别人。那是她的养老金。”安妮挺絮叨，不似她往日的风格。安妮说，“家安，我发现，老太太严重不信任她儿子。她听见他在病床前号啕痛哭了，可就是没醒，假装的。”

“应该转告他密码。”我说。

“喂，老太太是个钢琴教师，弹了一辈子。她说，她的密码是哆来咪。”安妮说，“听见了吗？呵呵，她的密码竟然是哆、来、咪、哆、来、咪。”

我不禁失笑，却发涩。

这时，安妮呀地一声，忙说：“家属来了，不说了。我得趁着她还没硬，去帮老太太穿衣服了。”末了，传来一记吻的声音，像青蛙在叫。

我收了线。

——坦白说，我并不知道房间内的场面会陡然一换。孟柯裹着浴袍，头发湿漉漉的，照例坐在地毯上，抱着一只靠垫。我僵了僵，又从石化的感觉中苏醒过来，盘坐在对面。孟柯甩了甩头发，意思像说，刚才冲了凉，挺惬意啊。她抱得很紧，仿佛想让身子缩成一团，躲进那只小小的靠垫里去。瓶子空了。她俯过身去，够着了拎包。那一瞬，浴袍的领口开了，我看见了一个成熟女人的峰峦。孟柯变戏法一般，又从里头取出来一瓶酒，拿上起子。

“其实，我变不成石头，做一只酒杯吧。”

“小心手！”

“这瓶酒是我买的，刚才那瓶也是。喏，小票还在。”孟柯举起来，没说“切丝”，径直仰头，一饮而尽。“跟我说说你自己吧。刚才来电话的，一定是你女朋友，我听得出来。她漂亮吗？”

我回说：“还行吧。”

“呵呵，我不喜欢这个回答。看出来了，像我上午说的那样，你刚入这行不久，还是个新手。等你老了，你就不会这么说了。”孟柯自语似的，语气比静谧的灯光还低。她说，“谁的青春都会凉下去的，人人会凉。你现在还年轻，但很快，你就……喂，你明白我的意思吗？很快的，比你想象的还要快，就那么‘倏’的一下，演电影似的。”——她的嘴唇越来越红。当然，不是酒液浸染的缘故。

我说：“我来出差，在写一部戏，故事在唐朝。”

“我喜欢。一般来讲，唐朝的事够刺激。”

“写一帮侠客。”

“呵呵，不恨古人我不见，亦恨古人不见我哟。”

我瞠目。

孟柯指着桌上一堆坟丘般的碟片，迷醉地说：“我知道，那里头有一部是我的，应该是我。”她端起杯子来，仍旧没说“切丝”。她说，“你从盛客隆出来，带了我的那一部戏。你塞了进去，却什么也没问。谢谢你，你始终没问一句。”

我碰杯。

“他们都说我像汤唯。像吗？”

“像！”

“可是，她被雪藏了。”

这时，匹诺曹忽然奔了出来，汪汪一气。小东西也趴在我的脊背上，贴上我的脸颊。孟柯眯缝起眼睛，并未呵斥孩子，一任他上房揭瓦，放肆嬉闹。稍后，小东西竟然举起我的手机，退后几步，请求给我和他妈妈拍照。拗不过孟起凡同学，孟柯扔掉了怀中的靠垫，做了一个邀请的姿势。我迟疑一番，便顺从地坐在孟柯身后，双臂箍住了她。

“叔叔，笑一下，不许喊茄子。”

我问：“喊什么？”

“你要喊，就喊‘我爱汤唯’，‘我爱汤—唯’。”

小东西催促道：

“快喊呀！”

——对了，这部戏的开场应该是这样的：

【旁白】阴历六月初四，宜远游，忌兵戈，天雨五谷，地倾西北。一哨人马进入旱塬谷地，突见鹰飞鹤唳，前方异动。

（此文原发《人民文学》杂志）

From：马里兰州　To：兰州

下午　星期三　2011年4月6日　格雷特郡　马里兰州　美国

下过一场雨，或许还有雪，谁知道呢。

离开公路，乔·贝尔站在鹅卵石的小径旁，嘟哝一句。威廉·萨默塞特落下七八米，单腿支在栅栏上，在绑鞋带。鞋带早断了，没换新的，只好再接起来，凑合着用。威廉·萨默塞特先绑了交叉形，嫌短，又抽出来，绑成了十字状。威廉·萨默塞特原地跳了几跳，好像在试鞋子，回身冲着乔·贝尔笑了笑。妈的！他以为他是谁，他又不是卡尔·刘易斯，能破世界纪录。不过，乔·贝尔转念一想，既然要去干一笔大单，鞋子真的很重要。

忽然，橡树林里冲出来一个滑板少年，运行在公路上，全副武装，还戴了护目镜，看不清他的眼睛。滑轮有点涩，也有些打摆子，可能是新手吧。否则，谁会在这个礼拜三的上午浪费春光呢。乔·贝尔赶忙躲在一堆去年的藤蔓后，遮住身体，来不及提醒威廉·萨默塞特，让他也注意躲避一下。幸好，那家伙够机灵的，佯装压腿，扩胸，做伸展运动。仿佛他也是一个晨练爱好者，刚刚路经此地。

向下的公路是一道斜坡。眨眼的工夫，滑板少年带着一大堆噪声，隐入了不远处的山胡桃林里。这算插曲，但类似的插曲令人心惊肉跳。乔·贝尔认为。

"伙计，时间还早。"

乔·贝尔面带愠怒，想一想，忙敷出一种笑，看了看腕表。"当然，时间还早，我们的客人还没做好准备。她们大肚皮，累赘，有点不方便嘛。"边讲，乔·贝尔边腆起肚子，左右甩了甩，做出孕妇的姿态。又说，"够刺激吧？"

"喂，踩好点了？真像你说的那样，她们没有警卫，没有探头？"威廉·萨默塞特撵上来，一再问道。

"上帝，我不想谈这件事，尤其现在。"乔·贝尔叱道。

"你说过的，她们不喜欢万事达和支票，她们爱现钞，枕头下、鞋子里、提包中，连婴儿的尿布里都塞满了绿票子。"对方一点不顾及乔·贝尔的心情，絮絮叨叨，像一只撕开了封条的垃圾筒，臭气熏天。"但是，我喜欢你昨晚上的描述，你是这样讲的，你不能不承认吧？"

"闭嘴！"乔·贝尔火了。

"好吧，好吧好吧！我不打算惹你，我知道你输了，打不起这个赌，心里始终窝火。"威廉·萨默塞特终于撵上来，拽住了乔·贝尔。

两个人停在一幢单体公寓前，悻悻地对视了一番，各自从对方的眼睛里看见了熬夜的痕迹，像红蚯蚓在蠕动，在吐丝挂网。打赌就这么回事，不光钱包告急，也伤了彼此的情义，看不出有哪点是值得的。

但人就这么贱，偏偏好那么一口，还上瘾。威廉·萨默塞特掏出香烟盒，乔·贝尔蹙了蹙鼻头，前者只好自己点了一颗，衔在嘴巴上。时间还早，时间是个大富翁，钱总花不完。乔·贝尔开始聊赖，一条胳臂支在公寓门前的邮箱上，四处打望。

当然下过雨的，地上的烂树叶泡涨了，很是湿滑。再说，挂在栅栏上的藤蔓和枝条，刚才还敷着零星的冰晶，被太阳一晒，蒸发殆尽。公路对过的丘陵上，成片的橡树林洁净如洗，树枝开始泛出一丝绿色。但格雷特郡的居民们不喜欢“绿色”这个词，嫌它单调，不足以表达。他们对着外来人，一般会挤眉弄眼，形容这个季节的树枝是“青铜枝条”，口气牛逼，呵呵，还目中无人。——别生气，千万。要是你初来乍到，了解了这一片西马里兰州是著名的肉鸡产区，你就会原谅这一群鸣禽的造次和得意。

在刚才过来的路口处，隐现出一座教堂的尖顶。砖石结构。顶上有一座报时钟，钟面发黄。可能是雨，当然也可能是鸟，将两根指针打歪了，黑领带似的，垂吊着。

逆了光，乔·贝尔忽然发现，教堂的霓虹灯仍亮着，不曾停闸。一烁一闪，像离了岸的鱼在喘气。霓虹灯是夜晚的圣迹，会勾勒出三角形的尖顶，直冲云霄。但大天白日的，反倒很鬼祟，令人沮丧。乔·贝尔知道，教堂的执事是一个叫约瑟的家伙，红头发，白眼仁多，黑眼仁像火柴头一般大。不久前，乔·贝尔在酒吧还听说，约瑟的妻子带着女儿跑了，搭上了一辆亚拉巴马州车牌的厢式货车，远走高飞。哼哼，要知道在相对封闭的格雷特郡，这号丑闻犹如一桩没有尸体的谋杀案，总会被人挂在嘴上，津津乐道上大半年。但约瑟压根儿没报警，还掩饰说，他那个下颌骨凸出的老婆回了娘家。鬼才相信。

在乔·贝尔的身后，单体公寓的门紧闭着，凸窗上也拉紧了帘子，门廊前堆满了枯枝败叶，连门框上的门铃按钮也被雨水打湿，生出锈迹。乔·贝尔拽了拽邮箱的手闸，哗啦一下，淌出来不少的邮件，花花绿绿的。该死！乔·贝尔不想留下太多的痕迹，忙俯下身去，将地上的邮件拾起来，尽量塞回了那只油漆剥落的箱子里。这时，威廉·萨默塞特抽到了烟屁股上，但乔·贝尔的眼神告诉他，时间还早。妈的，时间真的太奢侈了。

“呃，我困得像一瓶苹果酱。”威廉·萨默塞特说。

“你赢了钱。”

“对，我赢了你的钱，整整两百块钱，可我还没拿到手呀。”威廉·萨默塞特甩了甩胯，屁股上很骄傲。又挑衅说，“伙计，千万别怪我。要怪就怪 NCAA（全美大学体育联盟）吧，康涅狄格挺争气，我的手气也不错。”

“我起先押的康涅狄格。”

“喂，可你后来改成了巴特勒，12 分，败得稀里哗啦的。”威廉·萨默塞特说。又说，“伙计，虽说我赢了钱，但我并不开心。知道吗，我窝火，就想彻底发泄一下，把格雷特郡的玻璃统统打破，听个响儿。”为了佐证此话，威廉·萨默塞特掰起指头，做技术统计，“状态都不好，一堆狗屎。巴特勒大学 64 投 12 中，命中率才 18.8%，康涅狄格大学的命中率也只有 34.5%。呵呵，我同意 CBS 解说员戴维斯的话，这是一场最烂的比赛，在场上比谁的投篮更烂。”

乔·贝尔也说：“史上最差的决赛，雅虎体育说的。”

“嗯，他们是怎么混进甜蜜十六强的？”

“怎么混进精英八强的？”

“上帝，又是怎么连滚带爬，进入最后四强和决赛的？”威廉·萨默塞特赢了钱，尚未拿到手，所以口气颇为客气。威廉·萨默塞特说，

“其实，谁也没赢，只有NCAA赢了。狗娘养的，7亿人看电视，他们赚了整整108亿，简直是一架疯狂的印钞机。”

乔·贝尔纠正说：“仅次于超级碗，NFL（美国职业橄榄球大联盟）。”

“喂，你好像挺平静？”

“对。”

“我可困了，困得像一瓶黏糊糊的苹果酱。”威廉·萨默塞特伸了伸懒腰。

“我输了，没法不平静。对吧？”

威廉·萨默塞特说：“伙计，中午之前得把钱给我，我还得赶州际班车，不是吗？”为了强调时间的重要性，又说，“喂，你是清楚的，傍晚六点，整六点，假如我不能准时出现在那帮穿制服的家伙面前，喊报到，赔笑脸，我会吃不了兜着走的。我可不想把事情办砸，我已经够倒霉的了。”说着话，威廉·萨默塞特又蹲下来，解开鞋带，再一次绾扣。嘴里嘟哝说，“这条鞋带真太狗屎了，我绑成一个死结，像绞刑套，绞死我这一双脚吧。”

“上帝呀，你又开始谈臭烘烘的鞋带了。”乔·贝尔发疯道。

“我恨自己的脚。”

乔·贝尔一乐，想起昨晚上的比赛，揶揄说：“奥巴马也恨自己的脚。他贵为总统，却没法上场。否则，我怀疑他会剁了巴特勒大学那帮蠢货的手。”乔·贝尔挑挑眉，幸灾乐祸地说，“他是NCAA的头号球迷，可他也押错了，前四强无一命中。他可算得上一个保守党徒，跟我一个样。”

“他也输了？”

“奥巴马以前赢过。那一年，他不仅猜中了北卡罗来纳大学夺冠，更是猜中了十六强中的十四支队伍。但这次输惨了，这里出现了磨损。”指了指脑袋瓜。

威廉·萨默塞特说：“看来，总统也不是好干的。我不干，也不稀罕。”

“所以我平静。”

“对，奥巴马就难说了。这几天，他在利比亚忙着扔炸弹，泄愤吧。”

“选举时，我投了他，没投麦凯恩。”乔·贝尔说。

“上次那次，我干吗去了？呃，想起来了，我在闹肚子，闹了半个月，弃权。不过下次竞选，我一定投奥巴马的票，用一张彩票。我的手气不错，不是吗？”

乔·贝尔问：“知道中头彩的概率吗？”

“伙计，时间不早了。”

“喏，比如全美的乐透彩，眼下奖池里积攒了整整四个亿。妈的，四个亿可以买两架波音，可以买下佛罗里达的一个小岛，还能买八亿根鞋带，呵呵。”乔·贝尔有点兴奋，态度却鄙夷，“但你想中乐透彩的头奖，你得先试试看。比如，你得把全美国的黄页摞在一起，拿一根锥子猛扎下去。呵呵，这一锥子正巧扎在你家的那条号码上，不偏不倚，名字就叫威廉·萨默塞特，卷毛萨默塞特。”

威廉·萨默塞特红了红脸，催促说：“伙计，别取笑我。”

“开始吧！”

“现在？”

“当然。”

“拜托，我再整理一下鞋带吧，给我点时间。”

——不待同伴动作，乔·贝尔先自掏出一个头套，兜头戴好，露出双眼。威廉·萨默塞特系完鞋带，也戴好了头套。两个人相互点头，碰了碰拳头，似乎在说，上帝保佑！

隔墙有耳。刚才的一幕，被山姆·斯佩德悉数听见了。

从这幢单体公寓的凸窗望出去，杂草丛生，几棵枞树遮掩严密，与世隔绝似的。既然来了访客，又偏偏站在窗外瞎聊，也就怪不得人家的耳朵。山姆·斯佩德从窗沿上偎下来，瞧见里克·布莱恩躺在墙根里，仍抱着酒瓶，登时气不打一处来。但山姆·斯佩德愤怒的方式有点特别，不骂，不打，不嘲弄，而是去夺对方的酒瓶。显然，酒是醉鬼的宗教，也是命根子。刚一下手抢过来，里克·布莱恩就跌倒在了地板上，浑身瘫软，像一条瘦刮刮的蠕虫。

"拜托，我还清醒，还能喝一口。"

山姆·斯佩德说："刚才你都听见了，这两个家伙挺鬼祟的，一定有事情要发生。快告诉我，否则，我宁可砸碎它。"说着话，瓶颈朝下，酒液洒了几滴。里克·布莱恩说："掐死我吧！如果你洒了它，你不如掐死我。"——死猪不怕开水烫，类似的遭遇好几次了，每次均以山姆·斯佩德让步为止。这次也不例外。将瓶子扔过去，酒鬼抱在怀里，美美灌了几口，脸上泛出罂粟花的表情。

"他们走远了，戴了头套，像魔鬼。"

"咖啡色的？"

山姆·斯佩德说："哦，你什么都知道，你像条抽了脊梁的狗，烂醉如泥，没瞧一眼，但你什么都明白，老邮差。"里克·布莱恩扬了扬瓶子，嘟哝说："最好的中国酒，Er-guo-tou，浓度高，像一支火炬，插在我的喉咙里，给我做施洗。以前，每次来给艾米丽·陈送邮件，她总要给我斟一杯，请我干了再走，哈哈。"山姆·斯佩德明白这老家伙醉了，讽刺说：“喏，你的艾米丽·陈，半老徐娘，右边乳房被医生一刀割掉，臀部像两颗小酸枣，经常戴一顶亚麻色假发的女人。”边说，边做出猥亵的动作，故意将生殖器那块儿顶出来，冲着酒鬼下流一番。里克·布莱恩也哈哈大笑，好像他是局外人。

“说真的，我不喜欢中国佬。”山姆·斯佩德说。

“他们都是甜心。”

“哦，甜心。我真想用我的舌头，舔舔你所谓的甜心，舔到发软。”山姆·斯佩德十九岁刚过，少年无忌，对一头白雪的里克·布莱恩颐指气使惯了。不过，他俩算忘年交，一只鸭子的左右脚蹼，须臾不离。自打老邮差被除名后，山姆·斯佩德这小子便如鱼得水，吃香喝辣，没再过过饥一顿饱一顿的日子。现在故意拿艾米丽·陈开涮，当然是踏实睡了一夜，精力过剩吧。里克·布莱恩说：

“小子，艾米丽·陈不是你讲的那样，绝不。”

“黄种。”

“可我喜欢奶酪的颜色，想吮一指头。”里克·布莱恩含混道。

“喂，知道吗，他们吃狗肉，不买保险，在酒吧和大街上吐痰，擤鼻涕，挖鼻屎，爱占小便宜，开车没礼貌，大声打电话，拉完屎不掀马桶盖，考试作弊，在街上晾衣服。哟，一群黄蚂蚁，一张嘴就能把太平洋喝光，真可怕。”山姆·斯佩德越说越来劲了，像在翻账本，又噘嘴说，“还爱那个。喏，爱生一堆小崽子，说生就生了。”牛仔裤的前端又顶了起来，被老邮差竖了竖中指，当场驳回。

里克·布莱恩说：“背信者，你现在待在中国佬家里，在消费中国人。”

“她走了呀?!”

“艾米丽·陈还会回来的，我肯定。”

“喂，你上过她？”

“他可以做我的闺女。”里克·布莱恩的脸上搁了认真。

“其实，她挺不错。不过，要是你扔掉瓶子的话，她会更不错的，简直美人儿，格雷特郡的No. one，我从不撒谎，我讨厌撒谎，这你清楚的。”——山姆·斯佩德太熟悉老邮差了，想抬举他，让他快快挥发完酒精，另有更要紧的事迫在眉睫，需要咨询。山姆·斯佩德比较警觉，这时微微直起了腰，隔着侧窗的一条缝隙，已然看见刚才的两位访客猫下腰，蹲在不远处一座红瓦屋顶的西班牙式小楼前的花栏下。虽说栅栏上的藤蔓遮蔽了他们，但云散日出，山姆·斯佩德还是发现了藏在他们衣服后摆下的匕首，寒光闪烁，一长一短。里克·布莱恩瘫在地板上，却从同伴的脸上看见了危险，挣了挣，好歹坐直了。

山姆·斯佩德说：“喂，打911吧？”

“怎么？”

“不太妙！我的嗅觉一直挺敏锐，比猎犬还管用，这回也错不了的。”

“呵呵，别忘了咱俩是怎么进来的，鸠占鹊巢，免费了一整夜，小子。”里克·布莱恩说，“想打，那你就打吧，叫警察来逮住咱俩。”山姆·斯佩德这才想起自己的伤手，忙用另一只手解开纱布，呸，唾了一口。山姆·斯佩德抱怨说：“我砸后窗玻璃时，你应该提醒我，不是三厘米，而是五厘米的，我的骨头快断了，恐怕有玻璃碎碴儿戳进去了，昨晚疼死我了，你却睡得像一个秋天的土豆。”伤疤很嫩，噘起小嘴的红肉也很新鲜，有一丝血水淌下来。里克瞧见了，不以为然道：

“不打紧。消过毒了，用艾米丽·陈的Er-guo-tou，绝对会杀菌。”

“呃，你刚才讲，中国最好的酒？”

里克·布莱恩说，“包括艾米丽·陈，美人儿，可人的黑头发妞儿。”

“她干吗要储藏这么多的酒，她有酒瘾呀？”

“她客人多。”

“明白了，她经常玩派对？”

“不！”小子的眼神轻佻，里克·布莱恩清楚他的意思，否认道。——怎么说呢，这事儿和性爱无关，更没开什么青楼妓院。艾米丽·陈挺正经的，也没见她谈过恋爱，领男人回家过夜。里克·布莱恩觉得这桩事情需要摊开说，吃人的嘴软，拿人的手短，既然在艾米丽·陈家里免费鬼混了一夜，不能抬屁股走人，还唾人的脸吧。老邮差饮了一口，咳嗽完，正色道：

“她是个掮客，拿了绿卡。”

山姆·斯佩德忙说：“喂，什么掮客？我没发烧吧？”

“准确讲，艾米丽·陈是一群婴儿的掮客，生意很大，户头上起码有上百万吧。”作为邮差，里克·布莱恩跑遍了西马里兰州，像一台稳定的情报接收器，无所不晓。——近些年来，在这片丘陵山区，隐藏了不少的“月子中心”，无照经营，承接安胎、分娩、住宿、饮食和照料等等的业务，顾客盈门，利润巨大。老邮差常给艾米丽·陈送信，一送一大捆。久而久之，老邮差在艾米丽·陈的帮助下，略略认得几个汉字。老邮差觉得，那可能是世界上最难堪的文字，方块，象形，不容易辨识和发音。但因了艾米丽·陈的美貌，老邮差感觉学一两个倒也无妨，谁叫他自己鳏居了十来年呢。里克·布莱恩继续说：

“前提是，孕妇来这里生崽，并不违法。”

“当然！”

又解释说：“落地就是美国公民，那些婴儿。”

“这不公平，凭什么要大人做主？”

“像一群黄蜂，嗡嗡嗡嗡，飞过太平洋，来这里分娩。喏，呱唧一声，屁股下一个小崽子，呱唧一声，又一个。”里克·布莱恩躺在地板上，做孕妇的动作，让山姆·斯佩德感觉开心极了。老邮差说：“呵呵，屁股下全是美国公民，长大以后比较便利，可以享受免费教育，可以进哈佛或耶鲁，清一色的常青藤联盟。”

山姆·斯佩德恍然，“哦，想起来了。”

“什么？”

“喏，窗外山后的这一幢西班牙小楼，没准儿就是你讲的，什么来着？”

“月子中心。”

“对。”

“嘿嘿，没错。它就是艾米丽·陈开的，三个多月啦，以前换过很多地点，这是新开张的。”里克·布莱恩口气权威，一副国务院发言人的得意样，沾沾自喜道，“临走前，艾米丽·陈对我说，里克，我知道你是个好人，拜托你照看一下我的公寓吧，别让野猫野狗进去，也别让暴风雪压塌了屋顶。我受人之托，现在也算不上私入民宅。”妈的，角色又开始转换了，仿佛他是主人。里克·布莱恩继续唠叨说，“她去了上海，可能也有北京。她在那里打广告，招兵买马，号称是‘生育旅游’，每个孕妇头上得挣几万美金。呵呵，像一支产妇大军，嗡嗡，嗡嗡嗡，被艾米丽·陈领进来，藏在格雷特郡，藏在咱们的眼皮底下。”老邮差边讲，边双手扇动，做出翅膀的样子，眉飞色舞。

“你一定上过她。”

“没有。”

“一定的。”

“混球！我只是偷看过她的邮件，很多邮件。我发誓。”里克·布莱恩说。

山姆·斯佩德受不了这--点，反攻道：

“她可能不知道你失业。”

“喂，小子，什么意思来着？”

“不过，公寓也是租来的，你看不看没关系。”

里克·布莱恩警告说：“嫉妒是七宗罪之一，背信者。”

“我不打诳语。瞧瞧吧，公寓里都搬空了，剩下一堆破酒瓶，一台烂电冰箱，连个沙发和电视都没有，害得我错过了NCAA的决赛，我还惦记谁赢了呢。”山姆·斯佩德气愤得吼了一嗓子，忽然捂住嘴巴，生怕窗外的持刀人察觉。又说，“你的相好，你的那位甜心，我是指艾米丽·陈，不会是潜逃了吧？你昨晚上说过的，她本来很快会回来，但三个月过去了，连个毛都不见。一定潜逃了，我瞧见过社区发展工作部在附近贴的告示，说那幢西班牙小楼未经许可，拆除了内墙，私自改装。这算轻的。关键是噪声，哆来咪发索拉西，一群大黄蜂发出的噪声，周围的邻居们报过案，我知道的。”

里克·布莱恩说：“有点麻烦，的确这样。”

“警察会管吗？”

“喏，快闭上你的臭嘴吧。”老邮差火了，仰头，终于喝完了，咂巴着嘴，“警察是花纳税人的钱，有别的要紧事。警察咋会无事生非，去管艾米丽·陈和孕妇们的尿布、奶瓶消毒器、电饭煲、电热水壶、筷子、佛陀像、几本中文杂志和裤裆呢？你三进宫，对警察有一种依赖，不是吗？”

山姆·斯佩德说：“我嗅觉一向不错，会闻见的，走着瞧。”

“闻见什么？”

“呃，一股廉价菜籽油的味道。不信你闻，就现在。”山姆·斯佩德蹙起鼻子，先做示范。老邮差也嗅了嗅，见怪不怪地说：“孕妇们在做中餐。”

“对。我吃过那种稀奇古怪的中餐，油乎乎的，像这个味儿。”

“我经常吃。”

“喂，艾米丽·陈的手艺？”

“上帝知道。”

里克·布莱恩抽吸着鼻子，一脸贪婪，表情疑似回忆。馋欲是可以传染的。尤其在这幢灰尘密布、阴湿潮冷的公寓里，忽然传来一股菜肴的气息，馋欲登时爆发，恍如毒瘾犯了，一时失控。山姆·斯佩德抱住肚皮，低声咆哮说：“妈的！我饿得能吞下一头牛去，七成熟，撒点胡椒的那种。”老邮差喝瘫了，双臂撑住地板，偎前几步，笑眯眯地说：“小子，你帮我再打开一瓶酒的话，兴许我会帮你。”山姆·斯佩德暴躁地叱责道：“上帝，你喝完的酒，够给大象洗三遍澡了。你一定酒精中毒了，除非……”老邮差心知肚明，翻了翻衣兜，惭愧地说：“抱歉，我兜里一个子儿都没有，可我还想请你去打开一瓶酒，小子。”

无奈，山姆·斯佩德去了一趟地下室，拎来三瓶，依次栽在老酒鬼的腿前。里克·布莱恩迅速释怀，趁势抚了抚年轻人的脑袋，努嘴说：“哦，冰箱里有一块山胡桃派。我上次偷偷来过夜，啃掉了一半。我当时想，呵呵，会有人来替我啃掉另一半的，想不到是你。”——果然，像阿里巴巴发现了山洞宝藏，山姆·斯佩德真的端出来半块山胡桃派，喜不自禁地搁在地板上，一屁股坐下。

“艾米丽·陈自烤的，我能吃出来。”里克·布莱恩有点骄矜。

“上帝，别再提那个女人。”

“背信者！”

山姆·斯佩德吞下一大块，脸陡然变形，忽然吐了出来，双手捂紧腮帮子喊道：“哇塞！狗屎派，比冬天冻硬的一坨狗屎还硬，硌了老子的牙。”又吐了几口，终于缓了过来。山姆·斯佩德忽然抬脚，一个大力抽射，将山胡桃派踢飞开来，在房间里转了几圈，竟完好无损，像一个桌球。里克·布莱恩哈哈大笑。他没这样大笑过，至少山姆·斯佩德不曾见过，所以后者停下脚，狐疑地盯视着。老邮差豁开嘴里的一颗金牙，老练地说：“不奇怪。毕竟，艾米丽·陈失踪了三个月，派才穿上了防弹衣嘛。”

“我的脚会肿的，我发誓。”山姆·斯佩德哎哟起来。

“呵呵，要是 Yue-bing 的话，你可就惨了。说不定，它会砸破你的脑壳，流出脑花来。”老邮差自负地解释说，“Yue-bing 是中国佬的一种派。哦，什么馅的都有，和派差不多。艾米丽·陈告诉我，它更硬，和铅球好有一比的。”

山姆·斯佩德说：“铅球派？”

“不。它用来纪念月亮。很荒谬，不是吗？”

“月亮？”

“他们真捉摸不透，有点狡黠，又有点想入非非。他们认为月亮里有一只兔子、一棵树，还有一个古代的靓妞。够呛！艾米丽·陈是这么讲的，我发誓。”里克·布莱恩一认真，山姆·斯佩德就想喷笑，还伴以一个鬼脸，以示不屑。老邮差说：“不信的话，可以打赌，赌你兜里的那一块美金？”

“呃，月亮上没什么，只有一个臭脚印，阿姆斯特朗的。”

“我同意。”

“要么，是阿姆斯特朗上了月亮，砍了那棵树，烤了兔子肉，还把那个妞儿泡了。”山姆·斯佩德津津乐道，老成地说，“月亮上的事，真的很难说。”

里克·布莱恩顿了顿，勾起了一腔往事似的，唏嘘道：“阿波罗上天时，我还年轻，正在得克萨斯州上班。那天晚上，月亮很圆，皮球一样圆。我刚驯服了一匹枣红色的烈马，所以我喝醉了，看见了九个月亮。”

“吹牛！”

“阿姆斯特朗也看见我了，不信你去问他。”揶揄道。

“呃，说不定，那也是NASA（美国国家航空航天局）的一个骗局，我从来没信过。”山姆·斯佩德忽然怕冷似的，抱住了双臂，瑟瑟发抖。又说，“妈的！真冷，连劈柴都没有，总不能烧地板吧。”

老邮差说：“我知道该怎么办。”

“狗屎，快讲啊。”踹了一脚。

“你去外边，把艾米丽·陈邮箱里的信件统统抱来，在壁炉里点着。我也冷，越喝越冷，但脑子很清晰，不会有错的。”老邮差的话令山姆·斯佩德异常愤怒，举起拳头，示威了一番，“亏你还做过邮差。烧信？那我一准儿会第四次进去的，你当我是白痴呀？”老邮差对刚才的主意很执着，唾面自干地说：“不是严格意义上的信，99%是广告函、直销单、账单、邀请函、演出预告和垃圾信息，没错的，我干过这行。虽说我被除名了，但我知道它们不是被点着烧了，就是进纸厂化成了纸浆，没别的用途。”山姆·斯佩德冷笑，像小狐狸在嘲弄一只羯羊的诚实，讽刺说：“没门儿，我不会上你的当。老家伙，你就是因为私拆邮件，差点儿进了联邦监狱的，除名只是最轻的一种。你别教唆我，千万。”

老邮差开始了新的一瓶，每瓶都像是第一次在喝，脸上布满了馋蛆。

里克·布莱恩的眼睛眯缝成一条线，咂巴着嘴说：“我东窗事发。上回被逮住时，我凑巧在一个信封里发现了美金，三百块。你知道，有的人比较懒，爱在普通邮件里夹现钞，像中国佬一样。”山姆·斯佩德愕然，忙问：“真的？”老邮差腼腆地点了点下巴，像签字批复了文件。山姆·斯佩德说：“哦，那我也想试试手气。你等等，一会儿就让你热得冒汗。”

日光太亮，从橡树林里吹来的风，有一股蛋糕的蓬松味。

现在倒很便捷，直接打开门销，山姆·斯佩德慨然出门。来回两趟，第二次进来时，这小子抱着信件，居然大摇大摆，还吹着口哨，一点都不低调。老邮差撑住地板，挪到了壁炉边，有大喝一场的架势。山姆·斯佩德态度仔细，慢慢拆开一堆信，印刷体，连个钞票的毛都没见着。也不气恼，用火柴点了，扔进炉子里。边撕信，边续着燃料，身上的寒气像一头被打败的狗熊，一溜烟地走了。

“他们走了。”山姆·斯佩德淡漠地说。

“谁？”

“你知道的，刚才在窗外的那两个家伙，戴着头套。你还知道他们戴的是咖啡色的，你是这样告诉我的。”山姆·斯佩德又说，“对了，他们拿着匕首。”

老邮差说：“不奇怪！”

“妈的！除了酒，还有什么是你不奇怪的？”

“你。”

“我？”山姆·斯佩德哈哈笑起来，不满地说，“当然。我是你的小弟，一个跑腿的、用人、酒瓶起子、醉鬼朋友、废话接收器、流浪汉、烧火工，什么都干，悉听尊便。”老邮差不失时机，又补充道，“十九岁，格雷特郡最有名的孤儿，打过劫，偷窥过女人洗澡，抽过大麻，行为屡屡侵犯马里兰州‘行为果敢，语言温和’的箴言，挂了号的名人，家喻户晓嘛。”

“没错。这一切都记录在案，但我现在改了，在十九岁生日那天，我去教堂做完忏悔，一下子幡然醒悟了，我想从头再来。”山姆·斯佩德接着说，“给我一次机会，我会证明给你看的。”里克·布莱克顿首，举起瓶子，凭空干了一杯，“呃，不废话了，我不会给百合添香，也不会为黄金涂色，那都徒劳无功。”

山姆·斯佩德问：“讲讲那两个家伙吧？”

“一个叫乔·贝尔，赌徒。”

“负债累累，这我知道。另一个呢？”

“我刚才瘫了，没看长相，但从声音上判断，应该是隔壁另一个州里的卷毛威廉·萨默塞特。干过抢劫，刚假释不久，性格粗野，做过几件臭名昭著的事情。”老郎差仿佛一本旧档案，对什么都耳熟能详。又说，“可我搞不清楚，威廉·萨默塞特怎么会和乔·贝尔勾搭在了一起，令人费解。”

山姆·斯佩德讶异道：“他们去了‘月子中心’，就刚才。”

“我知道。”

“是去抢劫！”

“对。那里钞票多，中国佬爱带现金，成捆的现金，哗哗哗的现金。”

“干吗不打911？”

老郎差不慌不忙，啜了一口，咂巴着嘴，含着一种神秘的表情。山姆·斯佩德耸耸肩，再追问一遍。老郎差说：“911？没说不打呀，请便。”山姆·斯佩德环视一遭偌大的厅房，空空如也，遂泄气地展了展手。很明显，艾米丽·陈在离开前，连电话机都拆掉了，还报什么报。正沮丧时，里克·布莱恩忽然将一根手指竖在唇上，嘘了一声，安静！

“时间到了。”

“什么？”山姆·斯佩德纳闷。

“第一枪完后，警察会开第二枪，击毙他。”

山姆·斯佩德简直郁闷极了。老邮差的口气像说书先生，前一句上天，后一句入地，令山姆·斯佩德一头雾水。这时，说书先生又开讲：

“他的鞋带掉了，跑不远。”

“威廉·萨默塞特？”终于恍悟过来。

“对。他在假释期间，如果被捉住的话，他会被判终身监禁。所以他会抗拒，持刀袭警。他将被射中一枪，警察会再补一枪的。”里克·布莱恩绘声绘色地说。

山姆·斯佩德问：

“乔·贝尔呢？”

“跑了。他熟悉那一大片橡树林，泥牛入海了。”老邮差答。

——此时，教堂的报时钟响起。青铜敲击的声音，载浮载沉，一阵阵播远，十二点整，午饭时分。本来坏掉的一座钟忽然复活，嘹亮发言，一定是要宣谕什么的。果然，一切都像里克·布莱恩掐算的那样，两声短促的枪响后，传来了警笛的声音。

长久后，山姆·斯佩德觑了一眼窗外，见装殓了威廉·萨默塞特的蓝黑色尸袋，正被抬入殡仪馆的丧车。山姆·斯佩德一下子激动坏了，见里克·布莱恩仍躺在地板上，忙上前骑在了他的肚皮上，低声说：

“老家伙，你全猜对了。”

“呵呵，大街上贴满了告示，今天警察局要清退社区内的月子中心，出动了格雷特郡警察局的所有人手。”老邮差眨眨眼，调皮地说，“你瞧，他们多不幸，偏偏撞到了枪口上。我很惋惜，但没办法。”

山姆·斯佩德说：“你故意跟我瞎唠叨，一直在等？”

“小子，你的嗅觉也不错嘛。”

“呃，我跟定你了。”

“快去！”老邮差搡了一下山姆·斯佩德，吹声口哨，“刚才乔·贝尔逃跑时，在门口的邮箱里搁了一包东西，我听见手闸的响声了。或许，他们抢劫中国佬得手了，说不定是一包大额的美金呢。”

稍顷，山姆·斯佩德像一个鬼魅，悄悄溜出了房门，拎回来一只乔治·阿玛尼牌的女士坤包。里克·布莱恩并不兴奋，反而拉下了脸，因为山姆·斯佩德激怒了他。——看得很真切，这小子进门时，顺手抽下了挂在门楣上的名片框中艾米丽·陈的名片，还残忍地掷在了老邮差的脚下。

“混球，挂回去。”

“她不会再来了，我发誓。”山姆·斯佩德辩解道。

“她会回来的，我在等她，她没道理不回来。挂回去！否则，我会烧了这包东西。”蓦地，老邮差使出吃奶的劲，一骨碌翻过去，将阿玛尼抱在了怀里。山姆·斯佩德无奈，只得矮下身子，乖乖出门，将“艾米丽·陈”的名片重新插在了框子里。转身时，山姆·斯佩德还献了一记吻，用指头贴在了那个黑发美妞的名字上。见此情状，老邮差解脱了不少。

一切却出人意料。

带着暗喜，山姆·斯佩德拉开拉链，竟没发现一张绿颜色的钞票。

山姆·斯佩德从鼓鼓囊囊的阿玛尼里，竟然掏出了一堆臭烘烘的破丝袜、几条女士内裤、一只玩具熊和一个橡皮奶嘴。末了，还摸出一封信来，背面贴满了邮票。

“穷鬼！”山姆·斯佩德咆哮。

“呵呵，这个故事不错。”老邮差说。

“狗屎吧。”

“别激动，小子。当你变成一只榔头时，你就觉得全世界都是钉子。”老邮差讳莫如深地说，“让我瞧瞧吧。这是一封女人写的信，笔迹是女人的。我认得这几个方块字，艾米丽·陈教我的。喏，From：马里兰州，To：兰州，中国。”

山姆·斯佩德很不屑：“喂，那又怎样？”

“这个女人很混乱，在迟疑中，所以没投出这封信。”

“拜托！”

“啊哈，我得帮这个女人解决一下迟疑，将这封信投发出去。”老邮差慷慨地说，“别忘了我的职业，小子，我的手开始发痒了。”

中国　兰州　城关区　2011年6月8日　星期三　晚上

海关大楼上的钟声响了六下，声音飘过黄河，很湿润。

小毕将修理厂的大门刚锁闭，便听见了喇叭叫。在兰州，黄河北岸的滨河大道穿经市区，隶属于312国道，向西可以抵达敦煌，终点是乌鲁木齐。对一家4S店的修理厂来讲，黄金地段，生意火得烫手。一般的小灾小病，师傅们都懒得搭理，费工不说，还赚不来钞票。喇叭很烦，声音像破锣。小毕还未吱声，教父却像一丛闪电，从车间里蹿出来，对着大门外狂吠。教父就这点好，冲锋在前，让小毕省心不少。

一条腿打了石膏，不利索。小毕杵在原地，冲外边喊，下班了，去别的店修吧。听见主人说话，教父礼让三先，不再吭声，拢在石膏大腿附近，嗅个没完。喇叭却很倔强，嘟嘟、嘟嘟嘟，三长两短。小毕猛地恍然，呀，洪哥回来了。忙掏出钥匙，卸下一串链条锁，将门敞大。教父目中无人，追撵在车屁股后边，龇开牙，跃跃欲试的。小毕赶紧唤来它，揪起长耳，拎在半空中，教训说，叫个屁！董事长来了，没眼色呀。教父登时驯服了，仿佛它接到了一张洪哥的烫金名片。车停进院子里，洪哥下来，捧住火，慢慢在点烟。

小毕刚才走眼，多半是车的缘故。

细瞧，一辆老款的皇冠，灰尘锈死了，看不见本色。后窗玻璃上有一道裂痕炸开，车胎很瘪，保险杠也松松垮垮，发动机像打屁，一嗝一嗝的。以前，小毕还去洪哥家楼下的车库，给皇冠做过保养。这三四年，洪哥没提，小毕还以为皇冠早出手了。最近，小毕发现洪哥的车越开越烂，先是路霸没了，奥迪 A6 没了，大吉普没了，连前几天的广本都不见了。现在翻箱倒柜的，竟开出来这辆老爷车，跟他的身份太不符了。洪哥慢慢踱过来，往他的腿上瞅。洪哥问，好点没有，石膏还没拆呀？小毕回说，这几天太忙，怕挂不上号，再说我也怕疼。洪哥笑道，改天闲下来，我陪你去，给你请一个漂亮的护士妹妹拆，你准保不喊疼。小毕说，笑话我，疼又不分男女嘛。洪哥道，难说。瞧你，脸红成了猴子屁股，心虚。这时，教父不识好歹地咬住洪哥的裤脚，嗅见了危险似的，撕扯不停。小毕拉下脸，断喝一声。

“哪来的野狗呀？”

“捡来的。”小毕说，“来了一辆外地的凌志，修好走了，车主却忘了拉它。”

洪哥说：“干么叫教父？”

“太老了，像电影里的演员马龙·白兰度。”小毕见洪哥不语，料想他肯定不知道这部片子。又说，“它能顶个人。一有风吹草动，比我还机灵。”洪哥扔下烟屁股，用脚踩灭了，开始拍肩上的灰尘。显然，灰尘是从皇冠里带出来的，在傍晚的光线中扑成团，罩在头顶，挺呛人的。光线仿佛一面镜子，照出洪哥的憔悴来，下巴都尖了，双颊凹下去，整个人像一个衣服架子。小毕跑回临街的展厅，烧了水，撮了点铁观音，准备泡茶。洪哥以前爱喝龙井，后来改口，对铁观音兴致颇浓。这一点，小毕最清楚不过了。掸完灰尘，洪哥才进了展厅，这是公司的纪律，不能违反。

展台上停着几大系列的新车，外国牌子。车身上流淌着一种静谧的光泽，比天鹅绒还柔软似的。洪哥问，最近咋样？天太热，淡季，卖出去几台，但修理厂的生意不错，一天能接待十几个单。小毕回说。洪哥端起茶，啜了一口，嫌烫，又搁了回去。见小毕局促的样子，洪哥笑说，呃，我最近太忙，拉不开栓。小毕说，赌博不好，我斗胆劝劝哥，别再赌了，你脸色也这么难看。这话太戗人，但洪哥没反驳下属的话，鄙夷一笑。

“喂，最近和乔丽还好吗？”

小毕点点头，玩着手里的一串钥匙，“她们厂里一直在加班，从三月份开始，连轴转，我都很少见到她了。”小毕一讲，鼻子都发酸。

“难怪你要值班呀，家里缺乔丽吗。”

“哦，她还不知道我的腿受伤，没告诉她。”小毕破涕为笑，欣慰地说，“这样也好，等她加班结束后，我也就康复了，省得她操心。”谈起乔丽，小毕的心中总会有一个蜜团被戳破，流出隐秘的幸福来。

这时，小毕忽然想起了什么，忙去了值班室一趟，捧回一大摞邮件，准备交给老板处理。洪哥拧了拧眉，样子倦怠，并不接。

洪哥说："不用看，大多数是广告，你自己看着弄吧。"

"有一封是乔丽的。"小毕说。

"乔丽的？"

"对呀，从美国马里兰州发来的，前两天刚收到。"小毕俯下身，开始翻一堆信件，又说，"哥，你前半年不是告诉我，从美国寄来的信写的乔丽的名字，要单独交给你吗？"终于找见了，刚递过去，洪哥却用手臂格开了，还恨恨地说："妈的，撕了。不，干脆烧掉吧，眼不见为净。"

小毕怔忡着。

洪哥没在意他的表情，点完烟，在展厅里视察了一圈。小毕泼掉凉茶，又续了水。洪哥说过，铁观音要趁热喝，烫嘴最佳，千万不可久泡。这工夫，洪哥进了一趟董事长办公室。出来时，竟换了一身衣服，T恤衫，料子裤。头发和脸都洗了，湿漉漉的，连下巴也干干净净，显然刮了胡子。洪哥问：

"有好车没？"

小毕回说："有一辆日产GT-R跑车，下午刚修好，说好后天来取车的。"又追加一句，"熔岩红！"小毕了解老板。洪哥喜爱红色，像他身上的那件T恤，看上一眼就感觉燥热。洪哥吩咐说：

"哦，你开出来吧，我晚上用。"

"刚修好。"

"我没车了，车都输光了。妈的，最近手气背，一事不顺，事事跟我作对。"

小毕为难极了，"那个女人不好惹，万一碰见？"

“怕什么？修好了，开出去试一试，正常的。”洪哥口气笃定，下巴一挥，意思让小毕赶紧。忽然又改了口，抿嘴笑道，“算球了！你腿脚不利索，还是我去开吧，你忙你的。”

“我可以开的。”小毕主动请缨，像往常一样。

“你小子，屁股一撅，我就知道你要拉什么屎。”洪哥笑眯眯地骂，其实态度里含着一种欣赏和信任，“你怕我把车搞坏了，你不放心吧。也好，你去开，把我送到凯宾斯基酒店，你再回来值你的班。”边说，边望了望小毕的伤腿。小毕金鸡独立，潇洒地转悠了一圈，豪气干云，“没啥。我在青海当兵时，有一次出了车祸，比这回更严重，我躺了几天就可以开大卡车了。”洪哥点头同意了。小毕跑进展厅后面的修理厂，从车库里将跑车掉头开出来，按了喇叭。

教父奔过来，用爪子叩打车门。还好，兜里剩一根双汇火腿肠，小毕扬手，扔在了后院中。教父身子一矬，若离弦之箭，倏忽间消失了。

跑车驶上了滨河大道，往桥上开去。

凯宾斯基在南岸，锥形楼顶，顶上置放着一枚硕大的红“☆”，镂空，是一座显赫的地标。此刻，暮色渐沉，霓虹灯闪烁在夜空下，公路宽敞，油门紧踩，令小毕感觉到异常拉风。洪哥坐在副驾驶位子上，一直阴郁了脸，不吱声。小毕侧目瞧瞧，见洪哥的手伸出窗外，一直在抓。——风从洪哥的五指间漏了，漏得无影无踪，洪哥始终也抓不住一把风，手虚虚的，很不踏实。小毕心说，呃，这和洪哥的赌博一个样，只见出的，不见进的，赚来的钞票大多过了过手，在赌桌上打了水漂儿。洪哥咳一声，似乎咽下了一口痰，淡漠地问：

“喂，认识你几年了？”

小毕截铁道：“三年零一天。”

“这么清楚呀？”洪哥回身，诧异地盯视一眼，“人小鬼大，你八成天天掐指头算呢？”

遇上红灯，车子停下来。

小毕微笑不语，洪哥却盯看着，等待答复。——三年前的昨天，小毕退伍不久，还在一家高档酒店做保安员。小毕后来才知道，洪哥不光开了这家4S店，另有两个楼盘和一家废旧金属回收公司，业务很广。那晚上，洪哥宴请有关方面的领导，送完客，人已经烂醉。洪哥央求吧台打电话，喊代驾公司派一名司机来。深更半夜的，电话响了几遍，却无人接听。恰好，保安部长认识洪哥，说你别找代驾了，现成的就有。于是就把小毕搡过去，夸赞说，刚退伍的汽车兵，技术过硬，还在昆仑山和可可西里跑过车呢。

半途中，洪哥下车呕过几次。风一吹，人彻底醉了，也没事先告知目的地。洪哥躺在后排，鼾声如雷，一问三不知的样子。没了辙，小毕将奥迪A6停在滨河大道的林荫道上，坐等黎明。

孰料，七点刚过，巡街的警察开着摩托车，打着闪，像发现了敌情。警察不给面子，见车里酒气熏天，还掏出仪器来，专门让小毕吹了吹。小毕求饶说，这个死胖子醉了，我负责代驾，但不知他家在哪儿，等一下他醒了，我就离开。警察威严地说，不行，知道今天什么日子吗？

我没挡道呀。再说了，这么早，也没违规吧？

今天高考，半幅路要戒严，方便考生通行。警察准备撕罚单。

高考咋了呀？

咋了？你没上过学吗？

——这话戳到了小毕的痛处。

当初在凉州老家时，小毕的确参加过两次，没什么意外，均名落孙山。他爹也不在乎，说你拿不了笔杆子，你就拿勺子吧，去学个厨子，将来也不会挨饿。小毕气馁说，拿勺子还不如拿枪杆子，我去参军吧。这么着，小毕被分到了青海格尔木，当了汽车兵。警察后来没撕罚单，小毕乖乖将车开到了黄河北岸，停在山坳下，蹲在坡顶上晒太阳。

下午时，洪哥终于醒了，吓出了一身汗，忙问，我的包呢？小子，我的提包呢？小毕不吱声，从后备厢里拎出一个提包，四四方方的，塞满了百元大钞。小毕说，你醉了，跟钱过不去，撒了一车，我帮你拾掇起来了，你数数吧。

我撒酒疯了？洪哥有点汗颜，他知道自己的毛病。

没。你可能怄气了，跟那帮人不对付吧。小毕将车开下山，顺着洪哥的指引，停在了4S店里。小毕转身欲走，洪哥却拽住他，问道，你在那家酒店还有东西吗？行李，还是押金？

押了身份证。小毕如实回答。

我帮你去取，你现在留在这里，大家一起发财吧。洪哥说一不二，立即将展厅和修理厂的员工们召集起来，拍板定夺，将小毕介绍给众人。洪哥说，你先从修理学起吧，慢慢熟悉一下，你是干这一行的好料子。

有时，晚上歇工后，小毕待在宿舍里，会不经意地想起这一幕。一想，小毕就想发笑，呵呵，高考落榜了，其实碰见洪哥的这天，才是自己真正的高考日。6月7日，小毕对这个日子充满感激，觉得它神圣无比，天赐一般。进了厂，洪哥对小毕也格外垂青，时时提携他，无论公事或私事，总爱打发小毕去办，真当成了小弟。出去应酬，洪哥偶尔让小毕开车。他在包厢里开席，但心思缜密，会在大堂里点一小桌菜，小毕独自享用。薪水蛮高，比穿上伪军似的制服当保安强上几倍。遇上年头节尾，洪哥还悄悄塞个红包，很肥的红包。有几次，洪哥出差，嫂子打来电话，急吼吼地说，小毕，家里没醋了，没酱油了，赶紧买一包回来，菜都下锅了。小毕跑出一头汗，把东西送回家，揶揄说，嫂子，这不是醋和酱油啊，这比脑白金还贵，汽油又涨价了。嫂子一脸的无所谓，还嗔怪说，真没想到，连兰州这么小的破城市，堵车还这么严重，真该组织社区的居民，去市政府门口抗议，把市长给撤掉。话虽这么说，但彼此间的关系日渐亲密，没拿小毕当外人。

心里一直狐疑着，但始终没觅见合适的机会。那一次，去甘南草原出远差，洪哥被藏族兄弟的青稞酒撂翻了，一路上傻笑，叽叽歪歪的。小毕问，你干吗对我这么好呀？洪哥说，你就是一块搞车的料子，天生的。除了这，还有呢？洪哥说，你还比较忠诚，有你在，我就放心。小毕紧踩油门，心情像窗外的草原，一下子天高地阔起来，辽远无限。又问，当初你那么果断，口气蛮硬，你究竟看上我哪一点了？洪哥拍了小毕的脑袋，申斥道，妈的！那一包现金60万，对家不敢收，你照看了整整一夜，一张没丢，还叫老子考查个屁哟。小毕喜滋滋的，心说，我刚才在拉卜楞寺里点了酥油灯，还在贡唐佛爷的金塔前发了愿，专门为你洪哥祷告的，你还不知道吧。——此刻，洪哥一直在等回话。显然，他被小毕的精确算法唬住了。小毕卖个关子，等绿灯放行后，才慢悠悠地说：

“那两天高考，所以才记得牢。”

洪哥忽然暴怒道：“妈的，别提高考了。”

“咋了你？”

“没咋！反正一听这个词，老子脑袋就肿了，恨不得撞车，点火爆炸算了。”洪哥捶打着玻璃，冲着窗外的一个司机发怒，“看什么看？信不信我撞死你，臭狗屎。”小毕拨转方向盘，驶上了桥，省得冲突。

洪哥没在意这是客户的车，掏烟，贪婪地吸食，害得小毕打开了全部窗子。洪哥平静下来，沮丧地说：

“虎子没去考试，把准考证撕了。”

小毕急踩刹车，“什么？撕了？”——虎子是洪哥的独子，小毕见过几面。

“撕了！”

“呃，难怪你脸色这么差。”

洪哥抽到了头，没扔掉，却将烟蒂捏在指尖，慢慢捻灭了。小毕蹙了蹙鼻子，仿佛能嗅见皮肉烧煳的味道。心说，气坏了，绝对！洪哥静默了许久，咬牙道：“有其母，必有其子。小混蛋，把准考证撕了，几天前就跟他妈去上海玩了，还蒙骗老子。我下午才知道的，班主任训了我一顿，像骂孙子一样。”小毕回觑一眼老板，心里挺纠结，不知该怎么劝。小毕含混说：

“哎哟，这天大的事呀，嫂子咋也不明白呢。”

“乔丽对你好吗？”洪哥忽然变线，怪怪地问了这么一句，挺唐突。

“还行！”

洪哥说：“小毕，你记住哥哥今天的话，掏心窝子的话。一个男人，甭管玩得多大、多牛逼，身边没个好女人，没有举案齐眉的话，一切都扯淡。”唏嘘一阵儿，洪哥的手抚过来，搭在小毕肩头上，嘱咐说，“你赶快和乔丽办了吧，再别拖了。乔丽那么乖的女孩，真少见，别让这个臭染缸给脏了。”又说，“房子的事别担心，先租上一间结婚，租金我来掏，你和乔丽去选地段吧。”

“谢谢哥！”小毕哽咽一下，“那虎子呢？”

洪哥呵呵一乐，很勉强的样子，苦笑说：“天下雨，娘嫁人。连准考证都撕了，你说我还挂念什么。一个耳光！知道吗，这是一个大耳光，我让彻底扇晕了。”洪哥不罢休，真给自己甩了几记耳光，像说明书。

拐过弯，进了凯宾斯基庭院，排在一溜车队后边，等待打卡进门。小毕看见了洪哥脸上的指印，心一疼，恨自己无能，真该替洪哥挨上那几巴掌。——这时，手机响了。小毕狐疑地望了望洪哥，洪哥也在看小毕。小毕一激灵，才意识到是自己这里，忙从兜里摸出来手机，喂了一声。没听几句，小毕很生气地说，现在开车，不方便，等一下打给你吧。洪哥不动声色，看小毕表情尴尬，冷淡地问：

“给乔丽买的？ iPhone4？”

小毕说是。

“你小子，终于学会哄女孩子了，长进不小呀。”洪哥拍了拍小毕的头，目光激赏，“嗐！这下乔丽准高兴了，多少钱买的？”

“六千。”

“嘁，美国佬太宰人啦。不过，乔丽喜欢就好，值当！”说完，洪哥下了车，进入酒店。

应该是这个女孩吧，小毕心猜。

又观察了一番，小毕再次肯定，所以按下喇叭，嘟嘟、嘟嘟嘟，三长两短，下意识的。女孩听见喇叭声，撩了撩头发，慢慢踱过来。小毕将玻璃移下一截，窗外的燠热扑面而来。女孩探过头，明眸皓齿地问，喂，是你吗？小毕说，那你再拨拨，如果我身上响，你就上来吧。女孩知道这是一种回答，没错的，忙拉开车门，一屁股坐在副驾驶位子上。女孩像台肉做的锅炉，带进来一股燥热，怨怪说，停车场那么大，你偏偏龟缩在角落里，这么暗，找了你几圈了。真是你吗？

你别拨了，就是我。小毕直起腰，往裤兜里摸去。女孩并不在意，瞪大眼睛，审视了一遍车内，又仔细摸了摸仪表盘。小毕把黑色的 iPhone4 掏出来，递给她，女孩却不接。幸好，洪哥临走前落下了烟盒，小毕老练地点了一支，衔在嘴角，掩饰住内心的躁乱。软中华，小毕听说是中国最好的烟，抽起来却像草，没意思极了。顺着窗缝，扬手扔了出去。女孩脸上的欣喜逐渐退了潮，赞美说：

"喂，开起来一定很拉风吧？拉风少年，你绝对。"

"一般般。"

"当然，你有了，你就可以这个口气嘛。"女孩似乎忘了见面的目的，也没有陌生人之间的那种矜持，一惊一炸的。又问，"哪国的？"

小毕刚好昨天查过资料，从网上搜罗了一堆信息，此时可以派上用场。于是说："日产 GT-R 跑车，刚上市的。上半年的上海车展，一共才推出七辆，不到一刻钟就被瓜分光了。"女孩转身，撅起了屁股，开始摸后排座位，"难怪！连塑料都没撕掉，刚开不久吧？"小毕自负地说："刚开始不能太躁，磨合期，昨天刚做了保养。你闻闻，车里还有一股皮革的膻味。"女孩真的闻了，蹙起鼻子，嗅了一圈。"多少钱？喂，你爸妈送的吧？"小毕摸了摸下巴，有一粒粉刺，忙确定了方位，指尖慢慢挤、轻轻掐。"150 多万，不过手续还没办齐，还得花销不少呢。"对第二个问题，不知者不怪，小毕自然不便作答。女孩怔忡一番，表情扭曲地惊叹道："哇塞！把我卖掉，也买不来这辆跑车哟。"小毕瞧着她浑圆的臀部，像下弦月的弧线，暗中吹了一口气，揶揄说："那咱俩换，一对一？"女孩扑哧笑了，闪电般地掐了一下小毕胳膊上的肉，泄气道："呸！想得美，那我不是人财两空吗。这样赔本的买卖，除非脑子进了水。"小毕从不吃亏，尤其在嘴上，又讽刺说："那你卸我一个轮胎，恰好是你的价码，我买你？”女孩忽然躺在椅子上，阖上双目，长叹一声。

“什么色的？”静默许久后，忽然发问。

“熔岩红。”

“刚才天黑，我真没看明白。”

小毕了若指掌。况且这个话题是他的专业，毫无疑难。小毕说：“不是一般的红，大红、火红、枣红都太俗了，是火山喷发，岩浆从地下涌出来的颜色，太阳的颜色。日本鬼子搞的，跟他们的膏药旗一个样。”

“我想哭，真的。看见这种颜色，我就想哭一鼻子。”

“干吗呀？”

像一个插曲似的，女孩真的哭了出来，抽抽搭搭，眼睛里敷了一片泪。女孩伤感不已，嗫嚅说：“呃，别人都那么热烈，那么红红火火，像岩浆一样烫。妈的，只有我是凉的，什么都凉，一点点起色也看不见。”女孩的脸上搁着真实，愤怒也如此由衷。小毕不知怎么安慰，甚至开始慌乱，匆忙抽了一张面巾纸，塞在女孩的手里。女孩忽然打掉了，怨怼地说：

“什么都凉透了，他妈的，包括心。”

“心凉了，人也要完蛋。”

“去去去，你压根儿没心。”女孩抢白道。

“你叫什么？”——本来是来交接手机的，见了面，寒暄几句，一拍两散，小毕忽然觉得没这么简单。女孩像一道微积分试题，横在眼前。小毕又问，“怎么称呼你？”

“今晚上，谁也别问谁的名字，好不好？”

“今晚上？”诧异道。

女孩蓦地起身，拧住小毕的耳朵，大言不惭地说："送佛送到西！连这个简单的道理都不懂，还出来混，混什么混呀？"身子一侧转，拽动了腿，小毕忽然龇牙咧嘴了半天，钻心的疼。女孩又说："别看你开了一辆拉风的跑车，呵呵，我瞧出来了，瓤子里还是一路货色，色鬼，小淫人，想套瓷，想揩我的油吧？"小毕的脸登时发青，挥起拳头，停在了半空中。女孩经见不怪，眨眨眼，一副奈何不得的样子。小毕换了手，将 iPhone4 递过去，低声说："滚蛋！"

"No，我不要。"

"干吗不要？一下午你打了上百个电话，我快烦死了。"小毕叱道。

"咦，我有另外的手机。"女孩掏出一个诺基亚，晃了晃，又无辜地呻吟道，"干么凶巴巴的？相信不，我现在可以打 110，告你抢劫，劫财，劫色。"

"滚一边去。"

"偏不！"

小毕将 iPhone4 扔她怀里，不再搭理。头支在方向盘上，郁闷至极。

这一段，乔丽始终加班，得了空，便用短信催促小毕，说房间的电快用没了，让他去买电。小毕一直拖，问题在腿上。因为受伤，打了厚厚的石膏，小毕连出租房都没回过，连班倒，晚上就睡在值班室里，将就了许多天。

早上休息时，小毕打车去了缴费点，给卡上充了值，再一瘸一拐地去了市区的医院。门诊治疗室前排了长队，乌泱泱的人挤满了走廊。其实，还不到拆石膏的日子，小毕就想问问大夫，伤口发痒，痒得钻心，像石膏下养了一大群蚂蚁，能不能开一点治痒的药水。一看病人们抢购似的，小毕便打了退堂鼓，准备离开。

手一撑，从塑料椅子上起身时，小毕看见了一只黑色的苹果iPhone4。

这样，小毕又坐下来，不为问诊，专心等人来找手机。手机开着，等了将近一个钟头，既无来电，也不见失主风风火火地跑过来，大呼小叫地询问。医院门口有保安员，小毕清楚，绝不能肉包子打狗，随便交给那一帮穿伪军制服的家伙。他做过保安员，明白他们的品行。小毕揣着苹果机打车回去，刚停在黄河北岸的4S店门前时，手机忽然响了，当然是失主的。

我在北岸。我不能给你去送，你来取吧。小毕说。

去不了，我在南岸。

我有伤，腿脚不方便。小毕对女孩子，一般都客客气气的，态度温和。

那好，咱们再约吧，但你千万别关机！

——整个下午，铃声不断，小毕兜里的苹果机像一只破闹钟，时时尖叫。失主不放心，随时查岗，对小毕监控得紧。小毕后来关过一段，但换位思考，忙打开了。以前，乔丽也丢过一部国产的，害得她水米不进，哭过好几回，丢了魂似的。小毕从失主的口气里，也听出了乔丽当时的情绪，便不想逗她。傍晚前后消停了一阵，小毕刚到凯宾斯基时，苹果又“熟”了，乱叫一气。

我在南岸，在凯宾斯基的院子里。小毕说。

呀，我也在附近。

女孩的颟顸令小毕沮丧，一个谢字没得到，居然还扬言报警。去他妈的，小毕的牙缝里蹦出脏话，牙也痒痒的。女孩没心没肺，偷偷挠小毕的胳肢窝，服软的表现。小毕带着愠怒，拒之千里，截铁地说，“我宣布，你在车里是不受欢迎的人，爱干吗干吗去。”女孩根本不搭理，身子一摊，惬意地躺下了。“告诉我，你是干吗的。赛车手，像韩寒？还是富二代？”小毕回说：“我是司机。”女孩哎哟一叫，亢奋地说：“别瞎掰！买跑车都是求刺激的，谁还乐意雇个司机，坐在一旁傻乐呀。喏，那就好比把女朋友介绍给强盗，自己待在旁边看他们做爱，谁信呀。”小毕颓丧万分，俯身打开右侧的门，做了个邀请的手势。女孩忽然说：“等等！”关了车门，口气凝重地说：

“你用过我的手机？”

“接听你的指示。”

“不！你翻看了我的资料，彩信、照片和邮箱。”女孩仔细检查着，像问罪。

小毕聊赖地说：“看了。我得找见机主，才好完璧归赵嘛。”

“哇塞！你肯定窥视了我的隐私，我发誓。”

“你机子里有艳照？”

“差不多。”

女孩快哭了，头甩起来，仿佛她是纯贞教母一样，“本来就预感不好，果然这样。我就说嘛，天下哪有好心人，捡了 iPhone4 还能还回来的。呸！”——在修理厂，类似的难缠顾客，小毕曾遇上过几位，知道什么时候强硬、什么时候赔笑脸。小毕想，她和教父该是一对货色，属狗的，说翻脸就翻脸，不识好人心。心说，要是再有一根双汇就好了，扔远一点，让她去叼，自己也趁机开溜。念想至此，像发了咒似的，小毕顿生厌倦。

女孩忽然打开包，扔给小毕一盒酸奶，她也拿出一盒，插上吸管，喉咙里一阵鸭子戏水的声音。小毕笑了，心说，羼了蒙汗药吧，不像劫色，多半是冲着日产 GT-R 来的。晨报上老有这样的报道，跟我玩，嫩了点。小毕将酸奶扔在一边，面呈急色，断喝道：

“我该走了。”

“也好，”女孩一喜，洒脱地说，“冷气足，真太舒服了。恰好我今晚没事，你带我去战备公路上兜兜风吧？”

“老子没空。”小毕用了洪哥的口吻。

“随你！”

请神容易送神难。小毕问：“喂，你刚才说到了艳照，究竟咋回事？”

“你好奇？”

这时，小毕抬头，忽地看见了洪哥。

洪哥站在凯宾斯基的门厅前，东张西望，嘴角的一粒烟头黑了，红了，又黑了。小毕忙矮下身子，藏在仪表盘下。女孩偎过来，身体热辣辣的，让小毕出了一身汗。小毕为掩饰窘态，绾起裤脚，整理起石膏两头的纱布，空气中布满了药和伤疤的陈旧气息。女孩见状，咿呀一声：“你受伤了，忒严重，腿一粗一细的。”小毕果决地说：“你帮我瞧瞧，纱布上有血没血，刚感觉伤口又挣破了。”女孩埋下头时，小毕遂拔长颈子，再去打望洪哥。

一辆的士驶停，洪哥满脸堆笑，搡开红衣门童，先自打开了车门。

小毕没见过这个女人，眼生。给洪哥服务了三年，宴会、K歌、钓鱼、郊游、赌局、喝茶、吹牛，不管任何场合，洪哥的身边从不缺女人，走马灯似的。平时有规矩，客人不太重要时，小毕也会坐在包厢内，帮着斟酒沏茶。小毕亲见的，洪哥发怒时，身上有雷霆之势。一语不合，动辄将酒水或茶泼在女人们脸上。女人们还紧着道歉赔笑，哄他消消气。有几次，洪哥像雄狮一样动怒，将一沓钱塞在女人的乳罩里，命令她滚蛋。小毕清楚，她们都挺正点，公务员、老师、电视台主持人、艺术院团的，可不是什么随随便便的女人。晚上回了家，小毕搂着乔丽，将冲突的情景说给她听。乔丽却见怪不怪的，说体谅一下洪哥吧，他压力大，一河滩的事，身边没人能替他分担，只当是发泄发泄吧。小毕问，那嫂子呢？干吗不说给嫂子听，枕头边的人最可靠了。小毕将乔丽埋在怀里，十分不解。乔丽却振振有词，说这就是洪哥的大爱，不想把外边的腌臜带回家中，拖累妻子，这才够男子汉。

眼前的这个女人雍容华贵、亭亭玉立，像被灯光抹上了一层蜂蜜水。

小毕眼生，却又觉得似曾相识。洪哥打开的士的后备厢，拎出一只拉杆箱，又接过女人的外套，挂在臂弯里。洪哥像个门童，屁颠屁颠地跟在女人后头，径直穿过灯火辉煌的大厅，摁了电梯的按钮。小毕忽然拍拍女孩的背，愣怔地问：

“喂，前一阵有个电视剧特火，叫什么来着？”

“《北风那个吹》。”

“不是。”

“《幸福来敲门》吧？”

“不。”小毕抠着太阳穴，上天入地地搜索一番，茫然道，“古装戏，玩穿越的，一会儿今天，一会儿唐朝。女主角更神，把一台笔记本电脑背到古代，送给了皇帝，皇帝赏她做了嫔妃总管，等于现在的妇联主席。胡编乱造的，就这部。”女孩一脸木然。——小毕透过落地的玻璃窗，瞧见洪哥和客人进了电梯。小毕登时如释重负，放倒了座椅，将双腿搭在了仪表盘上。女孩盯看着小毕，狐疑道，“干吗问这个？”小毕忽然张冠李戴，“刚想起来，你长得像那个女主角。”

话未落地，女孩忽然鹞子翻身，骑坐在了小毕身上。

女孩像厂里的熟练工，等车悬空后，才站在地槽里，按着型号和图纸，开始检查和大修。小毕枕着手臂，双目紧锁，徜徉在想象之中。

——这时，洪哥和客人一定出了电梯。门卡刺啦一声，进了客房，插卡取电。豪华套房，吧台上摆着一束鲜花，茶几上有一篮鲜嫩水果，冰桶中镇着一瓶拉菲或本地的紫轩。不用说，从落地窗望下去，夜晚的黄河像一条挤满了珍珠和钻石的长河，将大河两岸的风景尽收眼底。不开空调，洪哥推开了一小扇气窗。河风像一只柔软的动物，忽然扑面而来，吹在身上麻酥酥的，令人微醺。接着，洪哥一定还打开了音乐。音乐声也麻酥酥的，飘进耳朵里，让人什么也不想，左耳进，右耳出，身体会轻飘飘起来。

小毕心猜，此刻客人呢？哦，她是个大美女，好像刚下飞机吧，一定出了不少的汗，脚都快肿了。此刻，她准保进了浴室，花洒里喷出的水，像一阵春天的酥雨，绝对把心都浇透了。她样子优雅，从墙上的软瓶里挤出一点浴液。很快，她的头发就被一团泡沫淹没了，说不上是她本人香，还是洗澡水散发的香气。一刻钟后，女人裹着浴袍，湿头发也盘起来，光脚站在地毯上，望向窗外。当然，洪哥这时会端着两杯红酒，款款走过去，从后面拥住女人。女人假装挣扎了一下。忽然，浴袍掉了下来，酒也洒了。

除了电影看得太多，小毕这么想是有根据的。

认识乔丽半年后，洪哥非要见见她。催了好几次，小毕拗不过，才将乔丽领到了洪哥专设的一个饭局上。不错！洪哥在走廊里拍板，还揶揄说，小子，眼睛里挺有水的，趁热打铁，办了她。饭局快结束时，洪哥好像蓦地想起了什么，为难地说，我要连夜赶飞机，刚订的凯宾斯基的豪华套房退不了，损失惨重啊。洪哥冲小毕眨眨眼，将门卡扔过来，像扔下了一支令箭。洪哥不怒自威，说，不如你俩去那里，吃的喝的都有，电视频道也多，看看外国大片吧。乔丽忸怩一番，后来爽快答应了。那回，乔丽进了套房的情景，一幕幕地在小毕的脑子里过电影。只不过现在，小毕换成了洪哥，乔丽也成了刚才的那个女人。

对了，那是小毕的第一次，也是乔丽的初次。他们登堂入室，迅速熟悉了凯宾斯基的豪华套房，也将对方的身体认真研究了一整夜，逐渐熟悉起来。这么想时，小毕露出了诡秘的笑。忽然发现，真的许久没见过乔丽了。

“喂，你咋一直不开机呀？”女孩滚到了另一侧。

“没充电。”

“妈的，你信号也不足。”

小毕回说：“哦，我又不是 iPhone4，伤不起。”

“喂，玩过车震吗？”

“什么意思？”

小毕发蒙。

“车震呀。据说美国女孩儿的第一次，基本上是在车里完成的。喏，像你的这辆跑车开到美国，照样拉风，肯定会有不少金发碧眼的洋妞儿抛媚眼，献吻，央求搭你的车呢。”薄暗中，女孩诡谲地建议，“喂，你就把我当成你的同桌，今天周末，你开你老爸的跑车出来，带我去郊外，就在车上狂做？”

小毕抬手拦阻，效果不大。

“哦，你看过《反恐 24 小时》吗，美国的？”女孩不依不饶，又说，“咱俩玩车震时，最好有一帮恐怖分子包围过来，把你和我绑架了，当成和政府谈判的人质。哇塞，整个美国乱了，白宫乱了，连 FBI 的特工也出动了。”

小毕问：“你脑子进水了吗？”

“帅哥，该不会是雏儿吧？”女孩捏了捏小毕胳膊上的肌肉疙瘩，又抚了抚小毕的腹肌，忽然拿出一只保险套，抽离了包装，“可惜了你，像布拉德·皮特那么帅，但不解风情，纯粹的，大菜鸟一个。”保险套悬在小毕眼前，橡胶味浓重。小毕挣了挣，但伤腿上一阵痛感袭来。

“我有女朋友的。”

“拜托，我也有爸爸。”女孩道。

小毕石化了。心说，除非你是石头缝里蹦出来的，谁没父亲呀。

“土包子！爸爸是我男友，我喊我男友爸爸。”女孩挺丧气，捶了小毕一拳，怨怼地说，“妈的！我这是报答你，没想到你信号不好，还一直关机，不玩了。”女孩像一条鳝鱼，出溜一下钻出车外。关了门，又过来拍玻璃。

小毕移下一截玻璃。女孩举起手里的 iPhone4，喜滋滋地挑衅说：“好奇吗？呵呵，刚才我和你的都拍了下来，艳照，狂喷鼻血。不过你放心，我不会上传到网上去的，我喜欢收集男孩子。喏，今晚上我收集了一个跑车少年。”

“别无耻，你回来。”小毕没法追，只好嘴上发狠。

“回见。”

“你个母狗！”

小毕真想变成教父，闪电般地追撵上去，咬她一口。

女孩站在灯光处，挥手叫了一辆的士，猫腰进去。小毕悻悻的，拔下车钥匙，敞开车窗，点了一支烟。——烟头明灭中，小毕忽然想起了乔丽往日的万般好，一时鼻酸。

结果，乔丽早下了班，就在家里等小毕。

停了车，进入单元门洞，小毕直感觉从天上掉在了地下，连空气都是馊的，像陈年的剩饭。楼梯墙壁上贴满了小广告，花花绿绿的，清洗抽油烟机、开锁、擦玻璃、蹲改坐、收旧家具、求租房屋、招聘月嫂、送煤气罐、改装下水道等等，比火车站还乱。小毕黑灯瞎火地摸上去，不时碰到一些杂物，丁零当啷的，让伤腿发颤。心说，刚才什么待遇，日产 GT-R，150 万呀，现在奔向月租 600 块的破房间，还是打过折的。当初来租时，六楼最便宜，小毕和乔丽就挑中了向阳的一面。一室一厅，水电费另算。砖混楼，七十年代末的样子，和小毕的年龄差不太多。近一段，小毕没回过家，受伤是一方面，关键是乔丽加班，家里空荒着，没意思。

忍住笑，小毕礼貌地叩门。好长时间了，乔丽才问:“谁呀?”小毕闷声闷气地答:“收卫生费。”乔丽一定在发闷，慌忙说:“哦，等等。”乔丽是个正经姑娘，想必去换衣服了。小毕用钥匙打开门，随手闭了灯，趔趄着冲上去，一把就将乔丽抱在了怀里。乔丽简单地咿呀了一声，迅速放弃了抵抗。小毕沮丧地说:

“不喊救命呀? 碰上坏人咋办?”

“嘿嘿，”乔丽轻咬了小毕一嘴，嘟哝说，“你都快发霉了，早闻见你的味了。”

“什么味?”

“动物！不是狮子，就是老虎的那种。”

乔丽举起手，挣脱了小毕的进一步进犯。开了灯，小毕瞧见乔丽攥着一块肥皂，地上摆着洗衣盆和搓板，临窗的晾衣绳上也挂满了。乔丽蹲下继续洗。这个久别重逢的时刻，与小毕的想象大相径庭。“你没睡家里吧? 花都枯死了，几包菜也烂了，桌上的灰尘能呛死人，我擦了整整一下午。”乔丽嘟囔着，其实是审问的口气。小毕忙解释说，手机快没电了，所以关了攒电，等开了机才发现你的短信。呵呵，原先你偷偷来查岗呀。小毕站着说话。乔丽麻利地拾掇完，将衣服挂起来，又去接了一盆清水。乔丽说："快把身上的脱下来，我顺便洗了吧。"小毕扶着墙，怔忡不已，不太想让乔丽看见伤口，替自己揪心。

但今天的小毕是有备而来的，心里揣着一个大惊喜，像投送喜报的邮差。乔丽见小毕样子神秘，撩了撩头发，脸上挂着一小片湿光，定睛细看。小毕说："我懒得收拾是有原因的。呸！这个狗窝，热得像蒸笼，总算住够了。"乔丽却说："狗不嫌家穷。你咋开口闭口，这么糟践自己的家呢？"小毕喜悦地说："我请你住高档社区吧，有保安，有物业管理，能看见黄河的那种。喂，明天就去，我带你去物色一套，赶紧搬进去。"乔丽陌生地望着，生疑小毕是不是喝多了酒，狂吹牛。小毕有这个毛病，跟厂里的同事们爱喝啤酒，一点就着。小毕说：

"洪哥掏租金，咱俩去挑房子，让咱们办了。"

"办了？"讶异道。

"老板是这么讲的。骗你，我就是一坨鼻屎。真的！"

乔丽慌乱地说："你还没去过天水，没拜见过我爹妈哪。呃，他们还不知道我跟你住一起。"语气纠结起来，"这么仓促，我没一点点准备呀。"

"他们好骗，我有一肚子蜂蜜水呢。"小毕道。

"骗？"

"善意的嘛。"

"毕小刚，你用这样的话哄我，我真的很生气。"乔丽摔了一下搓板，又慢慢地掐手里的肥皂，掐得肥皂很疼。乔丽讲，"唉，每次都这样子，狗改不了那啥的。你连我爹妈都敢骗，谁知你说的房子的事，究竟骗没骗？”

小毕说：“两小时前，洪哥亲口命令我的。”

“他喝醉说的？”

“没喝！他呀，他即便醉了，也比一只算盘清醒。”小毕拍了拍胸脯，豪气干云，“洪哥没亏待过我。他红嘴白牙的，一般会算数。”

“老板凭什么对你好？哦，喂了你一粒迷魂丸吧，你可真够愚的。”

小毕说：“他信任我，欣赏我。”

“听说过，没见过。”

乔丽继续坚持自己的错误，脖子梗了梗，一副不屈不挠的态度。小毕心说，女孩子一般都这样吧，外冷内热，牙齿上焊了盾牌，死不讲理。小毕知道，需要用证据说话，事实胜于雄辩嘛。于是，小毕开始掏裤兜，掏出一大堆东西来，摆在桌子上，打算让乔丽哑口无言。坏了，乔丽脸色突变。

“毕小刚，这是什么？”

“什么呀？”

“喏，你自己看吧。”

问也是白问，乔丽和小毕以前用过这种玩意儿，橡胶味，一只绾了结的避孕套。乔丽捂住鼻子，五官扭曲，像看见了最可怕的小老鼠。小毕也惊呆了，面红耳赤，不由得结巴起来。——要是一只没启封的避孕套也就算了，但这个半透明的袋子里，还盛了一点点乳白色的汁液，黏糊糊的。乔丽真火了，退后几步，目光在搜寻锥子或剪刀，大有放手一搏的架势。乔丽尖叫道：

“你用完的 TT？”

“我没用。”小毕争辩道。

“没用？没用咋会在你口袋里，你嘴硬，背着牛头不认赃呀。”乔丽疯了。

小毕偎上前去，却被乔丽几脚踢开了。家里没有锥子和剪子，但乔丽找见了一只蝇拍，劈头盖脸地打过来。小毕抬手护着自己，忽然想起了先前的一幕。小毕脑筋太够用了，忽然做了个手势，叫停了乔丽。小毕说：

“别神经！厂里的工友们瞎玩的，不小心装了回来，不是你想的那样子。”

“撒谎吧？还瞎玩的？”

小毕说：“喏！TT 里装的是酸奶，不是那个啥。天太热，我们大家打赌，狗东西王鹏输了，扛回来一箱酸奶。绝对是王鹏，他给每个人都灌了一只，肯定跑到了换衣室，偷偷摸摸给大家都塞裤兜里了。这小子，明早上我非打肿他的鼻子不可。”——乔丽半信半疑，像对付一只死苍蝇，用蝇拍翻动了一下 TT。果真像小毕申辩的那样，颜色不对。乔丽还在愤怒当中，抽了小毕一拍子，叱问道：“哦，你们 4S 店真变态，玩什么不好，休息时还玩 TT 呀？”

“社区来宣传计划生育，发了一大堆嘛。”

“真是酸奶吗？”

小毕想动手，拆开橡胶袋子，证明一下自己。小毕不服输，凿然道：“酸奶养花最好了，我倒在花盆里，绝对让那一盆绣球起死回生。”乔丽又抽了一下，打退小毕，用蝇拍捡起避孕套，慌乱地扔出了窗外。——呵呵，现在证据被消灭了，小毕底气陡升，忙拿出一封信来，言归正传。

“宝贝，洪哥真对我好，你瞧吧。”小毕说。

“我的信？”

“不是。借了一下你的名字，掩人耳目嘛。”小毕将封皮封底亮给乔丽看，乔丽很快就忘了刚才的不快，攒了眉，充满了好奇。乔丽嘟哝说：“哦，我和洪哥八竿子打不着，他干吗借用我的名字？我的名字那么值钱呀，还是美国寄来的，我家可没有一个外国亲戚呀。”——信很薄，像鸽子的羽毛那么轻盈，搁在小毕的手心里，跃跃欲试。小毕说：“4S店里人多眼杂，人的嘴都不可靠。我猜想，洪哥恐怕不想让别的人知道，就借用了你的名字。他交代说，见到‘乔丽’的信，让我单独给他，他这是信任我，我知道的。我已经帮他转交了好几封写你名字的信了，每次洪哥都说谢谢我、谢谢乔丽什么的。”

一个很精致的信封，边角上印了彩色的条纹，右上角还有指甲大小的一方图案，异常清晰。乔丽贴在眼前，左右端详。应该是一个雪人吧，鼻子是一根胡萝卜，系了围巾，戴了草帽，嘴角咧得很大，像演员姚晨。背面有几枚邮票。邮票中是一个高鼻深目的外国人，波浪形的卷发，下巴很尖。可惜了，邮戳的黑泥滚过，有点淤，脏兮兮的。乔丽看了一阵子封皮，忽然说：

“喂，美国也有个兰州呀？”

小毕肯定地说：“当然！不过，人家的兰州前还有马里，叫马里兰州。”

“呵呵，美国的兰州有牛肉拉面吗？”乔丽问。

“有加州牛肉面。”

“市政府出口过去的？”

小毕截铁地说：“现在商业间谍很多，谁知道呢？”

乔丽捧着信，一动不动，脸上始终在发呆。小毕见乔丽灵魂出窍的样子，又怕她忽然发作，准备收回来。证据一旦用完了，和毕业后扔掉的烂课本差不多。再说了，洪哥傍晚交代过，让小毕赶紧处理掉，别留着了。拽了拽，乔丽却将信捏得很紧，一点也不撒手。乔丽忽然问：

“哦，谁寄的？”

“一个女人。”

乔丽说：“她干吗用我的名字，鬼鬼祟祟的？”

“可能不方便吧。”

“咋不方便？”乔丽是个好奇心很重的女孩，有时候令小毕很烦。

“因为虎子吧。虎子三天两头就逃课，躲在4S店里打游戏，刺儿头，没个规矩。”乔丽见过洪哥的儿子，印象不佳，私下里还说过虎子的坏话。小毕为了印证自己的话，批驳说，“他一来，店里就闹翻了天。他还私拆他爸的信件，不管是公函还是私信，拆了就拆了，没办法。关键是这小子嘴不牢，和嫂子穿一条裤子。芝麻大的秘密，他给他妈一汇报，就比西瓜还大。”

乔丽佯笑一番，“是个女人写的？”

“是啊！”

“她是中国人？”

“对呀，信封写得这么漂亮。”

“毕小刚，你怎么知道是女人写的？你偷看了？”乔丽冰雪聪颖。

“哦，商业机密吧。”

——其实，类似的秘密，小毕一般是不会错过的。

昨晚上，小毕将信搭在暖水瓶上，用热蒸汽熏了熏，信口自然开了。小毕读完后，又用胶水粘好，一点痕迹也没留下。在这一点上，小毕驾轻就熟，屡试不爽。此刻，面对乔丽的拷问，小毕忽然决心替洪哥保密到底。即便乔丽用改锥来撬牙齿，小毕也决不会吐出半个字来。小毕拿上信，又取来一个打火机，扑地跳出了一簇火苗。小毕说：“总而言之，这个女人去了美国，住在马里兰州，和洪哥彻底闹掰了。

不为别的，一桩买卖谈崩了，这女人讹诈洪哥，想让洪哥给她一笔巨大的赔偿。没办法，洪哥换了手机卡，她联系不上，所以才寄一封信来，算最后通牒吧。”

“通牒洪哥？”乔丽问。

“哦，男人和女人的事，谁知道呢。”

小毕煨上火，一封来自美利坚合众国马里兰州格雷特郡的书信瞬时焚化了，扬起蝴蝶般的灰烬来，落在小毕的身上和头发上。乔丽说：

“快脱下来，给你洗洗吧。”

“不洗了。”

“我还有力气的，快脱吧。”

样子巴兮兮的，乔丽望着小毕，等他。小毕的目光将她上下捋了几遍，心里的一团蜜汁又被戳破了，温情作涌。——乔丽普普通通的，鼻子是鼻子，眼是眼的，谈不上漂亮，却也挑不出一点毛病来。眼前，乔丽穿着小毕的一件跨栏背心，样子松松垮垮，又穿了件大裤头，长满碎花，家居的那种。有一次，乔丽问小毕，我是你的什么，你打个比方吧。小毕苦思冥想，终于总结说，你是我的一碟醋熘洋芋丝。乔丽说，这个比喻好，我知道你一辈子离不开洋芋丝，但我不光醋熘，还青椒炒，还麻辣炒，还可以凉拌。此刻，小毕望着自己的一碟洋芋丝，觉得应该是拔丝的，裹了蜂蜜和砂糖的那种，入口即化。

乔丽拽了拽小毕，让他赶紧。背心的领口豁开了，小毕看见了乔丽的乳房。不大，却瓷实，像两个忠诚的土豆，静候着秋天的成熟。小毕忽然问：

“加完班了？”

“没。我请了假，明早就得回去，要不然会扣工资的。”乔丽忽然很灰，鼻子紧了紧，难为情地说，“中午我晕倒了。她们说我晕了有半小时，给我灌凉水，喝冰红茶，才把我弄醒来。”乔丽边说，边软软地贴过来，倒在小毕身上。

小毕大惊失色：“咋的了？”

“不知道。当时就在案子上检验戒指，眼睛一黑，什么都忘了。”恓惶道。

“看大夫了吗？”

“看了，恐怕是低血糖。再加上没休息好，天热，厂里宿舍乱，也太吵。”乔丽妩媚一笑，摸着小毕下巴上的胡楂，安慰说，“没关系，现在不是好了吗？从春节开始忙，冬天的衣服攒了一堆，都来不及洗，总算了了一桩心病。”

小毕惜疼地说：“请上一周假吧，你脸色都暗，我可以炖一只鸡，给你补补？”

“不行的。厂里很严格，一个萝卜一个坑。”乔丽是饰品公司检验室的一名副组长，还当过去年的先进，对自己要求颇高。小毕不屑，鼻子里哼了一声。乔丽说，“这是公司接的一个大单，要趁热打铁，再忙一阵子的。等欧洲和美国那边的热乎劲过了，你想卖都卖不出去。”小毕知道她是认真的，遂支起耳朵。乔丽娇嗔道，“喂，问你一件事，我要是对眼了，你还要不要我？”

“对眼？你不好端端的吗。”

“我成斗鸡眼了。”乔丽将眸子亮给小毕看。小毕瞧了瞧，眼睛是乔丽的，这没错，却真有一点点变化，说不清哪里。小毕动了动眼皮，乔丽也跟着动了动，很不自然。倏忽间，乔丽真的对眼了，两枚黑眼珠子贴在一起，像假的。小毕骇了一跳。乔丽迅速恢复了原样，喝问：

“要不要？”

“要！真要！”脸上布满了探询的神色，口气却凿然。

乔丽哈哈大笑：“吓你的，小毕，我才不是废品呢。”又比画说，“哎哟，加上吃饭、睡觉、上厕所，一天要站十几个钟头，我骨头都快酥了。最累的是眼睛，得盯着一碗一碗的戒指，挑出残次品来，所以就对上了。”

“你悠着点，别太费劲。万一再晕了，我又不在。”

“不会再晕了，放心。我买了一包奶糖，喏！”乔丽的嘴搭过来，靠在小毕唇上，迅疾地挤出半粒湿漉漉的糖块，小毕赶紧抿嘴含上。乔丽说，“低糖时，我就吃一颗，绝对没事的。”小毕吮了吮，觉得乔丽真的是一碟拔丝洋芋。

“开始头晕时，你就歇缓一下吧。”

“你不懂。流水线作业呀，不能停，下一道工序还等着呢。我负责检查戒指的托儿，有没有衬紧，有没有松脱，有没有焊点不牢，三分钟必须检验完一枚。”乔丽的话像一份流水单，节奏铿锵，层次分明。“在这个班上，我算最快的，差错率也最小。老板在黑板上给我贴了红旗，六面旗子呢。”

小毕怨怪说：“就你要强。”

“红旗就是钞票，你懂不懂？”

“呃，你比什么都重要。”

女人都爱听这句话，乔丽尤是，便感激地吻了小毕一口。乔丽说：“检验一枚戒指，我能挣三毛钱。哼哼，我这个月的薪水，肯定比你多多了。”刮了一下小毕的鼻梁。

“几毛？”

乔丽伸出三根手指，样子骄傲。小毕简直想啐一口，没啐出来，脚却跺了跺，跺得自己龇牙咧嘴，直抽凉气。小毕哼唧说：“三毛?!妈的，老子放个屁，也能挣上三毛钱，简直不把你当人看嘛。”——乔丽盯视着小毕扭曲的脸，以为他在嘲弄自己，忙搡开小毕，却后一步，气呼呼地说：

“你再说一遍？”

“呵呵，刚才那句话，等于我放了个大屁。”小毕唾面自干，回扇了自己一耳光。

“毕小刚，你可以骂我，但你不能鄙视我的工作。活是我找的，三毛钱我乐意赚，对眼我也愿意害，头是我自己晕的，成了吧？”

——乔丽扔下小毕，胸脯胀足了气，奔进卧室，一头栽在床上。床板嘎吱一声，像受大刑。小毕登时空荒起来，蹲在地上，把脑袋插进了水盆里，憋了十几秒。心说，本来是站她一边的，表述不清，呵呵，让她抓住了把柄。憋清醒了，小毕狮子甩头，也蹒跚进去靠在了床沿边。小毕闻见了乔丽的体香，还夹杂着夏夜里的汗腥味，诱引着他。小毕刚将手捂在乔丽的臀上，乔丽蹬了一脚，端直踹在了石膏上。小毕撕心一叫，中弹似的仆倒，恰好压在乔丽身上。

“别碰我。”

“警察管不了。你看你，自己也湿了。”小毕顽劣道。

乔丽忽然起身，抹着泪，一个劲地嘟哝说：“不行，真的不行。”——薄暗中，小毕发现乔丽的拒绝并非生气的缘故。她瑟缩着，往远处挪去，仿佛小毕身上带了木马病毒。小毕赌咒说：“我骂你老板呢，你干吗挡驾？你也不想想，他一个戒指卖多少钱呀，才给你区区三毛，纯粹剥削嘛。”乔丽哭咽着说：“公司也是从温州老板那里外包的，挺不容易，一枚戒指赚两块，我还占七分之一哪。我够满足的。”

小毕明白，女人一般是没有全球意识的。她们搞不懂南北回归线，搞不懂鲸鱼不是鱼，搞不懂企鹅不在北极，她们尤其搞不懂自己，只盯着眼前针尖大的一丁点利益。小毕开导说："呃，省略温州老板不说，这一枚戒指即便是包金的，赝品，仿造货，卖到伦敦和巴黎去，再卖到纽约和东京去，多少呀？"乔丽回说："老板打听过，据说值35英镑。英镑比美金贵吧？"小毕击了一下拳头，"喏，这不结了，事实如此嘛。"

"可这一单活来得真不容易，求爷爷告奶奶的，才接上的呀。"乔丽止了泪。

小毕说："对。兰州人傻，价贱。"

"别这么讲。毕竟，这一款戒指是威廉王子和凯特结婚用的，赝品也好，仿冒也罢，人们花一点点钱，图个吉祥，留个纪念嘛。"乔丽善解人意，这是她一贯的毛病。乔丽说，"我们车间专做这款戒指，另外的几个车间还做印花瓷碟、扑克牌、气球、男女内裤、面具、T恤衫和人字拖鞋，上面都贴了威廉王子和凯特的头像。知道吗，卖疯了，温州老板几次来视察，说全世界都是Made in China。"

小毕明白这个英语短句，但不忍去泼凉水。

乔丽又说："兴许，这一款戒指真能带来好运，说不准。"

"什么好运？"

"童话呀。"

"三毛钱，连童话书也买不了一本，做梦吧。"

"毕小刚，你这人太倒胃口。"乔丽的愤怒一般会集中在指甲上，掐得很准，撕不下皮，但能留下电击般的暗伤。小毕挣扎一番，忙双手合十，频频告饶。乔丽面露红光，畅想道，"谁不乐意像凯特那样呀，从一个灰姑娘变成王妃，披着雪白的婚纱，穿上水晶鞋，住在宫殿里，还有那么多的人周围伺候着。喏，光想一想就让人发颤。”乔丽可能哑巴久了，此时像一本翻开的字典，絮叨说，“公司的墙上挂满了电视，天天在播大婚的录像，一遍又一遍地播。我都快背出来了。几点几分，金马车出发；几点几分，西敏寺教堂的钟声敲响了；几点几分，王子殿下给凯特戴上了戒指；几点几分，站在白金汉宫，来了一个阳台之吻。真的，小毕，我不哄你。”

——小毕的记忆也被唤醒了，脑子里在过电影。小毕记得，婚礼的花车是一辆劳斯莱斯，黑色，八缸，纯手工打制的。只允许各国的王室订购，贵族的象征。否则，你就是掷下一张天价支票也白搭。乔丽继续说：“温州老板介绍说，婚礼的当天，全世界有20亿观众在看直播，呵呵，等于一个半的中国人呀。老板的金牙都快笑出来了，20亿，差不多都是我们的潜在客户呢。”小毕总爱抬杠，心里不服气，叫板说：

“这下赚美了。”

“什么？”

小毕说：“也不知洋鬼子搭礼不？要是搭的话，一人掏一个份子钱，按一块英镑算的话，真就赚美了。”小毕觉得应该用比喻句，遂说，“那个灰姑娘凯特，摸到了世界上最大的一单头彩。婚礼是干什么的？婚礼不就是坐上了金马车，去西敏寺兑奖嘛。西敏寺就是大乐透总部，大主教就是法人代表，他不盖财务章，转账支票就兑不了。凯特不戴口罩，不戴墨镜，也不穿蜘蛛侠的衣服，公然炫耀，招摇过街，眼热死你们啦。你们呀，顶多是一群无辜的彩民朋友，垫底的，只懂得往奖池里扔钱。”

“我才不嫉妒人家凯特。她也不容易。”

小毕鬼祟道：“呵呵，你摸到了我，我就是一个末奖。值五块，一碗牛肉拉面，另加一个茶叶蛋，刚好。”

“我喜欢你这个说法，小毕。”乔丽说。

“她爹以前还是个矿工呢。喏，十个指甲黑乎乎的。”摊开手掌。

“不厚道吧。”

小毕在兴头上，一时刹不住车，“呵呵，我爹在凉州城，好歹也是个吃粉笔灰的。我未来的老丈人，起码也在天水的麦积山石窟下开了个烟酒铺子，生意不错。我和你门当户对。关上门，凯特当威廉的王妃，你才是我的公主。想那么多，你又要犯晕的。”——薄暗中，乔丽瞪大了眼睛，表情肃穆，似乎在酝酿着什么。小毕让她看得直发毛，嘴巴问了问，却没有发声。乔丽跪在床上，一寸寸地膝行过来，贴住小毕。乔丽的身体很烫，脸上孵出了一层细汗，胸脯也忽闪忽闪的，像在发表意见。小毕听懂了，刚要开始动作，乔丽却命令道：

“亲我！”

小毕正中下怀。

舌头咂巴着、翻卷着，像两个失散已久的亲人，再次重逢。小毕将乔丽塞进怀里，一团隐秘的蜜汁又被戳开了，上下漫漶，流布一身。认识那么久了，乔丽第一次主动。小毕感动连连，眼睛里究竟是汗，还是泪，多半已顾不上了。突然，小毕停了下来，身体一怔，舌头也登时僵硬，口腔里埋着一粒东西。乔丽把嘴抽离了，停在小毕眼前。

“请你亲自给我戴上，现在。”乔丽说。

小毕用舌尖拿了出来。

“右手！”

湿漉漉的，带着小毕的口水。

“无名指！”

——夜黑下去一尺，但乔丽的眸子亮了一寸。

小毕在暗中摸到了乔丽的手，自左至右，顺利找见了第四根手指。不用看，手其实知道方向。小毕贴着乔丽的脸，看见她的眼睛越来越深邃，一点不对眼，挺正常的。终于，小毕摸到了乔丽的指根，转了半圈，将一粒石子般的东西朝上，妥定了。乔丽抿了抿嘴巴，俯身而来，搭在小毕的耳朵上，悄声说：

"咬了咬牙，我硬买了一枚，480块，内部价。"

小毕点头，像签字似的。

"喂，还要说一句话的。"

"什么话？"

"明知故问吗？你又不是没看过好莱坞的电影，一定要说那句话。"乔丽的指甲仿佛灵巧炸弹，准确地找见了小毕的一块肉，掐出了哀求和饶命声。小毕嘟囔了几遍，终于说了出来。乔丽满意了，又搭耳过来，羞涩地说：

"我怀孕了，小毕。"

这时，小毕兜里的手机响了。

声音太吓人。一只快耗光了电的手机这样狂叫，真不识抬举，也好像有点神经错乱了似的。小毕搂住乔丽，一齐跌倒，双双躺在了枕头上，脸碰脸。小毕打开电话，金刚怒目地喂了一声。小毕听见了一个女人的咆哮。

"谁呀？"

女人狂躁地说："小毕，见到洪志平了吗？狗娘养的，我找了他一晚上，电话关机，联系不上，也不知死哪儿去了。喂，看见洪志平，让他赶紧给我回话。"

“妈的，你究竟是谁？”小毕顿时翻了脸。

“我是艾米丽·陈，陈曼娟。”对方说。

“嫂子？”

——小毕一骨碌翻身坐起，换了态度。

（此文原发《人民文学》杂志）

秦尼巴克（CHINA PARK）

尾声：欧洲的猜测

《泰晤士报》消息【记者 托尼·布莱尔发自哈萨克斯坦】据可靠人士透露，一件足以引起外交史上严重纠纷的恶性抢劫案，近日发生在哈萨克斯坦北部的少数民族聚居区内，大英帝国驻喀什噶尔领事馆发往伦敦外交部的重要邮件，被一股据信是得到莫斯科支持的土匪武装劫持，并已藏匿于崇山峻岭之中。大英帝国外交部已紧急照会莫斯科，敦促其尽快解决此事，追回被劫持的邮件。

记者从莫斯科方面了解到的未经证实的消息说，已经有300至330名哥萨克士兵组成的队伍开赴该地区，该部队的首脑人物是一名当地部落领袖的儿子，曾被莫斯科授予陆军少尉军衔。

据透露，这伙武装土匪抢劫的外交邮件内，有一本据信是七世纪以前的中亚细亚各国历朝奉为至宝的古代经卷。经当地专家初步考证，确信此经卷系采用业已消失的中亚地带某个少数民族的文字印制而成，其所述内容可能包含了古代先民对天文、地理、军事、死亡、灵歌和某些奇异现象的笼统理解，但没有人能准确地破译出其中的真实用意，就连那些破译此物的当地土著专家也在这一过程中神秘死亡，喀什噶尔城内的流言蜚语更加证明了此经卷的神圣不可侵犯。据目睹过这本稀世之宝的人士说，这一本经卷系用人皮装帧而成，书籍封面呈淡黄色，触之柔软如绸。

这一本人皮经卷是大英帝国驻喀什噶尔领事馆率先获得的，据来自喀什噶尔的人士说，英国领事马嘎特尼先生的夫人凯瑟琳·波尔兰德在获得这本人皮经卷的过程中意外负伤，导致他们头生子的流产。

领事夫人将于近日取道回国，女王陛下已下诏授予她爵士爵位。

记者将以最快的速度赶往喀什噶尔，调查此次严重的外交纠纷和那本古代经卷的最后下落。记者搭乘的海轮预计将需 45 天才能抵达目的地，同船有英国内阁派遣的事故调查组成员，他们的气色显然很好。

（1898 年 12 月 8 日电）

《印度报业托拉斯》消息【记者 伊德里克·拉什迪发自克什米尔】位于中亚细亚腹地的喀什噶尔和哈萨克斯坦地区，在这个干旱的夏天成了一块冒险家和野心家们角逐的热土。一本据传是产生于五世纪以前的中亚细亚某个神秘部落的人皮经卷，已经在伦敦的各个著名的拍卖行被缺席拍卖，市值 20 万英镑。

但有关这本人皮经卷的下落和归属问题成了一个世界性的悬念。

据传首获这本人皮经卷的，是英国驻喀什噶尔领事马嘎特尼先生的夫人凯瑟琳·波尔兰德，但在他们居住的名为“秦尼巴克”的领事官邸中，这本人皮经卷曾离奇地“失踪”了数日。更为离奇古怪的是，一个长期游荡于喀什噶尔的波兰亡命徒伊格纳提耶夫，在中亚细亚这个动荡的年份里突然投靠于英国领事馆，他受到了优待，享有了外交豁免权。据信，伊格纳提耶夫乃俄罗斯情报部门的秘密特工，他的叛逃是对俄罗斯在中亚细亚庞大谍报网的重大打击，这也是本世纪以来最为重要的叛逃事件。然而更令人震惊的是伊格纳提耶夫在叛逃事件发生后却神秘失踪，俄国驻喀什噶尔总领事彼得罗夫斯基已否认他们插手此事。最近几日，这位俄罗斯在中亚细亚的最高代表通过莫斯科的报纸，一再否认伊格纳提耶夫系他们雇用的谍报人员。已先期到达喀什噶尔的以英国陆军中尉鲍尔先生为首的突击队，已经开始了在这一地区的行动。

这本具有独特传奇色彩的人皮经卷，后来被装进了英国驻喀什噶尔的外交邮包中，分两路欲运往伦敦。一路邮包意欲穿过慕士塔格峰，由克什米尔辗转至新德里或加尔格答，乘坐“爱沙尼亚公主号”豪华邮轮回到伦敦；而另外一组邮包则挺身犯险，被发往从阿拉木图开出的俄国列车上。而正是这后一组邮包，在哈萨克斯坦北部遭到了被劫持的命运。据情报人员分析，这两路邮包中有一组是当初作为防范措施而使用的，肯定有一本极其仿真的人皮经卷赝品在其中起到了“障眼”的作用。但现在不清楚那本真正的经卷究竟在哪一路邮包中，现在是否安妥？

在伦敦和巴黎，热心的书籍收藏家们已经开始了全方位的搜索。

有幸目睹了这一本传奇经卷的人士说，这是一本有关地下秘密宝藏的指示图集。在风靡中亚细亚的民间传说中，有一个古老的部落曾经将大批的黄金珠宝藏匿于阿富汗北部的山区，在长达三个世纪的寻宝中，有无数的探险家葬身于此而一无所获。这本人皮经卷有望揭开这一谜底。

据透露，凯瑟琳夫人将于明年初在牛津大学就该书的发现经过举行专题演讲。

记者在克什米尔一个乌尔都语向导的带领下，将于明日翻越慕士塔格冰达坂，估计不日抵达喀什噶尔。愿上帝保佑。

（1898年12月11日电）

《圣彼得堡快报》消息【记者 格罗斯·布尔加科夫发自奥什车站】一本确信是被英国驻中亚细亚喀什噶尔领事馆劫掠的古老文书——人皮经卷，在秘密运往伦敦的途中，于10月下旬时在哈萨克斯坦境内的北部山区遭到了劫持。劫持这本人皮经卷的一个少数民族部落的头领发誓，要用鲜血和生命保护这本祖传的部落圣物。

英国外交部已经照会俄国政府，要求派出精锐的突击队员抢回这本人皮经卷，但被俄国驻喀什噶尔总领事彼得罗夫斯基予以拒绝。总领事先生还就波兰的杀人犯伊格纳提耶夫谎称自己为俄国情报人员，荒谬地指控本国的中亚细亚外交政策一事提出严重抗议，并要求英国领事馆归还杀人凶手，以对他在十年前杀害一名俄国东正教牧师的行为提起诉讼。

据来自喀什噶尔当地中国政府的消息，该地区从未发现过任何少数民族的古代文书，但他们并没有排除当地庞大的伪造集团为此上演了这一幕恶作剧的可能性。这有可能是英国政府关于中亚细亚政策变化的一个滑稽的信号。

引起这一场冲突的波兰杀人犯伊格纳提耶夫，目前可能藏匿于英国领事馆内，据被该外交机构辞退的当地仆人讲，此人和英国领事夫人凯瑟琳·波尔兰德关系暧昧。现在，没有理由能够排除这一劫持事件是一个极其阴险和充满野心的预谋，众所周知，在广袤干旱的中亚细亚地带，英国人的无理取闹常常不得人心。

记者将前往喀什噶尔，进一步追踪报道这一世界性的丑闻。

（1898年12月4日电）

《莫斯科生意人报》消息【记者 鲍里斯·利亚钦发自伊犁以西】气极败坏的英国东方学家霍恩勒博士，在中亚名城喀什噶尔通过一家热爱英镑的当地土著报纸发表声明说：哈萨克斯坦北部的一股武装土匪对一本据称是公元六世纪的人皮文书的劫持，乃是对全人类的犯罪和对上帝英名的玷污。

据消息灵通人士透露，那本由人皮装帧的古代文书被霍恩勒博士确定为一本上帝的语录集。它的出现将会修改此前不同民族对《圣经》的诠释与争吵，梵蒂冈和大英博物馆已经为该文书的到来准备的盛大欢迎仪式毫无疑问要无限延期了，没有人能想象那本书会怎样修改欧洲人的宗教习俗和理念。

据曾接近英国驻喀什噶尔领事马嘎特尼的柯尔克孜猎人们说，此人是一个容易想入非非的外交官，他身上一半的中国血统和长年驻扎在中亚细亚的经历，并不能保证他的行为的准确性，谁也无法预料在他的眼中出现的是一本古代的文书，还是一只雪线以上的蓝马鸡？领事夫人凯瑟琳在这一高海拔地区所患的高山病也无法保证她的发现具有实际意义。

目前尚不清楚这一本所谓的古代文书的确切流向，但据记者对长年奔走于天山达坂的众多柯尔克孜驮夫的调查，近一年中他们未曾接手过英国驻喀什噶尔通往奥什车站的外交邮件，而以往这些令人头痛的运输活儿肯定是由他们承担的。

俄国外交部已就英国政府的照会发表了措辞严厉的声明，此前甚嚣尘上的有关东正教大牧首欲通过秘密途径，向哈萨克斯坦北部山区一个部落土匪武装购买那本古代文书的谣言不攻自破。莫斯科的大多数民众相信，这一外交事件也许是一场精心策划的阴谋，不能排除这是某个基督教组织的又一次纵火行为。

显然，俄罗斯在中亚细亚地区的利益受到了前所未有的挑衅。据莫斯科军界人士透露的消息，所有俄罗斯士兵和军官已取消休假。现在，炎热的印度次大陆上冷雨纷飞，俄罗斯士兵在印度洋的海水中将会洗刷他们的靴子。记者已雇用了一支骆驼队紧急赶往喀什噶尔，继续报道该事件的最新进展。

（1898 年 12 月 23 日电）

回放：农历六月十四

鲍尔中尉再次策马进入喀什噶尔旧城时，不禁为这个中亚名城的富庶所吃惊。在城中的主要建筑物艾提尕尔清真大寺广场附近，一个夜晚的饮食巴扎还没有结束。鲍尔中尉到达喀什噶尔的时间是1898年中国农历的六月十四，这使他在翻越喀什噶尔以南的慕士塔格峰冰达坂时，一路上都有月光引领。月光打在那些终年积雪的冰山上，反射下照彻内心的光芒，一些在透明漂泊的月光里盲目飞翔的鹰可能错误地以为闯入了白昼，它们的鸣叫凄婉悠长。但是，在饮食巴扎的街道上，月光荡然无存。

每一个被白色粗布苫盖的饮食桌案旁，摊主都点燃着一盏石油制成的灯，蓬勃的火苗肆虐着，不仅产生了灼人的光亮，而且喷吐出浓重的烟柱。这些用来照明的石油来自阿富汗或哈萨克斯坦地区，价钱极其低廉。如果用一只公鹅交换，就能得到整整一年的光明，而那只公鹅微小的肝脏，在莫斯科会成为一个贵族家庭餐桌上最为丰盛的一道菜肴。在喀什噶尔的饮食巴扎上，各种各样的叫卖声此起彼伏，这让每一个初来乍到者分不清究竟是什么语言？因为在这里，汉语、维吾尔语、哈萨克语、英语，甚至极为罕见的波斯语、印度语以及乌尔都语都会畅行无阻。

鲍尔中尉下马坐在了一个摊位的条凳上，一个机灵的小巴郎子跑过来将他炭红色的坐骑拉到后面喂料去了。鲍尔中尉要了一根羊肋排、一疙瘩羊尾巴油、三个羊腰子和一小碟灌肠，吩咐摊主烧烤起来。

在燃烧的狭长形的木炭火上，一块块肥肉被穿在红柳扦子上翻来覆去地烤。当盐粒、孜然和胡椒粉撒在上面时，羊油滴落在火舌上，周围顿时散发出一股诱人的香味儿。夜里浪游的乞丐们在不远处瞪大眼睛，他们常常遭到鞭子的呵斥。

鲍尔中尉把一串羊肉递到嘴边时，压低声音问摊主，说："萨尔萨班的情况如何？有没有他的消息？我在问你哪！"摊主惶恐地看了看四周，街道上的各个摊位人烟稠密，其中夹杂着衣饰豪华的巴依老爷们和三三两两的外国人，根本没有人注意他这个方向。他给鲍尔中尉撕开了一瓶葡萄酒的泥封，递给对方，说："老爷，我已经有五天没有见过萨尔萨班了，不知他到哪里鬼混去了。"

鲍尔中尉的嘴里可能嚼到了一块羊筋，他拼命咬着，腮帮子鼓得很高。过会儿，他喝了一口葡萄酒，囫囵咽了下去，盯住摊主的眼睛问道："我托你们打听的那本书有没有消息？我是专门来取回那本书的。我知道，维阿，你有一双喀什噶尔最灵巧的耳朵。"摊主受宠若惊地说："老爷，我从来就没有听说过一本什么人皮书籍啊。""还是我自己亲自找吧，不过你要张开你的那双驴耳朵，你们的鼻子一定要尖才成啊。"鲍尔中尉微笑着对摊主说道，随后，他从腰际里掏出了一枚闪闪发光的金币交给摊主。不知这是对他的消息的赏赐，还是这一堆食品的价钱。

在沸腾的饮食巴扎上，一直有一双眼睛盯着鲍尔中尉。这个藏在角落里的人十分明白在不远处的摊位上大口咀嚼的鲍尔其人，他甚至闭上眼睛就能历数出这个享誉中亚细亚和整个欧洲的军人的传奇故事和盖世的功勋。此刻，他尾随鲍尔中尉进入喀什噶尔，可他不想打草惊蛇，他同样也有足够的耐心和对眼前这个职业军人的嫉妒。

这来源于他的主人。

鲍尔中尉是英国驻印度殖民军的情报官员，他从二十几岁起就一直闯荡在中亚细亚的崇山峻岭和戈壁大漠上。起初，他以打猎和冒险为名搜集情报，但这样走南奔北的闯荡并未使他获取功名。在寂寂无名的折磨下，他一度产生了放弃的念头。比如在1888年的一个星期内，鲍尔中尉就给驻印度的总部发回了三封加急的信函，他谎称自己已经患上了高山反应症和鼻血症，要求将自己调回总部或者英国本土。他自私的想法被上级及时洞察了，于是一纸调令将其召回了新德里。

这是这位官员命运转折的开始。在那个夏天，鲍尔中尉在归途中并不知道命运女神对自己的垂青。他此后被晋升为英国陆军少将，并受封为汉密尔顿爵士的所有荣誉都和那个夏天的一纸调令息息相关。他死于第二次世界大战前夕。在鲍尔中尉建立功勋荣誉满身后的那些闲暇岁月里，他除了在印度次大陆上旅游观光、饱尝美色、饕餮咖哩饮食外，便专注于一本通俗读物的写作。他将自己在中亚细亚的游历和艳遇写成了名为《土耳其斯坦旅行记》的薄薄的小册子。这本书由英国知名的蓝色幻想出版社于1927年出版发行，发行数字仅为312册。其中的一本，被汉密尔顿爵士装订成了摩洛哥羊皮并烫金，作为这个贵族之家的传家之物。鲍尔中尉之所以如此看重自己的这本通俗读物，可能源于他在年轻时的经历和命运女神对他的赐予。这是他纪念的方式之一。

1889年，就在鲍尔中尉回到新德里总部后，他接受了一件十分棘手的任务。当时，英国最为著名的中亚探险家达格列什，在途经帕米尔高原东侧的一个山坳时，被一个从叶尔羌（即今叶城）来的阿富汗人给谋杀了。这件谋杀案震惊了整个英伦诸岛，在英国广大的海外殖民区也引起了长久的喧嚣，英国当局要求限期破案的电报像雪片一般地飞往新德里的总部。发生在中亚细亚的谋杀案使新德里的这个海外机构极为被动，他们大量消耗着纳税人的钱，却又保护不了英国公民的人身安全，所以新德里的长官说："我们是被一桩谋杀案给出卖的。"在这种前途未卜的状况下，缉拿凶手的任务便理所当然地落在了鲍尔中尉的身上。

在广袤干旱的中亚地带，要在那些苍莽的雪山和戈壁褶皱里找到凶手近于天方夜谭，可急欲建功立业的鲍尔中尉并不以为意，他愉快地接受了这个天使般的工作。他以组织狩猎为幌子，以狩猎队为基本的侦破力量，在无边无际的中亚地带构成了一个庞大的地下情报网。他将自己的探员撒向了阿富汗、中国和俄领的中亚诸国，触角遍及海角天涯。在部署完这些纷繁复杂的工作后，鲍尔中尉一枪一骑独自闯入了古老的丝绸之路，在一个又一个绿洲间寻找案犯。当一个个虚假的线索破灭后，鲍尔中尉来到了塔克拉玛干沙漠之侧的和阗。

在滞留和阗的日子里，鲍尔中尉很偶然地得知在附近的沙漠中发现了一座古城，有一个牧羊人从那儿拣回了一本书。在神经紧张疲惫的破案过程中，鲍尔中尉居然被这个传闻感染了，他通过自己的金币要来了那本书仔细观看。

那是一册由木板夹起来的桦皮书，一共有 51 页，上面书写着一些神秘的婆罗米文（梵文），他连一个字母也看不懂，但是冥冥之中的一个声音告诉他，这是一件足以改变他一生命运的圣器。于是，鲍尔中尉毫不犹豫地掏出了 30 个金币买下了这本书。以后，他甚至都要忘记这本书的存在了，仍然一门心思地在丝绸之路上寻找凶手的下落。

一年之后，他无功而返，仅仅携带着唯一的收获——一本破旧的桦皮书籍——回到了新德里的总部。他将书籍交给了加尔格答的亚洲学会去识读和辨认。

很快，德国裔的英国东方学家霍恩勒博士考证出此书是公元五世纪时写的手稿，这本包含了医药与巫术的著作被认为是中亚细亚地区最古老的书籍。后来，它以发现者的名字来命名——被称为《鲍尔古本》。这个年轻的情报官员一夜间名扬天下，他的发现和所说的奇特经历轰动了英伦三岛。

自此以后，鲍尔中尉将中亚细亚看成了自己的“荣誉之地”，他渴望获得更多更古老的出土书籍，好在自己本已灿烂夺目的花冠上增添新鲜的枝条与花朵，当然，他也并没有忘记那个凶手。作为英国职业军人，他同样以将凶手缉拿归案当作崇高的荣誉，但这已经成了他的一种副业了。

鲍尔中尉吃完了那些油腻腻的羊肉后，掏出一张草纸擦拭完嘴角，仿佛很不经意地问那个满脸炭黑的摊主，说："如果你能打听到那本人皮书籍的下落，剩下的事情就是我一人的了。不瞒你说，我会给你几千天罡的，你会丢弃你的这个小买卖，娶上一个哈萨克的美人的。我等着你呀。"

摊主俯身过来，嘴凑到鲍尔中尉的耳边，压低声音道："可是，老爷，我打听到那家伙可能就藏在俄国的总领事馆或他们的教堂里，有一个到克孜尔苏河边洗衣服的东干女人曾经在半个月前看见过那个家伙。我还听说那个阿富汗人的腰里别着一把枪，他也许已经嗅到了一些动静。"

"可这并不重要啊，维阿。我现在需要的是那本人皮的书籍，而不是那个阿富汗人，这个家伙在我的眼中已经是一个死人了，我随时都可以毙了他。我来喀什噶尔并非是和他算账的。"鲍尔中尉的脸上好像闪过一丝难以觉察的失望。他机警地回望了一下饮食巴扎的四周，没发现什么异常，就在他转身时，那个机灵的小巴郎子牵过来了一匹炭红色的坐骑。

鲍尔中尉离开了艾提尕尔清真大寺的广场，但他并没有前往英国领事馆。

回放：月光照耀喀什噶尔

沸腾的夜宴在午夜时分已逐渐归于尾声，只有月光徒然照耀着新疆南方的这一座中亚名城喀什噶尔。在土质疏松的城墙上，斑驳的月光好像来自一千零一夜故事中的某一章。成群的夜鸟上下飞舞，它们灰头土脸的皮毛因为月光的浸染变成了锦衣夜行的士兵。在喀什噶尔的城墙内外，一片片蛙声嘹亮悠长，树叶在夏夜的风中飒飒作响，空气中弥漫着一股奶茶的余香和羊肉的膻腥，经久不息。来自波兰的亡命徒伊格纳提耶夫在吻别秦尼巴克的女主人凯瑟琳时，从她的身上同样嗅到了这种醉人的气息。

这个波兰的亡命徒对凯瑟琳谄笑道："谢谢您的盛情款待，尊敬的夫人。您煮的奶茶真是太好喝了，它让我回忆起自己年轻时在故乡时母亲的手艺，一晃很多年过去了，我都没有回过波兰，这真让人伤感。"年轻美貌的英国少妇显得有些疲倦，用一方手帕擦拭着额头，倦怠地回答道："那么如果有空，就请常来走走吧，我会给你煮另外一种味道的奶茶。"她抬起手，驱走了一只硕大的蚊子。

这个一身晚宴装打扮的亡命徒感觉到了凯瑟琳的客套和不耐烦，于是他再次靠拢了领事夫人，在她的耳缝边说："凯瑟琳，你真是一个会演戏的小婊子啊，你忘了我们在一起的那个晚上吗？今天整个晚上，你都在操练一些外交辞令，我对你的一本正经感到厌倦，你不是这样的人呀，你看看我是谁？我是伊格纳提耶夫，是你口口声声崇拜的革命者啊。"领事夫人似乎没有从漫长的欢宴中摆脱出来，她急切地对眼前这个满嘴酒气的波兰亡命徒哀求道："求求您，伊格纳提耶夫，求您快点儿离开吧，我丈夫马上就要出来送客了，我不想让他看见您和我在一起，外面已经有关于我和您的传闻了，我不想让马嘎特尼被人指着脊梁骨骂啊。"伊格纳提耶夫不以为意地道："凯瑟琳，亲爱的夫人，我发誓我对你的爱是一个革命者全身心的爱，我不想隐瞒它。"

凯瑟琳伤感地捂住了脑门儿，喃喃地哀叹说："上帝，我这是怎么了？"

伊格纳提耶夫看出了这个英国领事夫人的疲倦与心事，正欲转身离开时，突然从秦尼巴克的门楼那儿传来一阵阵鞭炮的轰鸣声。一辆挂有黑色丝绒花纹布帘的骡车蹚起了烟尘，停在离他不远的地方，这是秦尼巴克的主人为所有的嘉宾准备的交通工具。鞭炮声大作，在月夜下腾起一团团烟雾，飞逝的火光散射得很远。在中亚名城喀什噶尔的秦尼巴克——这个大英帝国的领事馆，每当举办一个盛大的宴会时，无论来宾到来还是离开，都会有一阵鞭炮作为迎送的礼节。

清冷的爆炸熄灭以后，四周又陷入了寂静的沉默之中。

月光照耀着喀什噶尔的这座旧城和天空中一面懒散飘扬的"米"字旗。伊格纳提耶夫在钻进骡车时，对凯瑟琳说："噢，我差点儿忘了，尊敬的领事夫人。我的一个朋友明天要到俄国的奥什小镇上去，能为您顺便捎点儿什么吗？这样吧，我送您一只俄国的紫铜大茶炊萨莫瓦尔，这有助于您煮茶的技艺闻名四方。您说呢，亲爱的夫人？"

凯瑟琳还未及开口，就看见那辆骡车一溜烟儿驶远了，她蓦然感到自己的嗓子眼里一阵发酸，好像有什么东西要呕吐出来似的。她空洞的脚步声在月光下很响，这是她离开自己的祖国，到这个荒凉遥远的中亚城市度过的第二个年头。

夜风吹来了远处克孜尔苏河的气息，风中好像也带着巧克力的那种味道。她突然呕吐了，一股酸水噎在舌根下。她靠着一堵石头的残壁，大口大口地呕吐起来，嘴里嘟哝道："哦，上帝，我怀孕了？"

在克孜尔苏河的对面，一只红色的灯笼在低低地飞翔着，仿佛月亮里掉下来的一盆炭火。不用问，那是波兰的亡命徒伊格纳提耶夫乘坐的骡车在拼命地奔跑，而那只高挂于车顶上的灯笼，在暗夜中犹如一只飞行的红色蝙蝠。在秦尼巴克的围墙上，飞溅而下的是如水的歌声。凯瑟琳一听就知道那些男人准保已经烂醉如泥了，他们扯开嗓子号叫般地在讴歌上帝的英明与赐予：

"啊，在一片陌生的土地上唱着天国的赞歌……"

凯瑟琳大口吞咽着月夜下的喀什噶尔的空气，手里的那一方巾帕沾染了一星半点儿呕吐的秽物，捏在掌心里有一种发黏的难受感。在秦尼巴克围墙之外的土台上，常有一些乞丐与残疾人露宿，甚至有一些满脸脏乌的孩子在月光下堆起柴火烤土豆或者甜菜根。看见那些深藏于黑暗之中的肮脏的生活情景，凯瑟琳的内心就会泛起一种浓郁的怀乡情绪。

几年前，这个土生土长的英国少女嫁给了马嘎特尼先生，从那时开始，她的命运就发生了不可逆料的转移。她的丈夫有一个中国名字：马继业，而这仅仅源于他的母亲是一个中国人而已。凯瑟琳的这个中国婆婆出生于一个名门望族，在席卷中国南方的太平天国运动带来的社会大迁移中，她以十几岁的年龄嫁给了马嘎特尼的父亲——一个长期活跃在中国南方的传教士。凯瑟琳对婆婆的模糊记忆来自丈夫语焉不详的讲述，马嘎特尼先生在自己的一生中很少提及中国母亲的任何细节。马嘎特尼先生于1890年来到了新疆南方的喀什噶尔，他最初的身份是英国驻克什米尔公使的中国事务特别助理。在大英帝国和北极熊一般的俄国争夺中亚细亚势力范围的斗争中，就是这个年轻的英国外交官，独自一人支撑起了广袤的中亚细亚上空唯一的一面“米”字旗。

凯瑟琳和年轻的外交官就住在秦尼巴克中，这个历经数年精心建造而显得气势恢宏的外交官邸，在汉语中的意思是：中国花园。

凯瑟琳在喀什噶尔的月光下逐渐恢复了过来，她的脑海中萦绕着自己已经怀孕的可怕念头。她明白，要是自己怀孕的话，那将意味着什么。因为在此之前，马嘎特尼先生和喀什噶尔仅有的几个外国人一直在柯尔克孜人的山里打猎，持续时间长达七个月。这就是说，她自己一直和这个年轻的外交官没有同过房，那么怀孕的理由只有一个，即那个粗鲁的波兰亡命徒伊格纳提耶夫在灌醉自己后非礼了自己，而自己居然轻而易举地投降了。一想到自己可能被那个家伙强暴过的景象，凯瑟琳的眼泪不由自主地淌了下来。她提起脚下的裙裾，埋头往秦尼巴克的大门口跑去。

这时候，秦尼巴克的塔楼上响起了枪声，一盏油纸的灯笼升上了黄泥的瓦檐。凯瑟琳明白，枪声意味着有重要的信使到达了秦尼巴克，说不定还会有女王陛下的诏书。

资料：人皮经卷（1）

日本画家藤田嗣治为了采风，于多年前在南美洲的厄瓜多尔旅行。他在茂密的丛林里迷了路，但是一种神示的奇迹一直指引着他。他居然在遍布鳄鱼和凶猛的蟒蛇的丛林里游荡了两个月，最后于一个密林中的原始部落获救。

他的突然光临使这个封闭的村庄愕然了许久，而更让这个原始部落震惊的是他的一双手，他竟然能在一分钟的时间内，在一张纸莎草上画出一个妇女或孩子的头像。

藤田以此博得了部落酋长儿子的爱戴，他在那个丛林村庄里住了一年有余。

一年以后，当藤田准备离开丛林，返回日本时，他和酋长儿子已经难舍难分了。那是一个阴雨连绵的季节，在饕餮了一番主要以蟒蛇和鳄鱼肉为主的告别宴会后，藤田和部落酋长的儿子紧紧拥抱，并互赠礼物。出乎藤田的想象，酋长的儿子送给他的竟然是一本罕见的人皮经卷。

酋长的儿子解释说，这是一个误入原始部落的白人留下的。

这个白人在摸到村庄边缘的时候就奄奄一息了，他将这本人皮的经卷交给了酋长，他在咽气的时候告诉酋长说，这是一部有关基督教的《圣经》。藤田在回到日本后放弃了自己的画笔，而是倾尽一生的时光来破译这本《圣经》的全部内容。

他这样描写这本令人恐惧的书籍：“……在未亲见到时，我总以为用了人皮装帧的书籍一定让人感到心情恶劣，但当他递给我时，我就忘记了恐怖拿来放在掌上。大概是因为熟皮的关系，触手很柔软，到底不是猪皮或羊皮所能比得上的。皮色带黄，但总觉得是白皑皑的，不知道到底是人身上哪一部分的皮，皮下还粘连了一些肌肉……书的内容是古西班牙文的宗教书，书扉上印明是 1611 年出版，显然是三百年前的了，可是外装的人皮似乎是后来才加上去的。不过，这张做书面的皮到底是白人的还是其他什么人的，不得而知。总之，我得见此珍贵之物使我晚年的生活充满了乐趣与遐想。”

藤田在晚年的生活中一直试图破译出这部古西班牙文的《圣经》，

事实上他的确破译出了一部分内容。但在他得意扬扬地在报刊中提前泄露了自己的奇遇和打算后，日本记者们便像苍蝇一样地包围了他，有关他的一举一动，常常是报刊上的必有栏目和内容。就在这时，藤田先生收到了一封梵蒂冈约翰·保罗二世的亲笔抗议信，所以他在生前从未公开过这部书的内容。保罗二世的信斥责这本他本人根本没见过的人皮经卷为“邪念丛生，荒诞不经，充斥了异端邪说”。

神圣罗马教皇的话也许是对的，洵不虚言。因为这本人皮书籍可能出自一个精神病患者的口，或者来自一个满脑子末世思想的巫术者手中。

众所周知，该书的行文风格与居高临下的宣谕情调，拙劣地模仿了《新约》的某种特点。它就是在这一点上露出了破绽，所以说这本书的人皮封面的包装并没有能掩盖它的粗鄙。然而让人吃惊的是在关于此书本身的未来命运上，它达到了惊人的效果。在第一页，它就预言了自己遭受“火刑”的可怖情景。

藤田嗣治死后，他的家人将这部人皮装帧的《圣经》无偿捐献给了日本秋田的博物馆，但在1982年的一场神秘大火中，它化成了一堆灰烬。

回放：来自印度的消息

发表于1898年《孟加拉亚洲学会会刊》增刊《中亚古物收集丛刊》上的23个页面的文章，混杂在一堆散发出霉烂气息的信件中，于月夜下抵达了秦尼巴克。在墨绿色的邮包上，还能嗅到喜马拉雅山南侧印度次大陆上雨季的腐朽味道。

马嘎特尼翻检着信件和包裹，不停地在胸前划着十字，喃喃而语道："女王伟大。"他显然喝得有些过量了，舌头变得肥大臃肿起来，凌乱的字母在嘴唇里四溅不止。马嘎特尼漂亮的夫人刚刚指挥着厨役和用人们收拾完了宴会的狼藉，她在卧室的浴间冲了凉，然后兴冲冲地跑过来，撕开了一封家信。

她的母亲在一张粉红色的信笺上，用蘸水笔流利地对女儿写道：

"现在，在伦敦流行的是一种装饰了白鹭修长羽毛的小耳帽子，就连女王陛下在礼拜日的祷告会上也戴着这样的帽子。亲爱的女儿，我会给你寄去一顶这样的帽子，不是现在，因为这种流行的时尚弥漫以后，整个大不列颠土地上的白鹭已经至为罕见了，人们开始从美国西部印地安人的沼泽中猎杀这种候鸟，然后再源源不断地输入伦敦。整个市场上的羽毛价钱看涨，一根羽毛居然和一头小牛犊的价钱一样了……"

凯瑟琳一下子将信笺捂在脸上，愉快地哭了起来。

腼腆的邮驿伺立在一边，为眼前这个外国人的多情所感染。他有些手足无措，不知是等待着赏赐，还是准备叙述一下一路上的艰辛。马嘎特尼看完了那些公函后，看见邮驿还在，赶忙递给他一根纳斯——一种当地人抽的大麻，他自己也点燃了一根。在一阵沁人心脾的烟雾飘散后，腼腆的邮驿异常清醒地对马嘎特尼说："尊敬的先生，我在翻越慕士塔格达坂时，看见了新德里来的鲍尔中尉。"

年轻的外交官马嘎特尼先生不知是陶醉在酒精还是大麻的快乐之中，他对邮驿的这种汇报根本不以为然，而且斥之为荒诞不经。他说："这是不可能的，那个志得意满的中尉此刻正在新德里的阳台上抽着雪茄，观看印度的肚皮舞，和一堆身穿纱丽的恒河小美人儿调情作乐哪。我们在前方卖命，可那个小可怜儿就靠一本从什么鬼城里出土的书轻易地获取了巨大的名声，这无论如何都是一件令人耻辱的丑闻。”

腼腆的邮驿不屈不挠地说：“我说的是真的，我看见了鲍尔中尉骑马走进了喀什噶尔的旧城，在艾提尕尔清真寺附近转悠哪。”马嘎特尼先生粗暴地打断了他的话，说：“凡是女王陛下的臣民，一旦来到喀什噶尔，就一定会来秦尼巴克领事馆报到的，要是鲍尔中尉来的话，新德里的总部怎么可能不通知我呢？”邮驿嗫嚅地说：“要是他另有所图呢？”马嘎特尼瞅了一眼邮驿，似乎是责怪他的话太多了。他以一种很不屑的口吻反问道：“难道他是来追捕那个阿富汗人的？这已经是他撒谎的惯常手法了，可那个杀人犯在哪儿？就连他也没见过人家的一根汗毛啊。”

“不，先生。我能看出来，他的身上连一点儿仇恨也没有。我敢打赌，先生，鲍尔中尉的身上有一个极大的秘密，但是除了仇恨外。”邮驿以一副蛮有把握的口气坚定地说。

话还未说完，他看见领事先生的眼睛已经困倦地合拢了。

漂亮美丽的领事夫人愉快地读完了家书后，径直走进了自己宽大舒适的卧室。在邮驿离开了秦尼巴克，到街上的车马店住宿后，马嘎特尼先生居然在自己舒适的躺椅上睡着了。凯瑟琳泄气地搀扶着马嘎特尼回到了卧室，安顿他睡在了床上。她有些遭遇冷遇后的落寞感，于是在一盏矿石灯下来回踱步，不住地叹息和惆怅。

凯瑟琳正准备翻开日记书写时，忽然听见马嘎特尼在床上大叫了一声，说：“上帝，我怎么这么糊涂，我差一点儿就错过了一个历史性的机遇。波尔兰德，亲爱的，你快点儿把那些新德里的邮件拿给我，我们要翻身了，我们再也不会待在喀什噶尔了，女王陛下会召见我们，给我们封官加爵的。”

凯瑟琳听见丈夫在喊自己的乳名，赶忙慌张地提着睡裙，将那一卷散发出热带雨季气息的邮件递给了在床上躺着的年轻外交官。凯瑟琳不明白发生了什么事儿，她把床头的灯拨亮，偎在了丈夫的身边，轻轻喘息。她问马嘎特尼，说："究竟发生了什么事儿，你做了一个噩梦吗？"

年轻的外交官并没有理睬她，而是将一卷 1898 年的《孟加拉亚洲学会会刊》的增刊《中亚古物收集丛刊》打开。在第 3 页，马嘎特尼找到了自己需要的那篇文章，这是 19 世纪末的亚洲西域古文字首席研究家和发言人霍恩勒博士写于克什米尔谷地的考察报告。这位博士在论文中大胆推测说：

"此前，从中亚细亚尤其是东土耳其斯坦流行来的传闻可能并非空穴来风，据称已经有人亲眼目睹了这样的实物。根据已有的资料，几乎可以肯定地说，在中亚细亚诸国，更可能是在喀什噶尔附近，一定有一本甚至更多传说中的人皮经卷存在。它们是古代中亚王国的君主在祭祀或战争时神圣的法器，具有令人难以相信的神秘力量。然而这种传说中的经卷如大海中的沙粒，至今还在中亚细亚的风中，本人还没有见过它们的真相……但我笃信它的存在和神秘的体温在远方等待着我们的发现……"

放下邮件，年轻的外交官兴奋地对凯瑟琳说："瞧，可能就是霍恩勒博士说的这本人皮经卷，是一张人皮装订起来的。我发誓，我听说过这本书，就在不久以前，在一个虱子巴扎上，我听说了它。"

马嘎特尼先生将自己漂亮美丽的妻子一把拽倒在床上，然后脱下自己的那身外套，露出毛茸茸的胸脯，压在了她的身上。他热切地剥了她的裙子，干燥的嘴唇上下摸索着、亲吻着。在急促的运动中，马嘎特尼先生絮絮叨叨地对妻子说："波尔兰德，知道吗，我听说过那本人皮经卷，我真的听说过它。也许，我们还可以轻而易举地得到它。现在，我相信了那个邮驿的话，鲍尔中尉肯定到喀什噶尔了，他就是冲着那本书来的。”

凯瑟琳一手捂住腹部，另一只手掐灭了灯。

凯瑟琳感觉自己浑身的皮肤渐渐变成了一种虾红色。在她柔软缠绵的呻吟中，她并没有听清年轻外交官的话。在马嘎特尼先生一次次的冲锋下，她逐渐地到达了高潮的巅峰。她甚至听见自己肚子里的那个幼小的孩子的喊叫了。

凯瑟琳的脑海里出现了幻觉，她已经分辨不清到底是自己的丈夫在亲热自己，还是那个嬉皮笑脸的波兰亡命徒在摧残自己。她很久没有这种感觉了，自从年轻的外交官去柯尔克孜人的山上打猎开始。

这时，凯瑟琳听见丈夫也到达了高潮。他一直在絮絮叨叨地说：

“波尔兰德，我真的听说过那本人皮的经卷，就像你浑身的皮肤这么柔软光滑的经卷。那个杂种肯定是来喀什噶尔寻找这本人皮经卷的。”

回放：新察合台汗

“你真听清楚他们的谈话了吗？”

彼得罗夫斯基又一次追问道。

那个在饮食巴扎上混生活的小巴郎子嘴里嚼着几颗葡萄干，并没有理睬俄国总领事的询问。他一边尽情地咀嚼，一边逗引着脚下的那只哈巴狗。彼得罗夫斯基起身，从一只抽屉里抓出一大把花花绿绿的糖果，装到了小巴郎子的口袋里，接着又问了一句。满脸稚气的小巴郎子说："听清楚了，他们在找一本书。"彼得罗夫斯基赶忙抓住他的胳膊，问：

"什么书？"

"一本人皮的书，我听见他们在谈一本什么人皮的书哪。"

俄国的总领事站直了身子，仿佛一瞬间兴趣索然起来，目光呆滞地看着那个孩子在院子里玩狗。他的肃静可能让小巴郎子感觉到了什么，这个稚气的孩子收住脚，走到彼得罗夫斯基跟前，结巴地说：

"我还听说了，他要和维阿找那个阿富汗人。维阿说那个阿富汗人就藏在你们这儿，有个东干的女人看见过他。"

"后来呢？"

总领事先生迫不及待地问小巴郎子。

这个孩子从口袋里掏出一把葡萄干塞进了嘴里，含混地说："可英国人并没有夸奖维阿，只说要给维阿几千块天罡的钱，要他找到那本人皮的书。"

在那个被一把糖果雇用的小间谍离开后，彼得罗夫斯基陷入了沉思。在阳光炽烈的喀什噶尔俄国总领事馆的宽大庭院内，他坐在一架繁华的葡萄藤下，内心思忖着那个英国中尉悄然来到喀什噶尔的真正目的。

但是，他始终百思不得其解。

彼得罗夫斯基从来就没有打算放弃过喀什噶尔这个美丽的中亚之城，这不仅因为他是俄国驻喀什噶尔的总领事，拥有45名哥萨克精兵。在1890年，大名鼎鼎的瑞典探险家斯文·赫定初次进入喀什噶尔时，就敏锐地发现彼氏乃"喀什噶尔最有权势的人"，于是将彼得罗夫斯基称为"新察合台汗"。这种称谓好像在圣彼得堡的宫廷里，突然有人赞美你为“彼得大帝”那样尊贵一般。

庭院四角的塔楼上，哥萨克士兵正在擦拭长枪，哼一首酸腐的谣曲。

彼得罗夫斯基起身，在繁华的葡萄藤下来回踱步。这时，他想起了一句中国的古老谚语：“不入虎穴，焉得虎子。”这时，他将喝剩的残茶泼在葡萄藤架下，蓦然产生了一个要去造访英国领事馆的念头。他被自己的这个念头吓了一跳。他对庭院大门口的哨兵喊道：

“备轿。”

俄国总领事的出访，引起了这个喀什噶尔豪华庭院中的一阵忙乱。装饰夸张的轿乘从库房里抬了出来，一队哥萨克士兵已经换上了簇新的礼服，明亮的铜号在阳光下反射着光斑，一只只开道的小牛皮鼓在热浪中咚咚作响。彼得罗夫斯基的心中，正酝酿着怎样写一个大红的拜帖，究竟该用怎样的措辞才能掩盖访问的真实目的。

他忽然有了一种深刻的矛盾感。

他这么想，这可能导致外交上的重大失败啊。

因为，在喀什噶尔的外交社交圈中，彼得罗夫斯基和马嘎特尼的不睦是众所周知的。在这个小小的探险家的乐园中，彼氏和马氏分别代表着两个利益不同的庞大帝国。整整有两年的时间，彼得罗夫斯基和马嘎特尼甚至没有说过一句话。在一些中国官员举办的宴会上，他们两人也视同陌路，没有一次握过对方的手。这样的举动，让那些中国官员感到很尴尬，他们只能说一些天下大同、四海之内皆兄弟的话来打圆场罢了。

“这可能会导致外交上的重大失败，最起码也会是被动啊。”彼氏提醒自己说。

一念至此，彼得罗夫斯基的五脏六腑就泛出一种彻底的沮丧。他朝庭院中的哥萨克士兵们摆摆手，黯淡地说：“算了，你们还是去唱歌吧。”

迅即，他又转念喊道：

“快叫伊斯拉姆·阿洪，我在墓区等他。”

流经喀什噶尔的克孜尔苏河发源于帕米尔高原，在蜿蜒穿过这个中亚细亚的名城时，带来了一片葱郁的绿洲。在河流两岸，一些维吾尔和哈萨克的孩子站在河边的树上扎猛子，一些东干女人总是抱着从城里接来的脏衣服，昼夜不停地搓洗，据说一件衣服上可以赚到一个天罡钱。有时候，克孜尔苏河里会冲上来一些蓝色的宝石和金戒指，运气好的话，假如剖开一条大鱼的肚子，还会看见一只锡制的净瓶，上面镌刻着一些神秘的花饰。

在克孜尔苏河绕过俄国总领事馆的身后时，有一大片开阔地，这是俄国人的公墓，里面掩埋着一些俄国人的尸体和他们的亲人。他们的名字被刀斧凿刻在一方方尖顶的墓碑上。在这一畦畦整齐划一的墓地上，青草从地里茁壮地生长，给死亡的地界带来了一种生机和欲望。几棵稀疏的吉格达尔（沙枣）树被水汽笼罩，一片氤氲。环绕在这一片墓园上的除了云雀、燕子、红腹灰雀和鹰外，最美丽的鸟当数金莺（GOLDEN ORIOIE）和戴胜鸟（HOOPOES）。

在这个海拔 4500 英尺的中亚名城，俄属的这一片墓区是一处名胜，但没有人能被允许到这里来玩耍或散步，就连伊斯拉姆·阿洪也是头一遭进入这片墓区。

伊斯拉姆·阿洪穿着一件夏天的袷袢，弯腰向彼得罗夫斯基先生致意。彼氏并没有急切地回应，而是沿着一方方墓地散起步来。伊斯拉姆·阿洪跟随在他的屁股后面，不明白这个令人畏惧的新察合台汗召见自己的目的。走了一会儿，彼得罗夫斯基忽然扭头对伊斯拉姆·阿洪说：

“你肯定是克什米尔人的后裔。因为你的诡计和狡诈，与克什米尔人如出一辙。”

伊斯拉姆·阿洪脸上的笑容顿时像冰封一般地挂在了那儿，脚下的步伐进退失据，一层细密的汗珠敷在了额头。彼得罗夫斯基觉得到了恰当之处，便很随意地拍拍伊斯拉姆·阿洪的肩膀，很神秘地对他说：

“你可能还不知道吧，你马上就会大祸临头的。”

伊斯拉姆·阿洪的腰一下子弯到了地上，诚惶诚恐地说：“尊敬的先生，我干过的那些丑事瞒不过您的眼睛，我真的该死啊，可我发个毒誓，我从来没有过伤害您的念头，打死我也不敢。如果我有过的话，就让哥萨克的兄弟们剁了我的双脚。伊斯拉姆·阿洪需要的是总领事先生的庇护，我愿意为您效犬马之劳。”

“可我已经接到了按办大臣潘效苏的帖子，让我将你缉拿归案。这下，你怎么也逃脱不了了。你的罪孽已经够大了，你冒充英国的那个黄毛小子马嘎特尼在和阗的代理人，并用这个身份敲诈勒索山里的流民，英国人也不会放过你的。”彼得罗夫斯基威严地说。

伊斯拉姆·阿洪惊恐而道：“那都是以前的事儿，尊敬的先生。现在的我仅仅是一个游走江湖的郎中而已，我假装巫医，骗一些小钱罢了。”

彼得罗夫斯基终于开口了。

他说：“你，伊斯拉姆·阿洪，一个伟大的天才和卓越的伪造者。这几年来，你在你的那个家庭小作坊里伪造了一大批让人眼花缭乱的所谓古代文书，你成功地欺骗了英国和法国以及整个西方世界的中亚学者们，让他们皓首穷经，一辈子耗费在那些伪造的书籍中，并让他们自以为是、得意扬扬，动辄以专家自居。你的弥天大谎可谓是天衣无缝，你为你的那些伪造品编织了无数动听的神话。你说什么？你诡称你在卡尔库尔玛扎偶然发现了一个有十几公里长的巨大的古墓葬区，你说你的那一组手稿是从一口破旧的棺材里找到的。最神奇的是，你自称曾在卡拉扬塔格这个地方见到了一个骷髅，并在骷髅身下找到了整整一袋子的古文书。你居然还谎称，你曾在天山深处的一个牧民家放羊时，在克奇克（意思是：小）达坂的一棵空心古树的树洞里无意地一掏，就掏出了那个风靡西方的所谓著名的古写本《弥勒会见记》。你随便编造的什么文字，让欧洲的那些专家和学者，误以为是业已消失的某个中亚细亚民族的历史。你靠这些伪造的东西获取了大量的金钱，那个什么狗屁的霍恩勒还频繁地驳斥对你的手艺与产品有所怀疑的人。你的家里，已经成了一个名副其实的西域古文书工厂，你的产品使喀什噶尔的外国人引以自豪，如获至宝……嗬，我对你佩服得五体投地，伊斯拉姆·阿洪。"

伊斯拉姆·阿洪突然双膝一软，跪在了那里，脸上和额际处的汗液不停地淌下来。他汗颜似的诡辩说："我，我不过是适应了这个巨大的市场，为了养家糊口，我好不容易才找到这个生财之路，请总领事先生不要嘲笑我。"

"哦，那你的意思是羊肉巴扎上的那些肉是刀子杀的，而不是人杀的？"彼氏和蔼地问道。他的手做出一个匕首攮入的姿势，戳在了伊斯拉姆·阿洪的软肋处。伊斯拉姆·阿洪浑身一缩，谄笑道：

"正是的，先生。一个愿打，一个愿挨嘛。"

彼得罗夫斯基扶起了伊斯拉姆·阿洪，两个人肩并肩地在墓区里散步。克孜尔苏河面上吹来了一阵阵巧克力味道的风，树叶摇动着，一切都使人心旷神怡。

此刻，彼得罗夫斯基异常亲密地搂着伊斯拉姆·阿洪的肩膀，信步而行。彼氏说："伊斯拉姆·阿洪，你知道我为什么没有上你的当吗？我怎么始终没让俄国的专家学者们那么智慧的大脑，浪费在你的那些伪造品中？呵呵，不是我聪明，也不是我有先见之明，因为我一直在监视你，我丝毫也不隐瞒这一点。我坦率地说，你只是我的一枚棋子，是我准备扔向英国人和法国人脸上的一泡新鲜大粪，是我打算羞辱那些殖民主义者的一颗小小的子弹。哦，伊斯拉姆·阿洪，我准备在你将整个欧洲的学者们欺骗玩弄到顶点时，再公布你的伪造内幕，好让我美美地嘲弄一番这帮小杂种。"

"那么，您打算赦免我的罪孽吗，尊敬的总领事先生？"

伊斯拉姆·阿洪诚惶诚恐地问。

彼得罗夫斯基充满快意地说："不，我的全部乐趣与期待就是嘲弄和羞辱他们，除此，我对你没有任何期待。我和你是两种人，不是吗？"这时，伊斯拉姆·阿洪不解地问：

"那您需要我做点儿什么呢？"

"哦，我需要你早就放出风来的那件东西，你四处吹嘘的那件不可思议的古董。因为这件古董，你让欧洲的那些收藏家蠢蠢欲动，让他们痴人说梦，玩弄自己。呀，这下你该明白了吧，我需要你给我找到一本人皮的经卷。我个人并不在乎你是从塔克拉玛干还是从丹丹乌里克沙漠中找到的，我也并不在意是你伪造的，还是你自己身上的皮肤装订的。总之，我急切地需要一本人皮经卷。我的出价是给你一切自由，否则，按办大人的那一套刑具你是听说过的，我可以给你所有的豁免权。"

"尊敬的总领事先生，我十分荣幸地接受您的提议，可您知道，累死一峰骆驼的往往是最后一根麦草啊。"

伊斯拉姆·阿洪愉快地说。

回放：客栈的下午

在炎热的喀什噶尔的街道上走过，几乎没有人敢抬头朝那个客栈望上一眼。因为天空中肆虐的日头抛掷下成吨燃烧的炭火，那种仿佛冰一般的炽烈，可以在一瞬间刺入盲人的眼睛。

那是一座只有腰缠万贯的喀什噶尔的巴依们和外国人光顾的客栈。

在窗口的一扇来自中国南方的竹帘后，波兰的亡命徒伊格纳提耶夫正在尽情地吸食着纳斯，这种劣质的大麻带给他的幻觉，让他如堕云雾之中。伊格纳提耶夫是这家客栈的常客了，他的身影如鬼魅般经常闪现在客栈的大院里，来去无踪。让这家客栈的老板不安的是，他长年包租的那间客房的租金，则是由喀什噶尔的新察合台汗——彼得罗夫斯基支付的，这就足以说明这个红头发的波兰亡命徒的秘密了。

透过那扇竹帘，伊格纳提耶夫看见偌大的客栈庭院里起风了。

风打在一棵浓密的胡杨树上，一些仿佛金箔似的叶片儿逶迤落地，夹杂着几根不知名的鸟类的羽毛。空气中含着沙土味儿，好像是从丹丹乌里克沙漠一带吹来的尘暴。这个波兰的亡命徒知道，一旦鼻子里闻到这种沙土气息，那么用不了一会儿，整个喀什噶尔就会被一团鸦群般的沙尘暴所笼罩，遮天蔽日，恍如日全食突然来临一般。伊格纳提耶夫此刻很担心凯瑟琳是否会如约而来，她已经迟到了有一刻钟了。

约莫在三小时之前，凯瑟琳的一个贴身侍从匆匆找到了伊格纳提耶夫，告诉他凯瑟琳要马上见他。

就在这种期待的瞭望中，伊格纳提耶夫的后背，突然被一双绵软的手给抱紧了。

他不用吭声，仅凭自己的嗅觉便知道是凯瑟琳来了。

她的身上有一股伦敦大雾中湿冷的香水味道。他的鼻翼翕动着，听见凯瑟琳在轻轻抽泣。伊格纳提耶夫转过身来，用双臂紧紧地拥抱住了凯瑟琳，低下头拼命寻找着她的嘴唇。凯瑟琳忽然推开他，退后几步，睁大泪眼婆娑的眸子，吃惊地喊道：

“不，不不不。我再也不会上你的当了。你让我背叛了我的丈夫，你趁我喝醉以后就污辱了我，你让我怀上了你的孩子，一个无辜的孩子。现在，请你告诉我，我到底应该怎么办才是？”

此刻，波兰的亡命徒恍然觉得眼前的话是一种真实的存在，他忽然不知道该如何应对才好。思忖了片刻，他蓦地单腿跪在地上，拉住凯瑟琳的手，像一只被驯服的好斗的公鸡那样蔫了下来。他沉默地吻了一阵儿，抬起头说：

“亲爱的，也许我们可以离开这里，马不停蹄地私奔到阿富汗或者里海附近。我爱你，我需要你，不，你现在已经怀孕了，要翻越帕米尔或中亚那些土匪出没的地带肯定是受不了的。不过，我可以将你藏在俄国的总领事馆里去，一直等你生下这个孩子后，我们再离开也不迟的。”

凯瑟琳说：“不，你这是要让我背叛我的丈夫，可我真的很爱他，我离不开他的。”伊格纳提耶夫忐忑地说：“可你现在不是已经背叛了吗？还需要宽恕吗？”凯瑟琳颓丧地一耸肩，凄凉地说：

“上帝知道吧。”

也许是凯瑟琳的咆哮和泄气惹恼了波兰的亡命徒，他猛地站了起来，一把将凯瑟琳掀翻在床上，继而剥光了她身上的衣服。他不顾凯瑟琳的反对，狂吻了她的全身，然后努力进入了她的身体。

在他漫长的运动过程中，凯瑟琳僵硬地躺着，睁大了眼睛，好像已经陷入了深深的疲惫和倦怠中。波兰的亡命徒在快要射精的一刹那，抬头望了望那一片来自中国南方的竹帘。他惊讶地发现，在竹帘的背后，从丹丹乌里克一带吹来的沙尘暴，已经完全笼罩住了喀什噶尔这个中亚小城的上空，天空黯淡，日月无光，乱鸟惊飞。他有些绝望地喷涌了出去，然后侧身躺在了凯瑟琳的身边。

凯瑟琳语气冷漠地问：

“您身上的那一片刺青是干什么的？”

他在每一次的高潮后，都会有一阵深刻嗜睡的欲望。他嘟哝着，伸手搂住了凯瑟琳的脖颈，很诚实地给她说：“这是我和沙皇的妹妹在无数次的做爱后，她在我的肚皮上刻画下来的，可我真不知道这是什么图案。我曾经让一些牧师和萨满教的巫师看过，始终没有人能读懂……”

“这是一张藏宝图吧，要么就是一张人皮书卷的封面？”

波兰的亡命徒一脸倦容地说：

“也许吧！”

凯瑟琳结结巴巴地说：“可现在，我们该怎么办呀？我夏天的时装眼看就穿不成了，上帝呀，我不想让喀什噶尔所有的人嘲笑我的丈夫，我不想让我的丈夫和您决斗，可我又有什么办法呢？”

这时，伊格纳提耶夫起身，说：“我认识一个郎中，伊斯拉姆·阿洪，我想只有他能帮助我们，只有他能用一把小刀帮你取出这个孩子。只是……”

“只是什么？”

“哦，有一点点儿疼而已。”

凯瑟琳吃惊良久，长长舒出一口气后，愣怔地问：“让我流产？那我丈夫从楼兰的旧城里回来后怎么办？他会看到我的肚子又瘪了，他还会以为自己的孩子不幸夭亡了哪。我丈夫到楼兰去找一本书了，他会很快回来的。哼，他不过是去找一本人皮的经卷，就狠心抛下了我一人，去了塔克拉玛干和罗布泊那里的楼兰。”

“人皮经卷？”

伊格纳提耶夫从床上跳将起来，迷惘地问道。

资料：人皮经卷（2）

曾经盛行于整个西方世界的有关人皮书卷的时尚，到后来便显出了凋零和颓败，这多半是由于达尔文主义的兴起和宗教的滔滔不绝。在欧洲一些隐秘的图书馆或贵族家庭的书房内，一本有人皮装帧的书籍不仅可以成为传世的家藏，亦是各种各样的宴会与宫廷中舌辩和炫耀无尽的话题。

现在，谁都记得《克劳地奥斯博士》一书中引用的卡莱尔的话：“法国贵族们嘲笑卢梭的学说，可是他们的皮却被用来装订他的著作的第二版。”

伟大的俄罗斯诗人普希金在一首类似于四行体的诗作中写道：“如今，没有人能觉察到死亡的舞蹈／在持续而来的体温中／我写下俄罗斯盛大的冬天／以及你细碎的脚步与灿烂的笑容。”这是普希金生命中一段最隐秘的岁月。

那个冬天，在莫斯科的一次贵族宫廷舞会上，这位“俄罗斯诗歌的太阳”的光芒被一位伯爵夫人给湮没了。那时候，普希金还无法料想到事隔多年以后，他会在一次决斗中身负重伤，也没有预见到自己会被莫斯科与彼得堡一伙鄙俗的贵族男人集体出卖。显而易见，那些男人常常守不住自己的后院，他们的夫人和女儿们往往在壁炉的火光中，面色红润地朗诵着普希金的诗篇。她们的大胆和放肆，激怒了被伏特加酒引燃性欲的丈夫或情人们的妒火。

普希金为那个伯爵夫人的美貌所吸引。他毫不犹豫地走上前去，亲吻了她的手背，称赞她的容貌和时装，夸奖她是“俄罗斯最美丽的天鹅”。

伯爵夫人受宠若惊，她为诗人毫不吝啬的赞美深深陶醉了。

头发卷曲、面如刀凿斧刻般英俊潇洒的诗人在一首抒情的华尔兹舞曲中，邀请伯爵夫人双双步入舞池。她的丈夫是一个退役的将军，在剿灭高加索匪帮的战斗中不幸负伤，后来又被锯掉了一条腿。她有多长时间没有参加过这种盛大的舞会，就连她自己也说不清楚。她好像一直在等待着这个时机，而这个期待居然是梦幻中的普希金。在缓慢悠长的旋转中，伯爵夫人感到自己的心脏，终于在天空中像鲜花般盛开了。

一曲终了，普希金揽着她的腰肢，来到了星光绚烂的花园里。

他们啜饮着透明的酒杯里来自法国尼斯的窖藏葡萄酒。在寒冷的冬天，普希金智慧的头颅深埋进了伯爵夫人的双乳之间，得到了一个短暂的休憩。

此后，每当一个阴郁的天气来临时，伯爵夫人的影子就会穿越莫斯科的大街，匆匆地钻进那个残疾的将军在郊外的别墅，而那套别墅恰好是沙皇陛下奖赏给在前线受伤的将军的。她在壁火热烈的卧室里迎候普希金的到来，然后双双颠鸾倒凤，共沐爱河。这一段隐秘的生活岁月给了普希金无限的灵感，他常常在爱意流泻一空后奋笔疾书，而陪伴他的是一双酥软的玉手和熊熊燃烧的火光。

他在那个冬天里，尽情描绘了俄罗斯的广袤大地与身边这位最美丽的天鹅。

很快，他们的私情就成了整个莫斯科家喻户晓的新闻，街头巷尾的谈话无限渲染着他们离奇的邂逅和秘密的幽会。在莫斯科社交圈与风月场上浪迹的女人们，对伯爵夫人充满了咬牙切齿的嫉恨与诽谤，她们始终也不明白一个民族的伟大诗人怎么会拜倒在一个有夫之妇的石榴裙下。这件事儿很快就传到了那个残疾的将军的耳中，他运用了自己的影响，在沙皇陛下的内政头子的支持下使用了军队。于是，一队精干的士兵以迅雷不及掩耳之势包围了那个郊外的别墅。

他们从此囚禁了那个面色红润、期盼普希金到来的可怜的伯爵夫人。

在漫长而单调的囚禁生活中，被称为“俄罗斯最美丽的天鹅”的伯爵夫人，犹如一只逐渐干瘪和枯萎的苹果般丧失了光泽与心灵的营养。她试图通过阅读诗人的诗歌篇章来打发寂寞，可别墅内所有的书籍都被抄没了。她费尽心机，为诗人写下一封封流布了眼泪与思念的书信，可这些信件不出一小时就会辗转送到那个残疾将军的手中。伯爵夫人甚至不知道，就在她空白的怅惘中，普希金在一次决斗后夭亡了。

她的等待，终于变成了一场没有尽头的疾病。

这个神圣的女人最后郁郁寡欢，死在了一个晴朗的秋天的午后。她在临死时出现了幻觉，她看见了普希金在天空中飞旋的灵魂。她留下了令人震惊和不安的遗嘱。伯爵夫人在咽气时坚定地说：

“请用我胸脯上的皮肤，来装订普希金诗歌的封面。”

她的深情大意和死不改悔，并没有惹恼自己残疾的丈夫。正好相反，那个曾经见过无数死亡的将军在最后关头，突然幡然醒悟了。

他以隆重的仪礼埋葬了自己的妻子，并遵照她的遗言，取下了她双乳之间的一块皮肤。用这块皮肤装帧而成的一本收录了普希金十三首诗歌作品的书籍，此后成了这个赫赫有名的将军晚年岁月中唯一的慰藉。

是的，在莫斯科广大辽阔的冬季，他常常闭上双眼，仔细摩挲着这本散发出馨香的人皮诗卷，抚今追昔，热泪无限。

回放：沙尘暴突然来临

鲍尔中尉在一场持续数天的沙尘暴来临之前，到达了喀什噶尔的这个客栈。

客栈的老板对这个陌生的外国人在漫天的沙尘暴中抵达这里迷惑不解，但鲍尔中尉很快给他留下了美好的印象。他亲自将英国中尉带到了房间内，并给他点燃了一根纳斯，双手敬给了客人。

“哦，有个名叫萨尔萨班的人可能会来找我，只要他一到，请你马上叫醒我。”鲍尔中尉吩咐道。他还顺手给了那个长有一撇浓密胡须的老板一个可以划火的煤油打火机。诚惶诚恐的老板结巴地问：“您说的是那个‘活报纸’萨尔萨班吗？”“正是，那个全喀什噶尔无人不知、无人不晓的萨尔萨班呀。”鲍尔中尉吐了一口嘴里的沙子和蓝色纳斯的烟雾，陷入疲倦之中。孰料，那个老板说：

“他在昨天死了，那个萨尔萨班死了。”

鲍尔中尉闻听之后，骇然失色，一骨碌跳了起来，冲到老板的面前问：

“死了？那个萨尔萨班怎么会死了？怎么会突然死了呢？”

老板回答说：

“他夜里被人用绳子吊死在了广场上，现在尸体还挂着哪。”

“不瞒你说，我是他的一个朋友，我还打算从他那里收购几千张羔皮呢。现在呀，我的这件买卖看来要泡汤了。我听说萨尔萨班在喀什噶尔的人缘不错呀，会是谁谋杀他呢？”说完，鲍尔中尉又递给老板一包印度产的鼻烟。一撇胡须的老板唯唯喏喏地说：

“街上的人传说，是那个波兰的亡命徒干的。”

“就是那个号称革命者的杀人犯吗？”

“嗯，他这几天的行动十分诡秘。通常，他在这个季节里都是去柯尔克孜人的山里打猎或者避暑的，可现在，他一步都没离开过喀什噶尔，而是在客栈的房间内频频幽会英国领事马嘎特尼的妻子凯瑟琳。这家伙神经兮兮的，我从来对他没有好感，我相信街上的人们说的话。那个刽子手现在就在你隔壁的房间内，如果没有意外的话，呵呵，那个漂亮的领事夫人也在那里。”

他打发走了这个快嘴的老板，便站在窗户后面，目不斜视地盯住了一个方向。

长期的职业习惯使他现在精神抖擞，浑身充满了临战前的兴奋与骄傲。他有一种很清晰的预感，觉得一个重要的时刻即将来临，而这个时刻多半和自己长久以来苦苦追寻的那本传说中的“人皮经卷”有关。

鲍尔中尉忽然矮下了身子，伸手从自己粘满泥浆和草汁的行囊里，抽出来一封牛皮纸的信件。他斜睨了一眼窗外的黑雾，手指摸出了厚厚的一摞信瓤，展开在自己的眼前。

这封信是他离开印度时，霍恩勒博士亲手交给他的。

他记得，博士先生在交给自己的那一瞬间，嘴角诡秘地一撇，并俯身告诉他一定在到达喀什噶尔的时候再打开看。在横穿慕士塔格峰的坎坷路途中，他一直惦记着这封在马背上颠簸不已的私人信件，他不明白霍恩勒博士葫芦里卖的是什么药。毫无疑问，一位盛名一时的东方学专家和中亚细亚地理学的首席发言人绝不会矫情和做作的，他一定是有极其机密的话要传递给自己的，为此他深信不疑。果然，这一刻鲍尔中尉看见在粗糙的纸张上，霍恩勒博士用蘸水笔潦草地写道：

"……这件事几乎完全肯定是存在的。

"对十字军东征时代的欧洲人来说，亚洲是一片巨大的未知的土地，是一张充斥着想象与传说的地图。普雷斯特·约翰的传说就记录了欧洲人各种各样的想象。

"据传，普雷斯特·约翰是一个信奉基督教的国王，居住在东方的某个地区。他不仅异常富有，而且还指挥着一支强大的军队，这支军队将去援助在圣地与撒拉逊人作战被围的基督教徒。

"'普雷斯特'意为'祭司'，人们相信约翰既是祭司，又是帝王。他最早是在德国主教奥托的著作中被提及。奥托写到，1145 年他遇到了一位叙利亚主教，这个人向他讲述了一位名叫约翰的国王的全部情况。他信仰基督教，住在比波斯还远的地方。根据奥托的记载，约翰曾打算去耶路撒冷与基督教十字军的队伍并肩作战，但是他无法让队伍渡过底格里斯河。所以，在河边盘桓了几年之后，他'被迫回到了故乡'。尽管普雷斯特·约翰在渡河这件事上所表现的缺乏机智可能令人失望，但是一想到在遥远的撒拉逊人的土地上的某个地方，还有一支潜在的同盟军——这个同盟者，可能很快就会在后方给穆斯林军队以重创——欧洲人就心情振奋。直到 1165 年，普雷斯特 · 约翰才再度被人提及，据称当时约翰本人的一封亲笔信开始在欧洲各个宫廷和城市之间流传。

“信有大约 10 页长，大都是关于普雷斯特 · 约翰的显位、财富和虔诚的自夸之词。

“约翰声称有 72 个国王及其王国处于他的统治之下。事实上，他确实远不同于一般意义上的统治者，甚至他的厨师和男仆都由国王来充当。他的王国里有通天塔、不老泉、一条散布着宝石的河流、一群高超的骑手、一块属于女战士的土地和其他许多稀奇古怪的事。但是，他的王国并未滋生酒鬼、骗子或无赖。约翰拥有成堆的黄金珠宝，他的宫殿的前边立着一面魔镜，从镜中可以观察到他统治的所有区域。他是一位强有力的战争领袖、一个公正而强硬的统治者，也是世界上最伟大的君王——当然，他也比其他任何一位基督教徒都更为恭顺。

“所有这些都强烈地吸引着西方。约翰的信被用 12 种或者更多的欧洲语言翻译了出来，数以百计的信的复制稿在人们手上传递。1177 年，教皇亚力山大三世给约翰回了一封，回信的复制品被保存下来，但是没有一封上面有地址，因为甚至连教皇也不得不承认，他也不知道到哪儿才能找到这位神秘、强大、信仰基督教的君王。

“由于缺乏事实根据，当时的地图绘制者们便加以猜测。最初，大部分人认为约翰的王国在印度某地，这可能是把传教士圣 · 托马斯混淆进来了，他后来死在印度。此后，人们又认为约翰的王国位于中亚细亚某个未标明的中心位置上，例如喀什噶尔或和阗，这种猜测是基于这些地区存在着亚美尼亚和聂斯托利的基督教组织。到了 14 世纪，大部分欧洲学者已放弃了该王国在亚洲的猜想，而是乐观地将约翰的王国置于埃塞俄比亚等非洲王国，这些王国确实是被基督教徒所统治。到了 16 世纪，约翰的王国甚至出现在某些荷兰人和德国人绘制的南部或东部非洲的地图上。

“为了表达整个欧洲人和基督教世界对约翰王国的渴望与神往之情，1182 年，教皇亚力山大三世又给约翰国王赠送了一本摩洛哥小牛皮装订而成的《圣经》。同样，因为不知道约翰的地址，教皇陛下就托付给了一队去往中亚细亚的骆驼客，并叮嘱他们务必亲手送到约翰国王本人的手中。

“可那本无比珍贵的《圣经》从此就消失了，也可能那些骆驼客也被风沙吞没了，但人们相信，那本书还会再次重现的。有关教皇亚力山大三世赠送小牛皮《圣经》的消息不胫而走，就在这个时候，整个欧洲都在风传着一个同样重要的信息。据说，约翰国王回赠给亚力山大三世陛下的礼物是一本用人皮装帧的经卷。有人赌咒发誓说，他自己亲眼看见过，还信誓旦旦地保证它正在前往欧洲的路途中。众所周知，那本神秘之书一直未在欧洲的任何一个角落里现身。

“尊敬的中尉先生，而您正是这样的一位骑士。

“凭着您天才的眼光和您无与伦比的运气，您将会发现这个美妙的国度以及那本传说中的人皮经卷的……”

鲍尔中尉慢慢合上了那封信，目光恍惚不已。突然，他看见沙尘排山倒海，仿佛一堵巨大高耸的墙，从天空中砸了下来。

在离鲍尔中尉几英尺之遥的房间内，美丽的凯瑟琳夫人正在用一盆清水清洗自己的屁股。这个略显温馨的房间，在她的丈夫一次次离家出游或公干时，多次弥补了她远离祖国的那种精神上的寂寞。同时，也使她一次次地背叛家庭，纵情于声色之中。

她是一个毫无经验的女人，在充满异域特色的中亚细亚，她轻易地就被那个波兰的亡命徒的传奇所征服，大胆地将自己的肉体打开，迎接了和她的信仰相悖的偷情与堕落。伊格纳提耶夫兴奋得像一个新郎。他眯起眼，瞅着英国领事夫人白嫩光洁的臀部，一次次熄灭下心中的冲动与欲望。伊格纳提耶夫知道，这次他勾引的是大英帝国驻喀什噶尔领事的夫人，如果稍有不慎，即使是俄国的总领事彼得罗夫斯基也保不了自己。这个亡命徒还清楚，他并不能像干凯瑟琳那样去公然操英国政府的屁股。他一直掌握着这个分寸，他也想抹平这其中的危险性。

漫天的沙尘暴已经肆虐了数天，他们两人在这个客栈里也已经待了数天。在浑浑噩噩而又充满期待的焦灼中，他们还不负时光地频频做爱。他们一直在等待着伊斯拉姆·阿洪的到来，据说这个巫医的手段在喀什噶尔是一流的。

沙尘暴吹动着客栈的门框噼啪作响，就在伊斯拉姆·阿洪闪进客栈庭院的一瞬间，鲍尔中尉看见了他那副伪造者的面目。

伊斯拉姆·阿洪的怀里鼓鼓囊囊的。他溜进了伊格纳提耶夫的房间。

不一会儿，鲍尔中尉就听见了凯瑟琳痛苦的呻吟，以及伊格纳提耶夫的大声安慰。

鲍尔中尉并没有见过领事夫人凯瑟琳，可有关她的事迹一直风靡于新德里和加尔格答，并且在伦敦与巴黎也成为知识界和报纸津津乐道的话题。一个弱小的、此前从未出过远门的英国女子，居然随夫一起在万里之外的中亚细亚看守着英国人的领地，这让很多人都读得如痴如醉，仿佛她亦是《圣经》里那个去取圣杯的骑士。可眼前的这个事实，不由得让鲍尔中尉吃了一惊。

他努力培养自己的这种信心和耐力，从无懈怠。

毕竟，他是一个训练有素的情报官员，在宗教芜杂、派系林立、民族众多、自然地理千差万别的中亚细亚，他之所以在无数次的谍报工作中屡屡全身而退，可能就依赖于他这种豺狼一般的嗅觉与警醒。

他决定要活捉那个伊斯拉姆·阿洪。因为，他是自己的一个秘密的耻辱。

伊斯拉姆·阿洪曾在鲍尔中尉获得那本桦皮古文书并饮誉整个欧洲之后，通过一个很曲折的渠道，以30个金币的价钱卖给了他一本伪造的古代文书。

那时，中亚地带庞大的古文书市场刚刚形成，大批的探险家和观光客纷至沓来，均欲搜掠各种各样的古文本。此时，伟大的天才和卓越的伪造者伊斯拉姆·阿洪的手艺还处于学徒阶段，他将自己刚刚伪造的第一本古文书试探性地卖给鲍尔中尉，就是为了检验一下自己造假的能力。

伊斯拉姆·阿洪根本没有想到，大名鼎鼎的英国陆军中尉居然毫不犹豫地买了下来。这无形中助长了他的信心和虚荣，于是他一发而不可收地投入了大规模的伪造活动中去了。直到前不久，清朝政府喀什噶尔的按办大臣潘效苏放出要严厉查缴这种非法行为的风时，他才暂时偃旗息鼓。

不错，那本书起初被命名为“阿洪文书”。而在一个偶然的机会，鲍尔中尉打听到伊斯拉姆·阿洪事实上是一个巫医出身时，遂产生了怀疑。他试着将自己的唾沫啐在那本古文书上，用指头一擦，那些看来古朴笨拙的文字竟然被轻轻拭去了。

由此，他的自尊心被彻底伤害了。

他记下了伊斯拉姆·阿洪这个名字。那天深夜，他将那本伪造的文书放在火上点燃了，他又以极快的速度给在新德里的霍恩勒博士写了信。他告诉博士说，您一再催促的那本古文书不幸在克拉里斡山谷里被洪水冲走了。此刻，令鲍尔中尉吃惊的是，在眼前这个漫天沙尘的午后，伊斯拉姆·阿洪居然出现在了客栈里。

他不知道时隔多年以后，伊斯拉姆·阿洪又重操旧业，拿起了手术刀在四处招摇撞骗。

在几英尺之遥的房间内发生的情景，是鲍尔中尉永远也不知道的。那种撕心的痛苦和低劣的医术所带来的痛苦号叫，此后一直萦绕在他的耳际。伊斯拉姆·阿洪在做完堕胎手术以后，领取了伊格纳提耶夫赏给他的一把天罡钱，准备趁着弥漫的沙尘慌张离去。他内心有些恐惧，因为在喀什噶尔，执行堕胎是一条很重的死罪。

凯瑟琳躺在一把摇椅上，她赤裸着身子，不停地抽搐着。

在椅子下面，一个木盆内的清水已经被鲜血染得发红。那些丝丝缕缕的血迹使房间内飘荡着一股呕吐般的血腥气息。伊格纳提耶夫看见凯瑟琳疼痛的样子，就给她点燃了一根纳斯，喂到了她的嘴边。凯瑟琳深吸了几口，忽然有了一种神奇的力量似的，眼底里有了光晕。她对伊斯拉姆·阿洪说：

“请让我看看我的孩子，他毕竟是我身上掉下来的一块肉啊。”

刚刚收拾停当的伊斯拉姆·阿洪左右为难起来。他看看伊格纳提耶夫，后者给他使了一个眼色。他遂打开了包裹，将一个粉嫩的死婴送到了凯瑟琳的眼前。

那个白色的土布包裹上血迹斑斑，腐臭陈旧的血迹已经使它成为了一匹裹尸布。凯瑟琳的眼眶内溢满了泪水，她伸手抱过那个死婴，在他沉默的额头上吻了几遍，嘴里呼唤着上帝的英名，乞求上帝的宽恕和怜悯。突然，凯瑟琳猛地扔下了那个孩子，着魔似的跳了起来。她嘶哑着嗓子，号叫般地说：

“不，不不不。他长得像马嘎特尼，他就是马嘎特尼的孩子呀，上帝。”

伊斯拉姆·阿洪莫名地望了一眼伊格纳提耶夫，不解地问：

“她疯了吗？”

凯瑟琳跳起脚来，在那个散发出腐臭血腥的房间内跑来跑去，像是躲避着一个看不见的精灵似的。她一会儿拥进伊格纳提耶夫的怀里，一会儿又用窗户上的竹帘蒙住了自己的脸，一会儿又趔趄地走近那个死婴的跟前，打开包裹翻看。她的声调似乎在一瞬间变了，尖厉的嘶叫割裂着空气。

凯瑟琳喊着说：

“瞧瞧，他的眼睛和鼻子，他一定是马嘎特尼的孩子。我发昏了，我上了你们的当，我杀了我的孩子，我是一个杀人犯啊，上帝。”

伊格纳提耶夫看见凯瑟琳变得神经质起来，冲上前去，一把将她抱在了怀里，不住地安慰她、劝解她。他给伊斯拉姆·阿洪递了一个眼色，示意将那个包裹赶快拿走。伊斯拉姆·阿洪拾起那个包裹，开了门，溜进了喀什噶尔沙尘吹拂的漫天雾霭中。

在下楼梯的时候，伊斯拉姆·阿洪自言自语地说：

“哼，美死你了。你还以为这是你的孩子呀，不，这是木黑拉尔巴依老爷和一个小婊子生的，生下来就死了，我不过是装进自己的包裹里了。你还以为是你们的杂种呀。你们的杂种还在木盆里呢，他不过是一泡臭水而已，连这个也不懂，简直白痴。”

他的话被风沙吹散了，没有人听见。

可他的行踪恰巧被鲍尔中尉盯了个正着。一只豺狼出了门，悄悄跟上了他。

回放：鲜花怒放的秦尼巴克

持续数天的沙尘暴逶迤逝去了，喀什噶尔的天空陡然放晴。

秦尼巴克，这个中国花园庭院内的植物们憋足了劲儿似的，灼灼闪亮、色彩绚烂。在秦尼巴克的围墙两侧，一架布满生机的葡萄藤绿意盎然，可是那些正在发育中的紫色葡萄像是得了一种病，显得闷闷不乐。往年，这些给葡萄串儿喷药水的活儿都是女主人凯瑟琳干的，而现在她也得了病，仆人们的脸上都有一种抽搐般的笑容，谁也不愿意去打扰她。

到中午时，女主人还和领事先生没有起床，仆人们连走路都蹑手蹑脚的。

马嘎特尼先生是凌晨时分回来的。

当时，秦尼巴克塔楼上的士兵在睡意正酣时，听见有马匹的跑动声。从克孜尔苏河吹来的风中，那些气喘吁吁的跑马打着嘹亮的响鼻，让人误以为是大黑山里的劫匪。士兵朝天开了一枪，就听见领事先生气极败坏地喊了一声：

“Shut up——”

谁也不肯相信，马嘎特尼先生狼狈地带着几个仆人和向导，从塔克拉玛干回来了。他浑身的衣服被楼兰旧城里的沙尘暴撕得破绽百出，脸上和额头上缠裹着一圈纱布，说起话来，嘴里好像含了一口粗大的沙粒，含混不清。让人更吃惊的是马嘎特尼先生躺在一副胡杨藤条绷紧的担架上，嘴里骂骂咧咧的，全然没有了一点儿绅士的风度。

漆黑的大门訇然打开，几个仆人抬着担架簌簌而入。

中午的时候，他们愉快地打扫完了偌大的庭院，每个人的脸上都似乎挂满了知情者的那种神秘莫测的表情。喀什噶尔的一个藏族医生被邀请到了秦尼巴克，仆人们将马嘎特尼先生架到院子里，藏族医生把一块类似于锅底油泥的膏药贴在了他的头上。他猛地一下轻松了，哈哈哈地笑了起来，大声说：

“上帝，我又活过来了。波尔兰德，我是不是还在秦尼巴克这个美丽花香的人世间呀？”

凯瑟琳蹒跚着步子，从卧房里走了出来。她的身体看起来很虚弱，手撑在腰间，走几步就要站住喘一下气。她身上是一件低胸的裙子，硕大的乳房半掩着，白皙的乳沟让院子里来来往往的仆人们惊魂不定。凯瑟琳走到年轻外交官的身边，艰难地偎坐在了他的一边，吻了一下他受伤的额头，说：

“亲爱的，我们不是在秦尼巴克的庭院中嘛，我们还活着啊。”

他们夫妇二人在众目睽睽之下，热烈地拥抱在了一起。

他吮吸着她的舌头。她喃喃地请求他轻一点儿，再轻一点儿。一番放肆而缠绵的交流后，凯瑟琳对年轻的外交官说：

“也许，你在楼兰旧城的经历可以上《泰晤士报》的头版。亲爱的，请你给我讲讲你在塔克拉玛干沙漠中的那些奇遇吧。”

马嘎特尼先生搂住妻子的腰肢，连连说：

“不，不，波尔兰德，你应该先给我讲讲你在沙尘暴中的历险。我丢下你，差一点儿让你吃尽了苦头。亲爱的，你现在感觉怎么样？我去寻找那本人们传说中的人皮经卷，可我两手空空地回来了。那个虱子巴扎上传说的所谓人皮经卷一定存在，只不过我运气不佳，遇见了中亚细亚百年不遇的特大沙尘暴，无功而返罢了，但我相信我还有机会的。下一次，我一定会找到那本人皮经卷的。波尔兰德，先说说你在那条干渠里遇到沙暴的情景吧，我快要急疯了，宝贝儿。”

凯瑟琳看看四周，仆人们和那个藏族医生都知趣地出门望风去了。她用手捻着裙子上的一个花纹装饰，煞有介事地对年轻的外交官说：

“我真的是太想你了，乔治，我没办法不想你，可你非要去塔克拉玛干和楼兰。在你的心目中，我波尔兰德甚至都比不上一本书籍。哦，我一个人待着无聊又寂寞，我就出门去干渠那儿散步了。你真的不知道干渠那儿有多么美妙，雪山上融化的雪水湍急奔涌，渠沟里的青蛙沸腾鸣叫，干渠两侧的堤岸上绿树成荫，杨柳飞扬。我就那样一直思念着你，信步而走，不知不觉地走出了喀什噶尔的旧城。

“当时吧，先是一阵风吹来，风像一片片柳叶刀，削下来漫天的树叶，紧接着就是沙尘暴来临了。整个天空都黑了，泛出一层橘红色的光亮。我看见在郊外的草地上吃青的羊群被大风吹送到了天上。我吓坏了，我措手不及，就那样愚蠢地站在原地。我真傻，我当时就有那么一种古怪的念头，我不知道怎么了。

“……等我醒来时，我看见身体周围全是羊群，它们的尸体填满了那条干渠，我就趴在一群羊的尸体上。我知道我受了伤，我动弹不了了，我的阴道里流着血，我的两腿麻木不堪，我还以为我会死掉的。可就在这个时候，伊格纳提耶夫——那个波兰的革命者和亡命徒策马经过了那道干渠。他看见了我的狼狈，便下马将我抱回到了秦尼巴克，我想我又活过来了。感谢上帝。

“哦，上帝真好，上帝眷顾了我。”

马嘎特尼先生像爱戴一只宠物似的，赶忙把凯瑟琳搂在了怀里，抚摸着她的全身。在动作之中，他头部的伤口带来的痉挛，让他不住地龇牙咧嘴。年轻的外交官以一种不容置疑的语气对妻子说：

“波尔兰德，等我找到那本传说中的人皮经卷，我们今年就可以离开这个鬼地方了。我们移居到肯特郡的乡下，买一个牧场，我要让你生一大堆的孩子，我还要请你给我做最好吃的草莓酱，过一个快乐的圣诞节。”

凯瑟琳噘起嘴，赌气地说：

“难道我还比不上一本什么书籍吗？”

“No，波尔兰德，你有所不知，那可不是一本普通的书籍，那是一本用人的皮肤装订而成的经卷。我只听说过它，我还没有见过它啊，可我明白那是古代的某个中亚民族和他们的国家最为宝贵的财富，那是一个无与伦比、价值连城的瑰宝，它会带给我们举世无双的荣誉和无限的风光与地位。我能够想象出来，女王陛下会因为我的发现给我加官晋爵。你想想看，那个杂种鲍尔只发现了一本桦皮的书籍，他就可以周游世界，卖弄学问，我心里当然有一种不平和嫉妒。波尔兰德，现在我将发现的是用人皮做成的经书呀，我的光芒会使他黯淡无味的。这一次，我绝不会失去这个机会的。”

凯瑟琳忽然说：

“我想我可能有些不太舒服，我需要休息一会儿。”

年轻的外交官并没有理睬妻子的要求，而是体贴入微地说：

“不，波尔兰德，我想中亚细亚的阳光对你有好处的，你肯定是失血过多了，你脸上的表情没有丝毫的血色，阳光会使你痊愈的。”

“哦，这么亮，我有点儿难为情。”

“亲爱的，你的美貌甚至让日光也惭愧了。”

年轻的外交官赞美道。

就在他们缠绵悱恻、难舍难分之际，一个突如其来者闯进了院子里面。

秦尼巴克的庭院中，一个陌生的声音好像是马嘎特尼的回声似的，很骄傲地重复说："是的，阳光会使你痊愈的。"一道长长的身影斜掠过来，一个腔调追着马嘎特尼的尾音又说："不错，这的确是个好主意。"

年轻的外交官和他美丽的妻子一起抬头，看见了伊格纳提耶夫。

这个波兰亡命徒的突然造访，让英国领事马嘎特尼先生和他的夫人感到很突兀。马嘎特尼艰难地抬了抬身子，算是致意和欢迎。而凯瑟琳赶忙起身，整理自己身上的裙装，脸上蓦地一红，矮了矮身子，用英国的传统礼节表示了欢迎。在阳光明媚、弧形的天空一览无余的秦尼巴克的庭院中，一身古怪戎装打扮的伊格纳提耶夫的怀里，竟然抱着一只极其夸张的紫铜色的萨莫瓦尔。他欣喜若狂地对凯瑟琳说：

"夫人，我说过我要送给你一只俄国的大茶炊的，这是我的手下从俄国的小镇奥什背回来的，瞧，一只地道的俄国制造的萨莫瓦尔。我想，它会有助于你煮奶茶的技艺日渐精进的，不诚敬意呀。"

马嘎特尼先生扶住身边的一根葡萄藤的支架，慢慢地站了起来。

他的眼眶里充溢了泪水，嗓音莫名地哽咽起来。他说："亲爱的伊格纳提耶夫先生，我很惭愧，我以前对你有过一些偏见和误解，我还和一些人私下里对你的身份与来历产生过种种的怀疑和诽谤，我真的该死。你在沙尘暴中不顾自己的安危，救了波尔兰德的性命，我真不知该如何感谢你才是啊。"

凯瑟琳很拘谨地拖出来一把椅子，讪然地说：

"请不必客气，先生。"

波兰的亡命徒被英国领事的这番话搞得莫名其妙。他愣怔地看了一眼凯瑟琳，又看看马嘎特尼，茫然的目光扫视了一圈秦尼巴克庭院中的风景与花园，他很快就从主人们的脸上读到了诚挚与热忱的内容，他觉得那是一种真实的表白。随即，他开朗地说：

“尊敬的领事先生，我是来向你道歉和请求宽恕的，可你们对我如此宽容，我恨不得找个老鼠洞，一头栽进去算了。”

“哦，我和波尔兰德有什么资格去宽恕像你这样的一个传奇英雄呢？”

马嘎特尼不解。

伊格纳提耶夫黯然地诉说道：“你们刚才的话，是我伊格纳提耶夫一生中受到的最灿烂的赞美，可我的心里很忙乱。我怎么能安享你们如此的美誉呢？我仅仅是一个前革命者和杀人犯，我曾经用一把刀宰了一个俄国的牧师，后来就不停地亡命天涯，最终来到了喀什噶尔这个中亚细亚的城市。我壮志万丈，雄心难熄，可我现在却成了一个被人豢养的走狗和仆人。我给彼得罗夫斯基当刺客，我在中亚细亚一带周游，专门剪灭那些和俄国人做对的土匪与悍民，一步步地沦落到了这样的地步。可我一点儿也不甘心啊，领事先生，我是真心向你忏悔来的。”

“上帝会原谅你的，你是迫不得已嘛。”

“在上帝的眼里，我真是一个该下地狱的家伙。我刚刚杀的那个人就是你们英国的情报员萨尔萨班，是彼得罗夫斯基让我干掉他的。你要理解我的苦衷，我不能不干，我是他养的一只鹰犬。”

“不，尊敬的先生。我以英国外交官的身份向你保证，我们大英帝国在中亚细亚没有什么企图，更没有建立什么情报网，当然也就没有一个什么叫萨尔萨班的情报员了。”年轻的领事辩解道。

这一瞬，年轻的外交官仿佛忽然看见了一个历史的机遇。

这个千载难逢的机遇，正在向自己敞开一条光明的道路，从这条蜿蜒而至的路上，一个人将会策马走来，辅助自己的事业和秘密无限的野心。毫无疑问，这个人就是眼前的伊格纳提耶夫。所以，他很坦诚地说：

“尊敬的伊格纳提耶夫，也许我们会有一个重要的合作。这个美妙的合作之后，也许我会向英国政府申请，批准你加入英国国籍，让你成为女王陛下的臣民。因为，我正在寻找一本失踪的人皮经卷，我想也许你可以帮助我获得它的，不是吗？”

波兰的亡命徒被这个不期而至的建议给弄蒙了。

他不解地说：“人皮经卷？就是鲍尔中尉来喀什噶尔寻找的那本书籍？我听彼得罗夫斯基说过，你们英国的鲍尔中尉就是来找这个东西的，据我所知尼古拉也在找，可我对此没有一点儿兴趣。”

马嘎特尼沮丧地说：

“不，那可不是一本普通的书。”

“可我不准备拿一本人皮的书籍，当作我献给大英帝国的见面礼。我是一个亡命徒，我不懂得你们政治家的那一套，我相信的是暴力。”

伊格纳提耶夫铿锵地说道。

他的话，让英国领事的目光虚空了很久，舌下渗出一层苦涩的汁液。

回放：新察合台汗的告密

彼得罗夫斯基一直在等待波兰的亡命徒伊格纳提耶夫，可是一个晚上过去了，那厮居然没有露面。凌晨时分，尼古拉又差人在客栈的门楣上挂了一朵花，这是秘密联络的信号之一，意即“十万火急”。到了中午时，彼氏预感到事情可能出现了意外，他的第一个念头就是求助于一根洋火。

他在院子中央架了一个火盆，屈尊地蹲在地上，不停地将手中的一些密封的档案和文件材料扔进了火盆里。火舌拼命地舔舐着那些纸张，释放出一种很阴冷的光芒。在院子的四周，哥萨克士兵们目睹着那盆火焰，这让在阳光下游走的他们感到了格外灼热。烧了一阵儿，彼得罗夫斯基回到自己的办公室里又翻腾了一会儿，片刻之后，他又抱出来一大摞文件和材料，让它们成为火焰的殉葬品。

这时，彼得罗夫斯基站在火盆一边，拿起了一个加盖着漆红色戳记的牛皮袋。

他撕开后，抽出里面的一份表格，在阳光下细细阅读。毫无疑问，他之所以在这个午后突然动了销毁一切的念头，就是嗅出了有关波兰的亡命徒伊格纳提耶夫的某些踪迹和不祥的气味。目光如炬，彼得罗夫斯基看见那张表格上，是波兰的亡命徒曾被秘密招募时填写的个人履历——

职务：俄国驻喀什噶尔总领事馆一级秘密谍报人员。

职权：……，以英国驻喀什噶尔领事馆为主要目标，兼及当地中国政府的所有外交动向，刺探军事和各国人员的反俄倾向，保护俄属公民的人身安全及财产。直接向彼得罗夫斯基本人负责。

在这个海拔4500英尺的高原城市喀什噶尔，肆虐的火焰发出一种略带黑斑的微暗的光，彼得罗夫斯基伸手将那张表格扔进了火盆。

他收回手，站在院子中间抬头望天，喀什噶尔弧形的天空碧蓝如镜，让人不由得感到在那深邃之处，一定有无限的秘密在隐藏。彼得罗夫斯基怅望了一会儿天空，忽然恍悟到自己目前最紧迫的任务是什么了。

下午二时左右，彼得罗夫斯基亲自带着三个哥萨克保镖，来到了客栈。

他清楚地知道伊格纳提耶夫在这个客栈的房间号码，但他不用问就明白那个波兰的亡命徒此刻不在里面，他要寻找的是来自新德里的鲍尔中尉。

他顺着客栈老板的手指，笃笃笃地登上了通往二楼的木制梯子，锈蚀而略带弹性的木板使他有一种忐忑难安的心情，他对自己的这次拜访并没有十足的把握。在此之前，虽然鲍尔中尉的大名如雷贯耳，可他们始终未曾谋面。作为英国在整个中亚细亚最成功的情报官员，鲍尔中尉在六月十四那个月夜里悄无声息地抵达喀什噶尔的消息，曾让彼得罗夫斯基十分骇然。他估计，可能就是因为这个间谍的到来，伊格纳提耶夫的内心才发生了某种突然的倾斜和变化。

彼得罗夫斯基开门见山地说：

“鲍尔先生，我代表俄国驻喀什噶尔总领事馆欢迎您的到来。您是一位著名的人物，我能够见到您并倾听您的教导是我本人的一种荣幸。”

岂料，鲍尔中尉讪讪地说：

“我没有什么要劳驾总领事先生的事情。此番我来到喀什噶尔，如果不算是故地重游的话，那很可能是为了满足自己的虚荣心。”

“哦，不。”

彼得罗夫斯基很粗暴地打断了英国陆军中尉的表白，以一种很夸张的手势衬托自己说：“不，尊敬的先生，您的话是一种冠冕堂皇的欺骗和借口，我其实一直在盯着您。当然，您是知道的，这是我的工作，我没法儿不盯住您，从您一到达喀什噶尔的那天晚上，我就明白您所为何来。因为我知道您是来寻访一本古代的人皮经卷的，它的分量将超过以您的名字命名的那本《鲍尔古本》，因为它不是一本普通的书。”

鲍尔中尉的肩膀略微斜了斜，很冷地问：

“您还知道些什么？”

俄国人庞大的身躯立马舒展开来，瘫靠在高耸的椅背上。

他捋了一把自己的胡须，以一种很认真的态度对英国人说：“不错，我不仅知道您是来寻找这本人皮经卷的，而且我还知道您顺便要追捕一个阿富汗人。这是您一生中唯一的败笔，您想修改这个并不美妙的结局。”

彼得罗夫斯基直入主题。

“总领事先生，您的意思是想要挟我吗？”

鲍尔中尉忽然无趣地说道。

彼得罗夫斯基起身，在房间内踱来踱去，目空一切地说：

“因为我恰好知道那本人皮经卷的下落，我又恰好知道那个阿富汗人的去向，我想成全您的作为，请您理解我的美意。”

“总领事先生，您的意思是那本书仍然在喀什噶尔？”

彼得罗夫斯基非常自负地就坡下驴，说：“不仅是那本人皮经卷，就连那个阿富汗人也仍然在喀什噶尔这个微弱的小城内躲藏，他们就躲藏在同一具肉体上面，这是我的一个了不起的发现啊。鲍尔先生，我十分欣慰地给您透露吧，那个阿富汗人其实是一个波兰的亡命徒，他叫伊格纳提耶夫，善于伪装，深谙中亚各民族的礼仪服饰，是一个很难对付的杀手。就是他伪装成一个阿富汗人，杀害了贵国的达格列什的，而他的身上就藏着那本人皮经卷的所有秘密。您会豁然开朗的，先生。”

“总领事先生，对您的话我深信不疑，我很感激您的美意和告密，我并不是您手中的一杆毛瑟枪，我只是女王陛下的大英帝国陆军的一名中尉军官。”

鲍尔中尉狡黠地一笑。

资料：人皮经卷（3）

费隆在《制革工业》一书中介绍说：人皮曾经在古代和现代被制成皮革，这是早已被证实的事儿了。它正如其他任何动物的皮革一样，适宜于一切制革过程，但是皮与皮的质地各有不同，有些摸起来坚硬粗糙，有些柔软光滑，有些人皮的厚薄有时候相差一英寸六分之一至一英寸七分之一。硝皮的作用能使薄皮加厚，能使粗糙的皮肤变成坚质的软皮。

在外观上，达凡·鲍物说：它颇似小牛皮，但是很难拔光汗毛。

荷尔布罗克·杰克逊在谈及这种令人毛骨悚然的癖好时说：最早涉及人皮制革的参考资料，是玛尔斯雅斯的传说，他不自量力的向阿波罗挑战，做一场音乐的比赛。失败之后，便如约忍受活生生的剥皮处分。有人说，他的皮被制成了足球，又有人相信他的皮被制成了一只皮瓶。

可是，极其智慧的柏拉图却相信后者的话。他引用斯特斯普斯的话说：“他们可以活剥了我的皮，只要我的皮不像玛尔斯雅斯那样制成一只皮瓶，而是化成了一片美德，那样我就心满意足了。”

另一个是法国大革命时代的工业界的传说，是说贵族的尸体怎样被送到茂顿的一家硝皮厂，他们的皮被制成皮革，用作书籍装帧以及其他用途。这些故事最使人不能忘记的一个，是关于某一个法国人有一条皮短裤，系用他的犯偷窃罪而被判死刑的侍女的皮制成的。这位杰出的道德家从不厌倦地指责他的侍女，每当发表一篇洋洋大论后，他便十分满意地拍着他的臀部，叽咕说：

“瞧，她仍在这儿，这家伙，她仍在这儿呀。”

对这种怪异的癖好与传闻颇有研究的霍尔布拉克·杰克逊又阐发了其中的一些奥妙，他的结论让人不寒而栗。因为，很多的书籍装帧好事者都有这种怪癖，只有别人无法获得的东西，才能使他们见了高兴。如果大家时髦地用小牛皮或摩洛哥羊皮装订书面，他们便去搜求海豹皮或鲨鱼皮，他们还用大蟒蛇皮和眼镜蛇皮来对付羊皮和猪皮的流行。牛皮纸的象牙似的洁白可爱，也被染成了各种奇怪的颜色，借以变化它的色调。他们中的少数人，渴望至少能有一本是用人皮来装订的书籍，他们放肆地将这东西捧得高出一切之上。这种趣味对于一个有洁癖的肠胃而言是不屑一顾的，但是对于有些人，那些反常的意念和在古怪异趣的经验上感到满足的人，则可以提供一种奇特的甚至是亵渎神圣的喜悦。

现代的心理学研究者们，一般将这种趣味归于变态的拜物狂，而伊凡·布洛哈博士则说这是属于性欲的拜物狂。他举例说，女性的乳房对于男性是一种自然的生理上的崇拜对象，除开这种正常的爱好之外，另有一种值得注意的乳房崇拜狂存在，他们使用割离人体的乳房作书籍装帧之用。

研究家魏特·柯斯基的著作说，有些爱书狂和色情狂的人，他们使用自妇人的乳房部分取下来的皮，去装订书籍，这使得乳头在封面上形成一个特殊的隆起部分。

这是一种极其色情的想象。

有些人怀疑有这样装帧的书籍存在，他们将这类故事看作钓鱼者的逸闻、水手们的大话以及老妇人的琐碎谈话一样，付之一笑。

但这是不真实的。

帕斯卡尝言："我之所以开口说话，是因为在这个时候的沉默就是一种罪恶。"——有无限的历史真相，需要我们认真地拂去灰尘，才能触摸到深处的心跳、寂灭和那一捧热烈的灰烬。比如说，在 19 世纪末的喀什噶尔发生的这一系列莫名其妙的事件，使欧洲的整个历史、文化和道德价值险些倾覆脱轨。

回放：会见

这一年的《喀什噶尔志》中详述了很多奇异的天象和天灾，似乎其中的每一件都预示着新世纪的尴尬与迟滞。其中，1898 年初秋，突然发生在喀什噶尔这片绿洲上的蝗灾就是一例。那一场疯狂肆虐的蝗灾持续了几天几夜，消息迅速传遍了整个中亚细亚。那些在漫长的烟尘道上风尘仆仆的商贾、释子、探险家和游击土匪人心惶惶。在秋风吹凉的季节，大举而来的飞蝗令人咂舌，有关这一场蝗灾的起因也众说纷纭。

在喀什噶尔，英国年轻的外交官马嘎特尼先生在伤愈后的病床上，仰头看见鸦群般的飞蝗连绵不断地疾驰而过时，喉咙里嘶叫不已。

这是这位年轻的外交官，第一次遭遇如此恐怖骇人的自然景观。

一个从克孜尔苏河边洗衣服回来的东干妇女哆嗦着说:“克孜尔苏河里漂满了斗大的石头，成群的发白石头从上游呼啸而下，十万个十万的蝗虫尸体把河面遮得严严实实，仿佛一河床的蝗娃娃在水里游泳哪，那景象可能是在朝拜什么吧。”

马嘎特尼先生的人道主义感情忽然泛滥而上。

他对秦尼巴克院子中的那些嘻嘻哈哈散布谣言的仆人下了命令。他说:“我们需要赈灾，赶快在秦尼巴克的门口搭起粥棚，给那些遭受蝗灾的妇女和孩子发放软馕和热粥，大地在被蚕食，可上帝和女王会和我们在一起的。”

马嘎特尼专门委托自己的妻子凯瑟琳来指挥这项工作。

从秦尼巴克的后院中伐下来的十几根木头，搭在了院外的空地上，油毡苫盖其上，使它看上去仿佛一个碉堡。仆人中间有一个能工巧匠，他在一眨眼的工夫就盘好了几个灶王炉，上面架起的大锅内，翻腾煮沸着细小的黄米。关于英国领事馆内要赈灾放粥的告示，一瞬间贴满了喀什噶尔城内的主要街道，人们的话题在飞蝗和赈灾放粥之间游离不定。

善良的凯瑟琳还从自己的储藏品中，拿出了一罐白糖，在每一口铁锅中撒上一把。这一罐糖是她从伦敦带回来的，她一直舍不得吃。铁罐的商标上印着“伯明翰威尔逊糖厂出品”的罗马体字样。

在秋阳被无边无际的飞蝗遮蔽的这天午后，空气中的水分好像被抽干了，干裂的中亚细亚的这个季节让人望而生畏。

心愿已偿的马嘎特尼先生，此刻安详地静卧在翠绿欲滴的那一架葡萄藤下，这才觉得自己的脑袋疼痛不已。他尽量迫使自己不想什么事情，他放心地将赈灾的这种义举交给了凯瑟琳。望着美丽的妻子在秦尼巴克中忙碌的身影，听着她在院子外面用不很地道的喀什噶尔方言喊叫的情形，他的心里既有一份感动，又有一种对凯瑟琳的愧疚。在远离故乡的这个荒凉的城市，凯瑟琳是唯一一位英国女人啊。马嘎特尼的思绪回旋着，忽然听见凯瑟琳拉了拉自己的手，然后又抚了一下她自己的额际，说：

“乔治，快点儿起来吧，有一个英国人和三个喀什噶尔人说要见你呀。”

年轻的外交官闻听有英国人来了，忽地从凉榻上翻身而起。

然而，他并没有看见什么英国人，在自己的面前站着的是凯瑟琳，而在妻子的身后是四个穿着白色袷袢的当地人。马嘎特尼没出什么声，他甚至以为那四个人是响应赈灾的乞丐什么的，可揉了揉眼睛后，他又发觉他们身上白色袷袢的质地很优秀，就是在喀城，这也只能是那些巴依老爷才能享用的。还没来得及开口，他就听见那四个人里显然是领袖模样的一位哈哈哈地笑了起来，说：

“尊敬的夫人，您是如何知道我是一个英国人的？”

凯瑟琳也很舒展地一笑，指了指那个人脚上穿的皮靴，笑而不答。

那个人让凯瑟琳给弄蒙了，丈二和尚摸不着头脑。凯瑟琳略微扶了扶丈夫，然后走到那个人面前说：

“您穿着一双英国式带鞋带的皮靴，先生，这种鞋在伦敦的第五大道上有卖。您现在可以告诉我您是英国人了吧？”

“是的，我是英国驻印度新德里的鲍尔中尉。”

鲍尔中尉首先伸出双臂，和马嘎特尼拥抱致意，接着又很绅士地吻了一下凯瑟琳的面颊。四位来客随英国领事散漫地坐在了葡萄架下。显然，马嘎特尼对鲍尔中尉的到来没有任何精神准备，可他的伤痛似乎一瞬间就化为虚无了。他告诉凯瑟琳，让她烧一些热水，好请鲍尔中尉和其他来宾先洗澡，以驱散旅途上的疲惫。

鲍尔中尉拒绝了。他说：

“事实上我早就来了，领事先生，只是我一直不忍叨扰你们，随便住在了喀什噶尔的客栈里。可我现在必须马上离开喀什噶尔，赶回新德里去。”

“不，尊敬的中尉。您是我在这一年当中接待的唯一一位本国人，我和波尔兰德在中亚细亚就是为了给在这一地域上的英国人提供方便的。最起码，您也得在秦尼巴克住上一周左右的时间吧？”

“军务在身，恕不相告，我也是迫不得已啊。”

“这里难道不比客栈？”

“哦，秦尼巴克的美名在整个伦敦都家喻户晓，可是有几个人目睹过它的美景？我算是有幸看见了秦尼巴克内部的景致，领略了它的风采啊。”

鲍尔中尉恳切地说。

这个有着刀削般脸庞的职业军人的一口纯正的伦敦口音，唤起了马嘎特尼的思乡之情，他一再挽留鲍尔中尉在秦尼巴克里小住几天。凯瑟琳已经煮好了一壶咖啡，在燥热的夏天，沸腾的咖啡却能给人带来一丝凉爽的快意。几个人慢慢地饮用着，马嘎特尼试图从鲍尔中尉的言谈中发现一些有关本国的消息，可他很快就失望了。鲍尔中尉一直避口不谈，只是尽情地赞美着喀什噶尔的异域风光。另外的三个当地的土著人对鲍尔中尉恭顺有加，这让一直身处这个城市的英国领事不明所以。

鲍尔中尉似乎看出了他的心思，蛮不在乎地说：“这是我在喀什噶尔发展的情报人员，都是老资格的特工了。”

瞬时，马嘎特尼吃惊地问：

“先生，您在说什么呀？您说您在我的身边建立了一个庞大的情报网？就在喀什噶尔？就在秦尼巴克？这太可怕了啊。”

“不，领事先生，我所做的这一切并不是为了监视您。您是一个优秀的外交官，在中亚细亚险恶的地缘环境中，只有您独自一人撑起了大英帝国的旗帜。在这片干旱贫瘠的土地上，您是女王陛下的化身。我在中亚细亚的使命很快就要结束了，我在十年的时间内苦苦建立的这张庞大的情报网也将要烟消云散。”

马嘎特尼嗫嚅道：

“您千里迢迢而来，就是要亲手摧毁您自己所做的这一切吗？”

鲍尔中尉忽然很严肃地对领事先生说：“我是为一本书而来的，我没必要隐瞒您，我是为一本人皮经卷而来。幸不辱使命，现在我可以完毕回国了。”

“您说的就是那本传说中的神圣之物吗？”

这时，鲍尔中尉的右手伸进了宽大的白色袷袢的长袖，从里面掏出来一卷土布裹紧的包袱，在马嘎特尼的眼前慢慢打开。他的动作很谨慎，也很细微，仿佛那里面是一捧人的心跳和倏忽即逝的光。他边打开边说：

“就算我找了一个最动听和善解人意的借口吧，领事先生。您是知道的，我是一个不折不扣的殖民主义者，我的手上也有暴行和血迹，但我还是欣赏中国人的那句谚语：盗亦有道。这本人皮的经卷，是我花费了毕生的心血找到的一件世界性的奇迹，它是一只远古的游牧民族的传世圣器，像所有的欲望一样，当我经过千辛万苦，把它拿在自己手里时，我却有了一种深刻的失落和萧索。我觉得应该将它归还给它的母族，可我对喀什噶尔城内的那些中国官员充满了鄙视，我害怕他们私自占有，害怕他们将这只圣器弃之如履。恰好，我在离开喀什噶尔的时候，忽然想起领事先生您有着一半中国人的血统，所以，我还是将它馈赠给您。因为在我的眼中，您也是一个中国人。您别觉得不好意思，这就算是我对秦尼巴克一点小小的供养罢了。”

“不，中尉先生。它属于整个欧洲，属于大不列颠，属于女王陛下啊。”马嘎特尼手捧着那一卷喑哑的经卷，眼泪似乎就要流下来了。他吞吞吐吐地说：“我要将它寄给女王陛下，我要献给大英博物馆。我发誓。”

“可它已经是您的了，领事先生。您怎么处置它，是大英帝国驻喀什噶尔领事馆的公务了，和我本人没有丝毫的关系。我很高兴将它送给了您——一个中国人的后裔——您不必为此害臊的。”

鲍尔中尉看着马嘎特尼迷离的眼神，站起身，走出了那一片葡萄藤下的阴凉。

他在秦尼巴克的院子中徘徊，像是一个随心所欲的人在漫无目的地参观。他用余光看见马嘎特尼陶醉在无比的快乐之中，一页一页地翻看着上面那些神秘的文字，十指摩挲着那本人皮书籍的封面。

突然，他转身对马嘎特尼说：

“先生，这是我头一次来秦尼巴克，我可什么都没对您说呀。记住了！”

望着马嘎特尼僵硬地点了点头，鲍尔中尉如释重负地掐下了葡萄藤上的一枝绿芽，含在了唇齿间，目光幽谧，难以读解。

作为一个白人种族主义者和坚定的殖民主义干将，鲍尔中尉毫不犹豫地将那本人皮经卷无偿地赠给了马嘎特尼。在他歪打正着的军人生涯中，他是以《鲍尔古本》的发现名噪一时的，他本来想以这本人皮经卷来锦上添花的，可当他在客栈的那个沙尘漫天的下午，跟踪并俘获了伊斯拉姆·阿洪后，他就决定捂住真相，并且以此来羞辱这个混血儿出身的杂种外交官。

他厌恶白人以外的一切面孔。他将所有的有色人种称为：猴子。

他能想象得出，在这个混乱的“发现”背后，一场以马嘎特尼和彼得罗夫斯基为主角的大戏就要上演了，而这出戏的名字很可能叫《自取其辱》或《一出事先被预支的谎言》。如此的话，以他自己的名字命名的那本古代文书将会更加鹤立鸡群、举世无双。

他没理由不为自己的一箭双雕而欢欣鼓舞。

在秦尼巴克的院门边散步，到了鲜花怒放的花园处，他俯身嗅着一朵大红罂粟的花蕊，迷人的烂香使人心旷神怡。他微笑着对在一边指挥仆人们放粥赈灾的凯瑟琳说：

“在伦敦种这种花朵是有罪的，可它的确很美丽。谁能想象到这么美丽的花朵，居然是最有毒的，我想这一定不是您亲手种的，夫人。在伦敦的初秋，像您这样的太太们还在忙着避暑和度假呢，她们今年的时尚是穿一种束腰的裙衫啊。”

凯瑟琳无限崇拜地对鲍尔中尉点头，说：

“是的，先生。能在喀什噶尔见到您，真是我的荣幸，在伦敦的娘家时，我就在报纸上阅读过您的事迹，真像做梦一般啊。”

鲍尔中尉很省略地说：

“哦，我只是执行公务而已，顺便我还要追捕一名杀人犯——一个善于伪装的阿富汗人。不过，现在我已经查明了，那个阿富汗人就是在中亚细亚浪得虚名，成为一场滑稽的传说中的波兰亡命徒伊格纳提耶夫。”

“什么？您说的是那个革命者和杀人犯？”

凯瑟琳失声一问。

“这其实没什么，我一旦查出来他的真实身份，就可以将他拘捕归案了。这个杂种血案重重，就在前不久，他还指使喀什噶尔的那个巫医伊斯拉姆·阿洪违背上帝的旨意，给一些女人做流产手术。”

“哦？”

凯瑟琳一怔。

“亲爱的夫人，您知道他将那些死婴的尸体做什么了吗？他硝成了人皮，用于制作一些所谓古代的人皮经卷。”

凯瑟琳手中的一只中国青瓷碗“啪”的一声砸在地上，分崩离析的碎瓷片，将碗面上一幅釉彩的山水割裂成一地景象。鲍尔中尉走上前去，弯下腰捡起了一片，拿在手上细细地把玩打量。他不经意地问：

“夫人，您怎么了？是不是身体不舒服？”

凯瑟琳慌张地掩饰住自己的尴尬，忙回答说：

“不，先生，没什么的，我只是感到太热了。真的，这个该死的天气。”

“我刚刚送给马嘎特尼先生一本人皮的经卷，据伪造者伊斯拉姆·阿洪说，那是用几天前伊格纳提耶夫在客栈里交给他的一个死婴的皮肤装帧的。在伦敦的贵族阶层里，收集这种罕见的古文书已经成了一种罪恶的时尚。可这一本不同，它是在中亚细亚各个国家里一直流传的镇国之宝，上面有一些具有预言性质的谶言，但是，无论怎么说，这都是对上帝和人类犯下的一种不可饶恕的罪恶。瞧，马嘎特尼先生读得多仔细啊，他也许能从那上面发现一些真正的奥秘。可是我，我作为一个职业军人，我的任务就是将伊格纳提耶夫缉拿归案，我似乎已经闻到了他的气味，他好像离秦尼巴克不太远。”

凯瑟琳捂住了脑门，黯然地说：

“不，那只是花朵飘散的毒气。”

鲍尔中尉长吁了一口气，扔下手中的那片青瓷，摊开双手说：

“尊敬的夫人，我想我们会达成一笔交易的。我需要伊格纳提耶夫肚脐上的那幅刺青。我有充足的把握，您一定能不费吹灰之力将它搞到手的。”

“中尉，我不知道您在说什么？”

鲍尔中尉看了看秦尼巴克偌大的庭院和天空中徘徊的鸟群，信心十足地说：

“是的，尊敬的夫人，这是一笔残酷的买卖，但我明白您一定能完成。您会满足报复的欲望，而我将获得那张人皮的刺青。”

凯瑟琳蹲在地上，捡拾那些破碎的青瓷片。

她拿在手中，试图将那些恍惚的中国山水画拼贴完整，组成一个真实的图案。——在阳光汹涌的秦尼巴克庭院内，她沮丧地感到自己没有一丝气力。那些破碎的图画，恍如一地景象，在阳光中哑然失语。

回放：伪造者伊斯拉姆·阿洪

一切都仿佛尘埃落定了。

第二天的午后，在喀什噶尔城中灿烂阳光的斜照中，鲍尔中尉换上了一件崭新的白色袷袢，从客栈的后门来到了艾提尕尔广场。

在广场四周呈放射状铺开的各种各样的巴扎上，传来了此起彼伏的吆喝声。他从饮食巴扎的东头走到西头，又来来回回地搜索了半天，也没有发现那个卖羊肉的当地情报员。在饮食巴扎两侧的摊位上，浓烈的膻腥与狐臭气息使干热的空气一触即发似的。鲍尔中尉巡视了几遍，无奈地坐在了一个卖羊肉粥的摊位上，要了一碗麦芽煮的羊肉粥。他喝了几口，假装很无趣地问：

“隔壁卖烤羊肉的那个小胡子，怎么很长时间不见了？”

卖羊肉粥的摊主停下了手中的活计，用一把修长的马尾巴拂尘，驱赶着空气中的苍蝇。半晌，他捏住鼻子冲着身后擤了一把鼻涕，嘴里咂摸半天说：“您说的是可怜的维阿吗？先生，他的尸体昨天刚刚被他的父亲给抬埋了。好端端的一个人，不知怎的让人给割下了脖子。哦，主会收留他的。”

这个多嘴的买卖人，随后就自顾自地哼起了一曲中亚地带的民间小调。鲍尔中尉曾经听过这支曲子，他知道那里面的歌词大意。可他此时此刻又听见这悲怆悠长的曲子时，心里还是蓦地一冷，双肩沉了下来。

天留下了日月，
草留下了根；
人留下了子孙，
主留下一本经。

鲍尔中尉放下了手里的碗。

他感到自己胃里的酸液往上开始泛滥，一种呕吐的欲望攫取住了自己。在漂泊的阳光中，一只绿头的苍蝇义无反顾地杀下来，一头钻进了热乎乎的粥里。他忍住了内心的分裂，付了几个天罡，径直往艾提尕尔广场上走去。他告诫自己说：

现在，必须迅速完成这件事，然后以最快的速度离开喀什噶尔这个是非之地。

他在广场的北侧，打了一辆“骡的”。他钻进了车里，看见车夫摘下了车上的那只红色灯笼，挥舞着手中的鞭杆子。那种红色的灯笼，其实是喀什噶尔“出租车”的标志。

出了城，旷野中的热风扑面而来，掀动着车厢两侧那种蓝色的细碎花布。

在骡车疯狂的颠簸中，车夫迷迷糊糊地念唱着一首天山深处的荤调。鲍尔中尉心急如焚，他巴不得立马揪住那个喀什噶尔巫医的脖领子，扇醒他，好让他明白如果他伊斯拉姆·阿洪的手上有些怠慢的话，有一场事关大英帝国和俄国佬的大规模战争，就会在中亚细亚的土地上不可遏止地爆发。

稍稍让他安慰的是，只有他鲍尔中尉一人现在操纵着伊斯拉姆·阿洪这根导火索，也只有他一人，握着这枚烫手的引信和事实的真相。

因为，在那个沙尘漫天的下午，他从喀什噶尔城中的客栈里跟踪伊斯拉姆·阿洪后，他就一直控制着这个人。郊外的旷野上，干焦的地上只有零星的沙棘草和红柳稀疏地随风飘摇，褐色的麻雀像孩子们脚下踢来踢去的花布沙包，沙渍和明晃晃的卵石让人的眼睛时时燃烧。鲍尔中尉的视野里，又被幻觉中的沙尘给弥漫良久了，他恍惚回到了那个沙尘暴肆虐的下午。

那天下午，他走出了天地间昏黄一片的客栈，尾随伊斯拉姆·阿洪走出了喀什噶尔的旧城，一直来到了郊外的一座山包和红柳掩盖的地窨子。

那个地窨子，就是伊斯拉姆·阿洪伪造古代文书的地下工厂。

那时，看见伊斯拉姆·阿洪弯腰钻进了地窨子，他从腰里掏出枪来，打开了保险栓，伺机藏在了地窨子的入口处。他忐忑不安地脱下了身上的袷袢，将腰间的皮带慢慢勒紧。

在喀什噶尔的郊外，坦荡如砥的沙砾和荒漠上，类似于这样的地窨子在夏天时不是很多，可这种中亚特有的居住式建筑却有着它无可比拟的优点，即冬暖夏凉。因为对于伊斯拉姆·阿洪来说，在这种不为人所注意的郊外搞一个庞大的伪造工厂，一是考虑到保密的程度，另外从伪造技艺上来讲，地窨子的温度和空气与湿度则宜于各种文书的做旧工艺。经过近十年的苦心经营，这家伪造工厂已经形成了一座地下宫殿，从纸莎草的制造到熏染的各个环节，都在中亚各国的印刷行业中属一流。像鼹鼠一样，伊斯拉姆·阿洪是这个黑暗王国中的一位赫赫帝王。

只是由于近年来，各国的探险家和冒险分子对古代文书的欲求到了令人不堪忍受的地步，而以喀什噶尔的按办大臣潘效苏为首的地方官员，也加大了围剿伪造者的力度，伊斯拉姆·阿洪的伪造工作才趋于隐蔽和谨慎。

他祭起了以前的大旗，以一个巫医的角色，出现在了城市和乡村。可这种暗含着强烈攫取欲望的等待是煎熬人的，所以伊斯拉姆·阿洪设计出了一幕幕待价而沽的广告效果，他在各种巴扎和病人家庭，以及南来北往的各个客栈里放风，说有一本真正的人皮装订的经卷从丹丹乌里克或塔克拉玛干沙漠里出土了，正在江湖上不同的买卖人那里挨个儿过手。他看着这股风越吹越邪，迅速波及了中亚以外的地方。后来，从欧洲各国携带巨款的收藏家和冒险者也层出不穷了，那本乌有之书的行情日见高涨，而他却并不急于马上伪造，他还在静观着哗哗哗的金钱像流水一般，往那个虚无的洞里流淌不息。

但正像俗话说的那样，百密一疏啊。

要不是那个该死的俄国总领事彼得罗夫斯基突然索要什么人皮经卷，他完全可以再等待一段幻想中的缺席拍卖。然而，彼氏的要求是他不得不为的事情。那个新察合台汗是个杀人不眨眼的刽子手，他拳养的波兰的亡命徒伊格纳提耶夫的牙齿上，是从来不留什么仁慈的。伊斯拉姆·阿洪一想到这儿，头上就汩汩冒汗。

他还不知道，他自己已经被英国的鲍尔中尉盯上了。

他钻进地窨子里面最隐蔽的一间储藏室，慌张地脱下了身上的袷袢，搭在鼻子上一嗅，一股呛人的沙土味中夹杂着丝丝缕缕的血腥气。他从腰里取出那把英吉沙匕首，衔在口中。那个散发出奶腥气的包裹被打开了，一个粉嫩的婴儿尸体沉默地僵硬着。这时，伊斯拉姆·阿洪有些兴奋，也有些恐惧地用手里的匕首比画着，他不知道该怎样下手才好。

他念叨说：

“木黑拉尔老爷，你和那个小婊子生的杂种要被我开膛破肚了！”

突然，他的腰眼上被一个硬物给顶住了。

伊斯拉姆·阿洪闻到了身后这个突如其来者携带而入的一阵沙土气息，那味道竟然也有些呛人。他的脊梁骨先是一紧，然后蓦地放松了下来，仿佛一个期待中的大限已经到来，从此再也没有什么可以让他殚精竭虑的了。

伊斯拉姆·阿洪带着苦涩的幽默说：

“对不起，这一切都被您给看见了，鲍尔中尉。”

鲍尔中尉愣怔了片刻，便索性将手里的枪收了起来。他扳过伊斯拉姆·阿洪的身子，把脸贴在他的鼻尖上，表情寂寞地说：

“你怎么知道我来了？”

“哦，如果我没有猜错的话，尊敬的先生，您也是为那本传说中的乌有之书来的。我想我没有猜错吧？呵呵，想不到大名鼎鼎的鲍尔中尉也会上这个当的，那本来就是一场骗局罢了。”伊斯拉姆·阿洪肯定地回答道。

鲍尔中尉追问道：

“是那个俄国佬告诉你的吗？”

“这已经不重要了，先生。重要的是您已经来到了喀什噶尔，和你们英国与欧洲的那些巴依老爷一样，您也是冲着那本传说中的人皮经卷来的。您可能已经猜出来了，那不过是我放出来的一个屁，可还是有那么多的巴依老爷信以为真，所以我不得不把这出戏演下去，这一切不是我故意的，这全是你们逼我的结果。先生，您现在看见了，我不得不制作出一本你们想象中的人皮经卷，是吧？”

鲍尔中尉遭到了抢白。

他润了润喉咙，用一种纠正的口气说：“你的谎言投其所好，正好给那些人设了一个大大的圈套。在这一点上，你和一个妓女没什么两样。我的话不是讽刺，只不过我及时发现了你的惊天秘密。”

伊斯拉姆·阿洪退后一步，向鲍尔中尉深深地鞠了一躬。

他脸颊上的肉一跳，处乱不惊地说：“这一切都得感激您才是啊，尊敬的先生。我本来是浪迹于喀什噶尔的一个江湖郎中，四处招摇撞骗，访贫问苦，度化钱财，看看我这样一个克什米尔破落贵族家庭的子弟沦落到如此地步，真是造化弄人啊。我一直都梦想着翻身，我也想过上喀什噶尔那些巴依老爷的日子，可我四体不勤，五谷难分，到头来还是两手空空。先生，要不是您在那个夏天发现了一本什么《鲍尔古本》，要不是您的发现让你们英国和欧洲的那些巴依老爷羡慕不已，要不是他们拿着大笔大笔的金钱到喀什噶尔来收购什么古代的文书，我也就不会灵机一动，发现这个赚钱的好买卖。我感激您还来不及啊，鲍尔先生。是您在无意中给了我发财的机会，是您老人家点拨了我。否则，我不还是那个靠巫医的幌子四处骗钱的小人物嘛。”

“住嘴！否则，我会把你烤成一只全羊的，你这个骗子。”

伊斯拉姆·阿洪忽然扯开了自己身上白色袷袢的纽襻儿，露出了胸口上的肉，说：“我知道您会来杀我的，我欺骗过您，先生，可那一切都是无辜的。我卖给您的那本粗糙的文书是我学徒时的作品，一说起它，我的脸上就发烧。我现在羞于提起以前那些破烂不堪的粗糙作品，它们好像不是出自我的手似的。而现在，尊敬的先生，我有一个小小的请求，在您杀了我之前，让我完成一个夙愿吧。您无论如何都要让我用毕生的才华与经验，为您做出一本举世称奇的古代文书。”

“不，是两本。”

这时，鲍尔中尉不假思索地说道。

伊斯拉姆·阿洪惊讶地一愣，结巴道：

“两本？先生，您说什么来着？”

“是的，我需要那样两本伪造的人皮经卷。一本要送给那个中国杂种马嘎特尼，而另外的一本只好送给俄国佬彼得罗夫斯基。我在中亚细亚的土地上，奔波了十多个年头。我和他们钩心斗角、水火不容、相互诅咒了那么久，而今我就要回国退役了，在和他们离别的时候，我要送给他们一样珍贵的礼物，来纪念我们在中亚细亚的那些难忘的岁月。这件礼物的名字叫‘羞辱’。”

伊斯拉姆·阿洪一拱手，说：

“先生，我完全明白您的意思了，您是要让他们钻进您的这个圈套中，好美美地羞辱他们一番啊。您真是一个充满了嫉妒和仇恨的正人君子。”

“这是我们两人的共同之处。不是吗？”

“那么好吧，先生，我要给您做出举世罕见的人皮经卷了，而现在的第一道工序是要硝制好一张婴儿的人皮。您瞧瞧吧，这个粉嫩的婴儿的皮肤多么柔软光滑，像一捆中国南方来的丝绸啊。您伸手摸摸吧，先生。他好像还在呼吸和睡梦中，他这么听话乖巧。这个粉嫩的婴儿将会完全我的赞美的，感谢上帝。”此时，伊斯拉姆·阿洪快活地说道。

鲍尔中尉沮丧地问道：

“这是那个英国女人的婴儿吗？”

“不，先生。那个领事夫人是个毫无经验的女人，是个沙朗（傻子）。她居然以为这是她肚子里的孩子，真可笑。她的孩子其实还只是一捧血水哟。不瞒您先生，这是木黑拉尔巴依老爷和一个妓女生下的，可这个孩子死了。”

伊斯拉姆·阿洪熟练地使用着刀子，一张婴儿的人皮被完整地剥离下来。

郊外旷野上的阳光，像从天山上吹拂而来的风一样，带着一种寒彻的光芒。

此时，鲍尔中尉眯眼坐在车上，回忆着那天伊斯拉姆·阿洪的尴尬表情，以及先前在秦尼巴克中马嘎特尼的兴奋之情。他的嗓子眼里咳出了一串儿笑声。他对自己说：

“终于将第一本伪造品送给了那个中国杂种，那杂种的老婆居然还以为那是用她的孩子的皮肤装订的，这会激起凯瑟琳的仇恨与愤怒的。毫无疑问，秦尼巴克中将会发生一桩命案，而受害者就是波兰的亡命徒伊格纳提耶夫。这就叫一箭双雕吧。”

旷野中一览无余的干渴，忽然让他有了一种深刻的尿意。

随即，他睁开了眼睛。

回放：陶醉

在离伊斯拉姆·阿洪的地下工厂还有一里地的时候，他叫停了骡车，从口袋里掏出九枚天罡，打发了那个爱唱情歌的车夫。在四野罡风吹荡的郊外，地面上传来了风吹沙石和芨芨草的吼叫声。

从酷热的旷野中钻进潮气四溢的地窖子，鲍尔中尉打了一个激灵，眼前一片昏暗。直到慢慢适应了地窖子内部的光线时，他才走进了伊斯拉姆·阿洪的那个伪造车间。

几个从喀什噶尔调来看守伊斯拉姆·阿洪的当地土著情报人员，看见鲍尔中尉突然到来后便陆续出了门，巡视在地窖口一带，封死了出路。鲍尔中尉很客气地掏出一根纳斯，喂到了伊斯拉姆·阿洪的嘴里，点了火，然后他自己也点了一根。伊斯拉姆·阿洪的手里忙碌着。他苍白的十指，仿佛能从眼前这种伪造的工作中获得巨大的快感似的。他一边吸着大麻，一边信心鼓舞地用当地的一种方言絮絮叨叨。

鲍尔中尉借助昏暗的地窖子里的一豆灯光，魂飞魄散地看见，由那个死婴的皮肤硝制出的一张柔软发白的皮革挂在了头顶上，那上面居然发出一种让人迷醉的馨香。

伊斯拉姆·阿洪拿起了一把剪刀，熟练地裁下来一块人皮，用手揉搓着，递到了鲍尔中尉的眼前，恬不知耻地说：

“快来，您摸摸吧，多好的一张婴儿的皮啊，好像刚刚从一只羔羊的身上取下来的，还有一丝丝的温度。您摸摸吧，先生，它将成为第二本书的封面的，这是那个孩子屁股上的那块。”

鲍尔中尉骇然地说：

“不，你这个魔鬼撒旦，我不想和你一起下地狱。”

燃烧的纳斯散发出一种蓝色的烟雾，这种喀什噶尔本地产的大麻，使伊斯拉姆·阿洪的地下作坊，恍如诡秘难辨的中世纪的监狱，但这一点儿也不影响伊斯拉姆·阿洪这个天才的伪造者的兴趣和陶醉感。他随后开始雕刻一块樱桃木的印版，白色翻卷的刨花和木屑，从一孔刀眼里飞射而出。他自以为是地镌出了一个个让欧洲最负盛名的学者与教授们倾尽一生的精力，去努力考证与研究的字母和文字，并乐此不疲。

伊斯拉姆·阿洪的眼前，挂着一张出版于1892年的《斯德哥尔摩太阳报》，他在樱桃木上照猫画虎地临摹出一个个瑞典字母，他狡黠地将那些瑞典字母掐头去尾，故意让那些字母的方向倾斜颠倒，或者拆胳膊卸腿。——就是这种噩梦一般的伪造手段，使诸如霍恩勒博士那样的著名学者，终生迷失于胡言乱语和一种想当然的成功破译当中。

“喂，你是从哪里搞到这张报纸的？”

鲍尔中尉很敬畏地问。

伊斯拉姆·阿洪仿佛在伪造的过程中，得到了持续的快感似的。闻听此话，他便很矜持地对这个英国人说：

“这是我一直保存的礼物。我不知道它是什么报纸，我根本就不识字，我连自己民族的字母都看不懂，我是一个睁眼瞎。可是，这张报纸却是我一直保存的神圣的礼物，是几年前，一个名叫斯文·赫定的瑞典人在喀什噶尔城里送给我的。当时，他要到楼兰去，我送给他一把羊铲镐，他就送给我这张报纸，我喜欢那个小伙子。”

“哦，你真是一个了不起的天才啊，我现在才知道你是什么人了。”

鲍尔中尉感佩地赞美道。

他被伊斯拉姆·阿洪雕刻出来的那些精美的文字惊呆了，虽然他也根本辨认不出来那些字母的内容，可接下来的事情，更让这个英国人触目惊心、没齿难忘了。伊斯拉姆·阿洪犹如一个训练有素的神秘匠人那样，用那块雕刻好的印版，开始印刷一卷古朴的文书了。

在整个中亚细亚诸国中，新疆的木版印刷水平最高，而喀什噶尔又在其中保持着一流的质量。这种古老的印刷工艺开始于1886年，只是到了伊斯拉姆·阿洪的时代，它才发展成了一种更现代化的伪造手段。

这一刻，伊斯拉姆·阿洪将一张张的桑皮纸，平整地铺展在涂满了油墨的印版上，然后用一把毛刷抚平。当那张印满了神秘字母的桑皮纸被揭起来后，一页充满了“不可识文字”的书页就此完成了。

伊斯拉姆·阿洪请求鲍尔中尉提住那张湿漉漉的书页，他自己则蹲在了地上，点燃了一个砖池内的锯末。木屑升起的火焰，吐出了浓重的烟雾，伊斯拉姆·阿洪从鲍尔中尉的手里接过了那张潮湿柔软的桑皮纸，慢慢地放在烟雾上熏烤，每一寸都不放过。此时，伊斯拉姆·阿洪以一种骄傲的神情，对鲍尔中尉说：

“这是我的臆造，先生。我已经制造出了十二种字体，我伪造的那些作品如今遍布于欧洲的各个图书馆和博物馆，以及各位金头发的巴依老爷。唉，我不知道这门独特的手艺会不会随着我的年龄在这个世界上失传，为此，我有些伤感和寂寞呀。”

鲍尔中尉并没有接他的话茬，而是很同情地说：

“我敢肯定，伊斯拉姆·阿洪，我是唯一一位目睹你的这种天才手艺的欧洲人，我为我的运气感到骄傲和荣幸，谢谢你啊！”

伊斯拉姆·阿洪突然伤感得流下了泪来。他的肩膀不停地抽搐着，浑身瑟瑟不已。他继续说道：

“尊敬的先生，是您给了我这样一个机会，让我的愿望得以实现。我没有理由不给您做出一本空前绝后的人皮经卷。哦，我最后的杰作是用一个婴儿的皮来装订的，是的，是的先生，我没有任何理由来伤感。”

鲍尔中尉打消了他的伤感，问：

“可是，现在你手里这样子的书不像是一本古代的经卷啊，它现在好像是一卷破抹布似的。”

一说到这些，伊斯拉姆·阿洪好像突然来了精神。

他滔滔不绝地讲解道：“请您少安毋躁，先生。等一会儿，当这些印满神秘文字的纸页被火烤干以后，我还要用一种柞树的汁做成的染料，将这些纸张染成黄色或深黄色，然后把它们拿到火墙的烟道里去熏。等这些复杂的工序做完后，我还要用一些细沙把这些文字洗上一遍，使它们看上去好像刚刚从塔克拉玛干或丹丹乌里克的沙漠里刚挖出来的一样，甚至只有用刷子刷去了灰尘和沙土才能看见。哦，只有我知道怎样才能将它打扮成一个中亚细亚的孩子，我清楚它的血管里流着什么样的鲜血。”

鲍尔中尉说：

“上帝，我简直要对你刮目相看了，你的天才举世无双，你不适合生活在这片土地上，要是在欧洲，你会成为一位百万富翁的。”

伊斯拉姆·阿洪扭头对鲍尔中尉一翻白眼，忽然用很轻盈的声音说：“那您带我到你们英国和欧洲去，我和您一起混生活？”

“不，那对我来讲是一种犯罪。”

“是的，你们永远看不起这里，看不起我们。”

随后，伊斯拉姆·阿洪停止了他的聒噪。

他将那些已经熏染好的纸张切割了起来。毛边粗糙的纸张，在他挥舞的利刃下，顿时有了一种秩序和整饬感。他抚摸着那些诡谲神秘的文字，苍白的手指上有一些细小的感动和回忆。终于，他在案头上铺开了一张裁剪好了的婴儿的皮革，开始了装订的工序。他像是自言自语地说：

“先生，在伪造的过程中，我获得的只是一种神圣的狂热，一种疯狂的书写癖和伪造癖。我有一个秘密的发现，我可以毫不犹豫地告诉您。这个秘密就是，在最初的黄昏里，在室内不应该点灯……”

鲍尔中尉也陷入了伊斯拉姆·阿洪无限的想象中了。

他嗫嚅地回答说：“是的，您是一位真正的哲学家，一个民间的大师和天才，我没法儿不信任您。”

伊斯拉姆·阿洪停下了手中的工作。他斜倚在一根柱子上，长长地吁了一口气。鲍尔中尉赶忙毕恭毕敬地上前，给他点燃了一根纳斯。在幽暗的灯光下，伊斯拉姆·阿洪脸上瘦削的五官，仿佛是刀刻的一般。他已经几天几夜都没有合眼了。他深深地陶醉在伪造的快乐当中。他的呼吸有气无力，弱如游丝。他结结巴巴地对面前的英国人说：

“等一会儿，您就会拿到您梦寐以求的人皮经卷了，我保证它将是一本独一无二的书。现在，只要再用撬杠压上一会儿，经卷的封面就会平整光滑的。您将会获得这本书，它会让您在整个欧洲的大陆上出尽风头，无人比拟。可我——伊斯拉姆·阿洪有一个小小的请求，希望您能满足我？”

“我会为您做任何事情的，我要报答您的恩情。”

鲍尔中尉不假思索地说。

伊斯拉姆·阿洪的眼睛在潮湿幽暗的灯光下，发出了一种僵硬的微芒。他吐了一口烟雾，突然出乎意料地对英国人说：

“我给了您这本人皮的经卷，您一定要答应我的这个可怜的请求。我的伪造生涯会随着这本书而结束，此后，我对任何文字都不会有兴趣了。我厌倦了这种生活，我的生命被这本人皮的经卷给一下子抽空了。所以，我再活下去就是一具行尸走肉了，没有丝毫的意义。我请求您杀死我！”

“不！您是一个罕见的天才，我怎么能杀您呀。”

鲍尔中尉忽地站了起来，大怒道。

孰料，伪造者伊斯拉姆·阿洪却平静地说：

“尊敬的鲍尔先生，这就是一本书的法则和律令：一本书诞生了，它的作者就必须死掉，立刻死掉。”

片头：一桩外交纠纷的到来

鲍尔中尉从喀什噶尔郊外的那个地窖子里钻出来的时候，正值发烫的日头陷入了远方慕士塔格峰的山坳里，像一块慢慢熄灭了的废铁一样。鲍尔中尉一个人径自走到了一丛红柳的后面，从腰里掏出枪来，朝向深邃的天空扣响了扳机。

清脆的枪声传出去很远，旷野中安居乐业的几只渡鸦被惊起，躲入了悄悄降临的夜幕深处。这个英国军人像发泄心中的郁闷一般，放空了枪膛中的那排子弹。

他想起了伊斯拉姆·阿洪的话：是的，在最初的黄昏，室内不应该点灯。

鲍尔中尉的怀里，揣着那本刚刚制作出来的人皮经卷，它丝绸般柔软光滑的封面此刻就紧贴在他的胸口处。鲍尔中尉能感觉到它的微弱的体温正在逐渐散失，而自己恰好靠着这一点微弱的体温，看见了那个黯淡下去的废铁一样的落日。

就在这时，一个身穿咖啡色袷袢的土著特工，骑着一匹炭黑色的快马疾驰而来。这个满头大汗的年轻人滚鞍下马，跑到了鲍尔中尉的跟前，俯身报告说：

“中尉，从秦尼巴克中驶出了两队人马，一路往天山冰达坂那里走去，另一路看样子要翻越帕米尔高原。马队护送的是领事先生亲自安顿好的加急的外交邮件，他们在黄昏时走出了秦尼巴克的后门。”

“哦，戏才刚刚开始。”

鲍尔中尉笃定地说。

（此文原发《红岩》杂志）

兄弟我

爆破在即，炸药已经各就各位，方圆一公里都清场了，等待最后的指令。

但这几个老家伙仍不松懈，带着矿泉水、肉夹馍和榨菜，硬生生地冲破了封锁线，进入了现场。偌大的场地，大烟囱像一根粗壮的标枪，戳在天空下，悲壮而热烈。此刻，它压根儿懵懂无知，不知道自己身负炸药，危险将至，马上就要被连根拔除了。老家伙们手搭凉棚，问天打卦，一个个鼻酸起来，仿佛跟亲人诀别似的。夏日的天光刺激极了，犹如成千上万吨的积雪，陆续从头顶雪崩下来，让老家伙们眼底发黑。负责警戒的是爆破公司的民工，没人敢惹这些七老八十的叔伯，嘴上不敢怠慢，手上更不敢鬼祟，万一出了意外，对方的医药费和丧葬费够自己喝一壶的了。

忽然，老家伙们惊住了，钉在地上，互相在脸上寻求答案。原本，大烟囱北侧扎了一座帐篷，充当爆破指挥部，现在却消失了。一下子没了目标，老家伙们攥紧的拳头，如同打在了棉花垛上，太没劲儿了。幸亏，另有一套预案。于是不由分说，几个人躲在了大烟囱馈赠的阴影下，打开了小马扎，铺开了报纸，纷纷就座。这就叫死扛，或者说以身相许，有本事的话，你按动电钮引爆吧，大不了同归于尽，埋在一大堆砖头瓦砾当中，碎尸万段，让你爆破公司吃不了兜着走，当场破产。其实，他们早料到了这一点，没人敢拿几条人命开玩笑，尤其是这几位垂垂老矣的叔伯。当初在制定这个最终方案时，他们就知道，最软的柿子最称手，干吗不捡软的捏。爆破公司是民营的，软柿子一枚。

落座下来，老家伙们迅即释然了，有的打开扇子，有的解开衣襟，陈劳辛干脆脱下鞋子，在抠脚上的鸡眼。冯彬文老烟鬼，抽了几十年了，一无咳嗽，二无痰，反倒面色酥润，根本不像七十有四的老混蛋。他拿出水烟瓶，认真撮了一指头烟丝，填在了烟枪里，摁瓷实了。冯彬文一直吹嘘烟杆是清宫里流出的老物件，鹰骨材料，泛黄，光滑，从里到外渗出了一层静谧的油脂。但没人肯信，反驳了他多少年，也不见他肺疼心烂，一头栽死在烟枪下，所以也懒得费唾沫了。冯彬文划了火柴，瞄着马四十三，督促后者漫一曲民歌，给大家解解闷。马四十三也不装假，咳了几声，清完了嗓子，开腔道：

羊盼清明，马盼夏，
凤凰盼的是梧桐花；
我骑上骡子，你牵马，
这一世，
咱们把天大的祸闯下。

白蜡杆子，紫色旗，
七星和八卦一条心；
紫禁城里没大小，
这一世，
咱们千刀万剐豁出去。

岂料，话音未落，远处的封锁线开了，驶来了两台大型洒水车。显然，这是爆破作业的标配之一。大烟囱一旦栽倒，必定硝烟弥漫，遮天蔽日。洒水车一扫射，倏忽间拨云见日，风清气朗，能有效地防尘吧。老家伙们经见过世面，对此无动于衷，你大军压境，我羽扇轻摇，其奈我何。王麻在数药片，白三粉一，外加两个胶囊。他最近血糖高，膝盖也不利索，临出门前，老伴包好了今天的三顿药，叮嘱他按时吃。手抖得厉害，好歹捉住了。王麻仰头丢在了嘴里，喂水时，瞥见爆破公司的经理跑了过来。王麻说："日鬼的来了，大家要兜住呀。"这么一讲，老家伙们纷纷停下了私活，扎起势来。

不是冒犯，也绝无轻慢，老家伙们是他们的自谓。对旁人，则另有一套说辞。

经理奔过来，一直大喘气，好像吃了枪药。老家伙们先不吭气，面呈寒霜，知道必须在气势上先压倒他，让他先折。不过实话说，经理这娃还真不错，三十出头就有了这么一家爆破公司，各处埋雷，天天点炮，挣的都是真金白银。交往了几次，一致的看法是这娃精明，脑子灵光，有礼貌，嘴甜，但牙齿很硬，始终也不松口。会哭的娃有奶吃，经理的大喘气像一种示弱，老家伙们了然在心，却不便说破。这不，经理消停下了，脸上砌满了笑，双手合十说："好我的爷爷们，赶紧抬一下屁股移驾吧，这烟囱危险死了，随时能倒下的，千万别坐在这儿呀。”冯彬文吧嗒着烟，一缕蓝雾从鼻腔里袅袅而出，淡笑说：“万里长城今犹在，不见当年秦始皇。兄弟我说一句吧，你炸你的烟楼，我躲我的阴凉，咱们两不耽搁，好不好？”另一厢，陈劳辛抠完了鸡眼，表情舒坦，接续说：“兄弟我也说一句，昨天下午，我买了三份人身意外伤害保险，领取人是我的闺女。我当时就讲了，老爸没什么遗产留给她，万一被炸升天了，她以后吃喝不愁。反正，这比街上那些死不要脸的碰瓷强，兄弟我的话讲完了。”场面一下子荒凉了，话里话外，撒了一箱软钉子似的，让人步步惊心。经理仍旧堆笑，谦虚极了，这娃给谁当女婿，谁家的坟头上一定漾了青烟。马四十三也不甘人后，自有他的独门暗器，破嗓子说：“兄弟我也讲一句，我托儿子打听过了，你这家叫宏光的什么公司，是在天平区注册的。哦，忘了说，税务局的局长喊我干爹，我跟他老爸是割头之交，要不要查一下你的账？”渐渐地，日光偏移，大烟囱撂下的阴影跑偏了，一干人宛若从幕后到了前台，一共九个，五官各异，面色苍茫，端是一幅神仙醉饮图。陈劳辛又说：“见你娃几次，你给我种下了好印象。你娃是大富大贵的貌相，但你的本钱不在炸炸炸，把个人的福气都炸没了。兄弟我奉劝一句，你趁早改行吧。哦，不能多讲了，我已经透天机了，我可能活不过今晚上的。”王麻扑嗤一笑，掉转枪口说：“你个老家伙，你不能死，我还没给你存够香火钱呢。兄弟我赤手空拳去了你的灵堂，没给红包，万一你爬起来打我，我又不好意思还手。”冯彬文不悦了，挤对说：“照兄弟我看，陈劳辛这娃还嫩，嘴上没毛，办事不牢。他才七十一，死也轮不到他，他要是不殿后，帮着我们先打道回府，去阎老爷爷那里签字画押，他就是一个鳖。”这么一讲，大家都开始喷笑，明显把经理晾在了一旁。经理像在听说书，一头水，一头雾，但修养极好，始终没发作。修养不是别的，在这帮老家伙看来，经理这娃就是修养的典范，始终敬重他们，不还嘴。王麻感觉以大欺小了，便矮下身段："小伙子，照兄弟我说。"话未毕，经理忙蹲在地上，攀住王麻的手说："好我的爷爷们，千万别再一嘴一个兄弟我，这是让我折寿呢，我担待不起呀。"马四十三机敏，攥着两颗核桃，盘来盘去，解释说："嗐，习惯了，我们这帮老家伙自小就这么说话，你可以省略不听嘛。"经理这才宽下心，又谦逊地问："好我的爷爷们，自从我接了这单生意，你们就一直在闹，阻拦我炸了这个大烟囱。我就不明白了，你们意欲何为？"这一席话夹枪带棒，锋芒毕露，一下子要了将。老家伙们怔忡着，都把目光焊在了冯彬文的脸上，盼他出来代言。冯彬文跟其他八个人一样，事先没斟酌过这个关节，一时间被问哑了。好在陈劳辛站出来补漏，及时化解了尴尬，没有陷大家于不义之地。陈劳辛说："拆可以，一砖一瓦地拆，但你不能炸。这么庞然大物的，你一秒钟就炸倒了，让这帮老骨头心惊肉跳，活不了几天。"这话等于没讲，讲了也白讲，因为经理的困惑仍写在脸上。冯彬文终于开了腔，笃定地说：

"哦，在兄弟我看来，我们不是给你添乱，我们在保卫过去，过去就是青春嘛。"

经理扫了一眼，这一群神仙爷爷加起来有好几百岁了，掰着指头数，不在康熙，至少也在乾隆年间。可咋看，青春都跟他们绝缘，八竿子也打不着。修养还是好，修养起了作用，经理没刺激老家伙们。

"告诉你娃吧，这大烟囱可是当年的一号工程。"陈劳辛补充。

马四十三也道："兄弟我记得，当年我们一砖一瓦把它箍起来，每个砖缝里都是汗水和泪。那我们亲手箍起来的，就不能随便让炸了。炸药无情，一想到大烟囱死无全尸，我真不落忍呀。"

"好我的爷爷们，这烟囱迟早得倒下的。"嘴甜得像一个好女婿。

冯彬文说：“拆，也得我们亲自拆。”

“对，我们箍下的，我们来养老送终。”王麻追说。

“大烟囱是我们年轻时候的杰作，旁人不得染指。”陈劳辛一下子说绝了，毫无退路。

“那好吧，恭敬不如从命。爷爷们，我的人马全部退出，炸药也一定清理干净。你们自己玩吧，多多保重。”经理从腰上取下来对讲机，刺里哇啦的，仍旧堆着笑，却决绝地说：“这家楼盘的老板昨天就跑路了，带着业主们的几千万房款跑路了。你们这一闹呀，我真的开了窍，我也不干了，现在收兵。”

日光灼亮，但老家伙们忽然有了一种冷意，纷纷瑟缩起来。

七马路上，马骥开了一家店，规模很大。店面包括餐饮和茶楼，前者主打的是黄焖羊肉，后者则是喝茶和打牌，火得不行，包厢还要提前一个礼拜订，毁约的话，扣除一半的预付金。马骥是马四十三的独子，对这帮老家伙都很孝顺，从小看他长大的，现在出息大了，但品质没变。马骥在二楼的拐角里特设了一个包厢，不对外，最近专供叔伯们秘密商议。到了饭点，服务员送来一桌子吃食，顿顿不重样，面软，菜烂，肉酥，十分适合他们的牙口。这天也不例外，再一次召开了参谋长联席会议。这个名字是冯彬文定的，说美国就有这么一个机构，我们在一起合计，一人一票，都是参谋长的身份。大家说对，既然老在了一起，就没有退下来之前的职务、级别和工种的区别，参谋不带长，放屁都不响，干脆都是参谋长吧，至少是五星上将。九个人，恰好能凑成了一桌，往往一个电话，就可以从附近的小区里迅速赶过来，前脚跟着后脚，利索极了。刚落了座，马四十三就发现缺了三位。沏茶时，他的手抖了抖，一只茶碗托掉在地上，碎成了瓷渣。

王麻说：

“徐子坤昨夜里进了医院，急救车抬走的，今早上下了病危通知。”

陈劳辛也说：“不等小上海了，他早上去了机场，听说他妹妹呜呼了，赶着去奔丧。他跟我一栋楼，上来嘀咕了一声，眼睛是红的。”

“小天津也来不了。刚碰见了他闺女，说他爸插了氧，嘴里一直说胡话。”又一例。

一下子折了三个，登时冷了场，老家伙们便不愿吭气，一个个努力喝茶，喉咙里高山流水的，别有一番心境。包厢的墙上挂着一幅书法，上联是十年饮冰，下联是难凉热血，落款乃叶舟二字。字不咋样，但比较规矩，像个小学生涂鸦的。冯彬文哀叹一声，今天由他主持，却凑不齐整。他默念了一下阿弥陀佛，脑子里闪过缺席者的三张面孔。

喝了一水，大家停下了茶碗，透过窗子，盯着远处的大烟囱看。

照说，以前真没这么看过。大烟囱站在那里，站了五十多年了，灰头土脸的，有什么出挑之处呀？在大家的心目中，大烟囱等于一棵枯死的巨树，违拗四季，既不发芽，也不开花，样子旧得像一张冥币。或者说，大烟囱就是天空的有机的一部分，缺了它，老天爷也站不稳，云彩也会下坠。如果说大烟囱还能发挥余热的话，它顶多还停留在居民们的嘴上。打了车，司机问哪儿，乘客便说，去格林摩尔小区，在大烟囱的南侧。或者说，去斯泰拜尔豪庭，大烟囱西侧。这帮老家伙住在东面，小区的名字很素朴，叫安居家园。当初，房地产公司将他们动迁到了这里，每人一小套，没一分钱的货币补偿，但在旧址上陆续建起了斯泰拜尔和格林摩尔，又奢侈，又高档，每平米均价过万，发了大财。大烟囱是个地标，站在那里钳口禁声，只字不语，仿佛一位老英雄似的，不复当年的英武和豪迈。

单位属央企，石化行业的一个分支。那一年，在玉门老君庙发现了第一块油田，上头紧急在兰州筹办炼油、化工、机械等大型工厂，以解燃眉之急。本地人才稀缺，于是从全国各地招收熟练技工，徒步而来者有之，卡车载来者有之，待天（水）兰（州）线开通后，绿皮火车星夜疾驰，歌声缭绕，终于填满了这几家企业。工厂运行后，那一根根拔地而起的大烟囱，像极了肌肉瓷实、严肃活泼的大力士，雄踞在天地之间，身上刷着战天斗地的标语，插满了红旗，迎风猎猎。大烟囱头顶喷火，二十四小时都不停熄，火焰足足有十几米高，有时黄，有时紫，多半时间呈熔岩色，真是一个火红的年代。当年，谁家的新女婿上门，邻居们一听是那几家石化单位的，嘴上啧啧不断，还会跑过来瞅上几眼。瞧瞧，那个精神头呀，简直优秀死了，小帆布的工装，左胸上镌着一枚红色的厂徽，挑剔个鬼，有这个就够了。

也不必讳言，随着火焰喷吐出来的，是一股股呛人的黑烟。

黑烟像蘑菇云，也像一只大锅盖，经年不断，始终戳在人们的头上。早不知早，晚不知晚，昏暝一派，路灯昼夜打开，比防空洞里的环境还差。马路上街树甚少，今年种，明年死，即便宁死不屈的活了下来，也看不出究竟是仙人掌，还是冷杉。一年至尾，空气中弥漫着一种硫黄味儿，像坏了的鸡蛋。医院的眼耳鼻喉科里人满为患，病也不是病，拿了病假条去，说不定还被工友们耻笑。听说，听说的话不能当真，说中日建交后，来了一批鬼子专家，见了大烟囱里喷出的黑烟，简直心疼死他们了。据分析，黑烟里含有几种贵金属，白白浪费了，日本人提出要买，运回国去再加工。消息传到了北京，中南海的周恩来给否了，日本人没钻成空子。在这个庞大的工业区，天是黑的，日头是脏的，空气里充满了一种未知的作料，五味杂陈。那时候，遇到课本里的一些辞藻，老师都会组织学生们去黄河对岸，让娃娃们在广阔的滩涂上，仔细体味黎明、黄昏、夕阳、东方出现鱼肚白、晓风残月、倦鸟归林等等优美词句。一旦回了家，娃娃们抽吸着发黑的鼻涕，便什么都忘了。一种沁入人心的黑暗，一种无边无际的侵害，其实早就成了常态，人们见怪不怪。

对王麻、冯彬文、陈劳辛他们这拨第一批进厂的工友来讲，那时的黑色恐怖，那时的暗无天日，后来都化作了退休生活中的一种诗意怀想。王麻说，没有过去的黑，哪有现在的白。陈劳辛则从孙女的嘴里学了一句歌词，白天不懂夜的黑。还是冯彬文肚子里有墨水，总结得到位。他说，那是我们老家伙的光灰岁月，不容别人玷污，谁说跟谁翻脸。

的确，光灰岁月，这话说到了老家伙们的心坎上了。

寒暑易节，时光如梭，可现在社会变了，等他们吃退休金时，时代早就翻篇儿了。这时，环保成了第一要义，也成了整个社会的共识。人们悲愤地发现，原先在选择厂址时，犯了一个战略性的错误，方向大错特错。在兰州这个两山夹一河的高原盆地上，厂子居然霸占了水源地，且在黄河上游的上风口。难怪美国的军事卫星趴在天上，认真搜寻了几年，一致认为这座城市从地球上消失了。但中情局不这么看，迅速起草了报告，认定这个目标潜入了地下，很可能是一座核子武器库。这是笑谈。可居民们的无奈和反讽，依旧阻止不了黑云的大规模溃散，两岸之上雾霾深锁，光灰无限。幸运的是，变化也是一夕之间的事儿。后来整个工厂搬迁到了新区，这里拆的拆、毁的毁，几乎成了一片废墟，荒草可以淹没人。资本是血腥的，资本是一头獒犬，嗅觉最灵敏了。等房地产火爆开来，原来的厂址陆续被蚕食掉了，建起了一座座名字拗口的高档小区。瞬时，这里又成了市民们心向往之的热门地段。

一号大烟囱一带，属于早年的动力车间。在前年的秋拍中，一举擒获了地王的称号，标价四个亿，与一线城市不相上下，令人咂舌。中标公司也行动果决，将动力车间的遗址铲得一干二净，彻底廓清，留下了一大片辽阔的空地。大烟囱北侧，一直延伸到了黄河岸边，与滩涂和湿地上成片的芦苇丛接壤，时有天鹅翔集、百鸟啁啾，自然环境殊异。这家老板也是个混球，一定崇洋媚外，给即将开工的楼盘起了个名字，曰阿尔斯卡港湾，不解其意。虽说是期房，但发售楼书的那一天，这里人头攒动，车位是一小时六十，还哀求不到。既然是地王，均价也在意料之中，可千想万想，谁也没猜中突破了两万，三天之内就售罄了。人们跟打了鸡血似的，把钱当纸一样对待。孰料，后来却没了动静，阿尔斯卡恐怕卡住了，迟迟不见开工。一家驾校租了大烟囱附近的场地，栽杆子，辟跑道，搞起了培训。偶尔，冯彬文带着老家伙们进去转转，故地重游，有一种昨是今非的感觉。回到家，无一例外的要病倒，不是你发烧，就是我心悸，查也查不出病因，反正是有原因的。

马四十三闲不住，一闲下来骨头就疼。马骥开了这家店后，他常来帮忙，隐身在后堂里，怕儿子看见。马骥抱怨说，哪有老子给儿子打工的，让人知道，非戳断我的脊梁骨不可。马四十三声称，我不要你的钱，你让我活动一下筋骨，就是孝顺我。那天，老子蹲在地上择菜，儿子踅摸过来，偶然说起了阿尔斯卡。马骥透露说，爆破公司的进驻了，先要在大烟囱上打眼，然后装炸药，择日便撂翻它。老子问，你咋知道的。马骥说，爆破公司的经理刚吃完饭，我进去敬酒，耳朵听见的。马四十三顿时警觉了，一个电话，便将老家伙们召集在了二楼拐角的包厢里，开了第一次参谋长联席会议。

一致的看法是，对待一号烟囱，你可以拆了它，砸了它，甚至抱走它，但你不能如此野蛮，如此施暴，把炸药装填进去，按了电钮，让它一秒钟内粉身碎骨。你是法西斯呀，你这么不人道。它在这里存活了许多年，已经成了我们生活中的一部分，你凭什么斩杀？——在生死存亡的这一关口，必须挺身而出，阻止爆破公司的反动行为。当然，这些借口都有点儿勉强。最过硬的理由则是，一号是我们亲手箍起来的，也得由我们来亲自送终。

经理是个软钉子，在帐篷搭起的指挥部里接见了大家。一听来意，经理说，好我的爷爷们，白纸黑字的合同，我不按时爆破，我就得被罚，现在我还连一毛钱也没拿到，我在垫资干活呢。一干人攥着拳头去，带着沮丧归，被经理这娃见招拆招，分分钟化解了。后来又交涉过几回，但跟他们同步的，却是几个蜘蛛人被绳子吊在大烟囱上，用电钻在打眼。想象中，那些窟窿眼应该在要害部位，比如脚踝、膝盖骨、肚脐眼、心口窝、肩胛和天灵盖。反正都不懂爆破，往死里猜想，越想越怕。爆破的前一天，还毫无朕兆，帐篷也扎在那里。次日一早，陈劳辛下楼去给孙女买豆浆，忽然发现在清场，忙纠集了众人，这才演出了那么一折子。

不承想，爆破公司忽地撤退，炸药也拆除干净了。老家伙们仿佛被釜底抽薪，目中晕乎乎的，原先看似难啃的一根骨头，居然是棉花糖，真难以置信。恍惚了一日，这才聚义而来，商议下一步该怎么走。

此刻，从窗口望出去，大烟囱就像一个铅笔头，显得卑微、羸弱和无助极了。它被夹杂在一幢幢高楼间，身着寒衣，形容瘦削，饿了八辈子的嘴脸，跟旧社会的长工没什么区别。早些年，它却是另一副模样，它站在那里，不怒自威，自有一番风采和倔强。唉，人活一世，草木一秋，如今已不是大烟囱的时代了。——他们盯看了半天，慢慢地想到了自身，一帮七老八十的人，难免触景生情，但谁也不会提起这一茬。他们知道，自己没资格。当年的那一句诺言，而今仍像一副笼辔，勒在他们的舌根上，命令他们住嘴。

眼睛快看麻了，纷纷回到了桌上，开始喝第二道水。王麻说：“兄弟我觉得，爆破公司这一走，把难题留给了咱，为嘛？咱们一帮老家伙动手拆了一号，等阿尔斯卡的老板再回来，他岂不是省了一大笔呀。”这时，马骥闪了进来，替叔伯们添茶续水，谁也没在意他。马四十三嗤笑说：“不可能！卷了那么多钱跑路了，说不定顿顿吃龙虾、天天喝洋酒，正躺在沙滩上晒日头呢，你以为阿尔斯卡的老板是笨蛋呀，他才不会回来的。”陈劳辛也附和说：“当然喽，警察也不是笨蛋，可能都发出红色通缉令了，全球追捕这个贼。兄弟我看了晚报，说昨天就有一个女业主站在黄河铁桥上，扬言要跳河。她交了八十万的订金，打了水漂，现在血本无归了。”情况明摆着，阿尔斯卡拍了那块地，现在地皮钱没交完，却提前发售，卷跑了那么多现金。大烟囱成了无主户，十三不靠，恰好形成了一个空窗期。冯彬文喊了肃静，总结说：“呵呵，反攻的日子到了，不抓住这个良机，咱们这些老家伙死了，埋在地下，也没法给先走的一个交代。”一时间，喜悦洋溢在大家的脸上，但都深藏不露，不敢放肆地开怀。马骥兀自发笑，笑得很孤单，觉得这些老顽童真有趣，演电影一样，真把自己当成了五星上将。老子频递眼色，一再努嘴，让儿子滚蛋。马骥却亮了亮胸牌，三个字，总经理，提醒老子别忘了你是来做客的。王麻数了数人头，布置说：“总共六个，超过半数就赢，现在开始手心手背吧。同意老家伙们亲手去拆的出手心，不同意的就手背。预备，开始。”结果出来了，四比二，他们四个赞成，另外两个反对。反对的理由也无懈可击，一个曾经割掉了半个胃，一个轻微的脑血栓，即便出了手心，恐怕也难以参与。两个人汗下如浆，感觉惭愧极了，对不起老家伙们似的。陈劳辛吩咐说：“兄弟我看了天气预报，下个礼拜天天阴雨，风也大，干脆事不宜迟，后天就开干吧。”冯彬文接续说：“是这，兄弟我负责去买保险绳、瓦刀、凿子和钢钎，我有经验。王麻你去联系垃圾站，掏些钱，让他们事后把碎砖烂瓦都运走，卫生第一。四十三你也别偷懒，给咱们预备好一日三餐，简单点儿，等结束了一总算账。哦，老陈你得跑跑腿，去一趟濬源寺，请一些香火蜡烛，还有黄表纸。对了，别忘了在佛祖面前念叨几句，告诉先走的，老家伙们马上就会跟他们团聚的。”马骥听得一愣一愣的，莫名不已。他自小就熟识这些叔伯，动力厂的技术工人，平时散漫无比，到老了，却显出了一种纪律性，如此有板有眼。但马骥是后生，不能插嘴，这也是工厂子弟的做人教条。分派完了，冯彬文从包里拿出了一沓纸，A4 大小，街上的誊印社打印的，人手一份。马骥蹒跚过去，手脚麻利，取出了一张多余的，背转过身子拜读。纸面上很干净，简单的几行文字，却是免责和保密协议。大意如下：兄弟我自觉自愿参加此次拆除一号大烟囱的工作，如发生跌倒、摔伤、磕碰等意外事件，一切责任皆由本人承担，与其他任何人等无关。若在此期间不幸亡故，亦由本人全权负责，丧事从简，三日之内，骨灰撒入黄河，家属与子女均不得提起诉讼，干扰他人。以兄弟我的名义起誓，本人决不泄密，一直到死，否则天打雷劈，永世开除出这个队伍，从此天涯陌路。冯彬文拿出一杆笔，率先签了，王麻、陈劳辛和马四十三也挨个儿签上了名字和年月日。这时，另两个反对的人端起了茶碗，以茶代酒，嘀咕了几句保重和祝福之类的话，声音小得像蚊子，明显还在愧疚当中。

王麻去了洗手间，站在便池前撒尿。撒了半天，只有尿意，却挤不出来一滴。半月前，他查出了老年性疝气，加上原先的前列腺发炎，所以才这么困难。旁边一开口，王麻惊了一下，扭头一瞧，却见马骥也解开了皮带。王麻嗔怪了一句，你个日鬼人，吓得老子尿干了。在老家伙们中间，马骥跟王麻最熟了，所以也没大没小，便问叔伯们这么神秘鬼祟，究竟要图什么大业，造什么反。王麻牙齿很硬，不愿讲，忙将东西装了回去，假装打了个尿激灵。但拗不过马骥的一再追问，王麻忽然蹲在地上，拽住了马骥的皮带，目光放射。王麻说：

“老子看看你裆里有没有肉。”

马骥慌了，挣扎着。

“哦，老子看你还是有三两肉的，至少是个男人嘛。”王麻也没净手，掉头出门，沉郁地说：“记住了，裆里有了那一疙瘩肉，就得干男人的事。”

包厢里，群情激昂，参谋长联席会议到了尾声。因为定夺了一桩大事，老家伙们仿佛活转了过来，回到了少年，面色晴朗，耳聪目明。有的敲筷子，有的拍桌子，听马四十三表情夸张，在漫唱一首民歌。歌词曰：……先唱个杨家的六郎／再唱个及时雨的宋江／这一座刀山我敢上／案发了，我一个人血身子挡上。马骥在沏茶，沏到了马四十三跟前，被老子格开了，便知道他爸动了气，嫌他碍眼。马骥开这么大的餐饮，另有典当铺和几个古玩柜台，说不上阅人无数，但叔伯们的脾性还是知晓的。等他爸的嗓音落地后，马骥开了腔：

“我想给诸位泼一盆凉水。你们呀，太幼稚了。”

什么屁话！马四十三上来抬手，给儿子一个抽脖子，巴掌很响。

“你们干吗？以为自己是野鹅敢死队的，还是海豹突击队的？”马骥捂着脖颈，不嫌疼，继续说：“哦，都是做爷爷的人了，该有个祖父的样子了，别谋着上房揭瓦、偷鸡摸狗了。老有老的端庄，老有老的风度。哦，你们白发苍苍的爬上大烟囱，是讨薪呀，还是求死？有群众报了警，公安来了，消防来了，说不定市长也来了，儿女们的脸往哪里放？”

越说越不像话了，兔崽子，现在有了钱，说话都像舌头里别着一根钢筋。

马骥又说：“当然，也不怪你们，岁月是一把刀嘛。”

“且慢！”

“劳辛伯，你不用跟我掰手腕，你天天练绳鞭，抽陀螺，的确有两下子。”马骥泥鳅一般，避开了锋芒，微笑说：“诸位，请问这一号大烟囱有多高？”

冯彬文道：“哼，死了都记得，净高 41 米。”

“等于多少层楼？”

“除以三。”语气不屑。

“嗯，那是旧标准，搬苏联的。按现在的设计要求吧，大烟囱起码值十七八层高。诸位刚才上我这个二楼，一个个都气喘吁吁的，那大烟囱岂不是你们的珠穆朗玛峰，可望不可及吗？”马骥认死理，不依不饶：“再请问，它是什么材料的？水平截面、环箍、环筋和竖向钢筋如何计算的？”

王麻说：“砖塔，耐火砖烟囱。”

“对，当时就那么个破条件，土法上马的，没太多的曲折道理。”陈劳辛附和。

“但它最顽强，站到了最后，还没倒下。”冯彬文起身，绕着餐桌踱了一圈，笃定地说：“它是咱们亲手箍的，也得由咱们给它养老送终，旁人不得染指。”

马四十三也说：“它就是一个生死换命的兄弟。”

这话一讲，场面霎时冷寂了起来，几道目光像刀子似的，扔向了马四十三。后者知道失言了，惭愧地吐了吐舌头，替儿子沏茶续水开来。这一幕，被马骥及时看在了眼里，便知晓了叔伯们一定藏着掖着什么，这里面也埋着不可告人的动机。毕竟是生意人，耍嘴皮子是一回事，更多的还是信赖执行力。马骥汗颜地鞠了一躬，哀恳说：

“对不住了，我黄口小儿，刚才犯上作乱，真该死。”

老家伙们纷纷摆手，不计较他。

“哦，又原谅我了，你们一直惯我，惯得我不知天高地厚。”马骥心思缜密，提前埋下了伏笔：“要是我以后再错了，叔伯们还是继续惯我吧，我先讨一张赦免令。”

第三日早上，老家伙们先聚集在了黄河岸边。

这是一个追加的程序。陈劳辛临时起意，前一晚电话告知了诸位，取得了首肯。八月的天气，酷暑难耐，上游肯定下过几场大暴雨，进入兰州段的河水异常浑浊，携带着无数泥沙，滞重，缓慢，泥浆翻卷。小贩骑着三轮车来了，卸下来一箱鲤鱼，个头一般大，总共是二十二条。陈劳辛数了钱，打发了他。老家伙们拢在泡沫箱子旁，目光犀利，敛住呼吸，仿佛一个神圣的时刻到了。这些鲤鱼都很精神，鱼脊凸起，扇着鳍，每一块鳞片都烁烁闪亮，有一丝蓝色的光芒。王麻先开口，指着其中一条说：“这个是兄弟我。”冯彬文说：“喏，这个白唇的是兄弟我。”马四十三和陈劳辛也各自认领了一条，皆大欢喜。事实上，一群鱼挤在箱子里，很快就混淆了，谁是谁的，谁也说不清，但意思到了即可。四个人帮抬着，将箱子挪至水边，轻轻一掀，将鱼群泻入了黄河里。

刚才还在淡水中，此刻骤然伏身于泥浆里，鲤鱼们摇头摆尾，蓬头垢面，一时间很不适应。这么大的泥沙，呛死几条鱼，其实不值得大惊小怪。但老家伙们经营了多年的放生仪式，自有一套独特的风格。这不，王麻先念出了口诀：“兄弟我，你就走吧。”陈劳辛也跺着脚说：

“走吧，兄弟我快走吧，别牵心了。”剩下的人撩着水花，扔着石子，同样送客似的嚷嚷。也就奇了怪了，经老家伙们这么一念，一施咒，这群鲤鱼忽地肃静了下来，沉在水中，然后头尾相衔，一眨眼的工夫，便隐身没入了宽阔的河流中。

这么早，周围也没外人，四个老家伙互相点点头，列成一行，齐刷刷地跪在了滩涂上。黄表纸是从濬源寺请的，香火蜡烛是开过光的。冯彬文点了三炷香，插在了泥壤上。每个人又各自焚化了一沓纸，纸灰扬起，仿若黑色的蝴蝶，迅速被河风没收了。冯彬文喊了口令，四颗白苍苍的脑袋伏下去，磕在地上，一共磕了三个头。起来时，老家伙们的面容展阔不少，似乎完成了这个仪式，便生无可恋了。接着，陆续开始换衣服，从头到脚，绝不含混。换下来的夏衣没多少斤两，一个塑料袋足够，拴在了皮带上。整个程序完毕后，四个人你盯我一眼，我瞧你一下，谁也不失笑，觉得瞬时有一种穿越感，时空倒错，回到了红旗猎猎的过去。

上衣是清一色的小帆布工装，藏蓝色，左上兜镌着“动力”二字，下襟收起一寸，束在胯间。下身是大裆裤，肥得足可以劈叉，也是小帆布的，但颜色偏黑。脚蹬黄球鞋，头上扣着一顶藤条质地的安全帽，绳带勒在了下巴上，怕晃悠。退下来之前，老家伙们领了最后一次工装，却舍不得穿，这些年一直压在箱底。家属也操心，平时塞几颗樟脑球，至多夏天拿出来晒一晒，从不敢说扔掉的话。冯彬文分发了工具，瓦刀、凿子、钢钎人手一套，每人还领到了一根保险绳，两头焊接着活动挂钩，随时随地能找见托靠。王麻喊了一声走，老家伙们遂折身而返，离开了黄河。

从滩涂上过来，大门尚远，王麻便插进了豁墙，想找一条捷径。原来的动力厂被铲除了，成了一片辽阔的空地。但除了驾校的跑道外，连片的蒿草和荆条成团结伙，占据了大部分的疆域。乱草横生，蚊虫肆虐，让老家伙们狼狈不已。想了想，不知谁说这里曾是食堂的所在地，也就难怪了，油盐酱醋，鸡鸭鱼鹅，一定是剩菜剩饭膏腴了地力，才使得野草疯长，遮蔽了天际。王麻没带好路，迷失了将近半小时，又集体退了出来。陈劳辛不悦了，埋怨说，你盯着大烟囱走，不就得了。王麻回嘴，你本事大，你放屁带响，你给兄弟我指一指大烟囱在哪儿？这么一讲，老家伙们这才发现，一号不见了，竟然消失了。

惊天的变故，刹那间击垮了他们。谋划了这么久，到头来一脚踩空了，鼻青脸肿。

正当大家沮丧不堪时，马四十三忽然捂住了嘴脸，蹴在地上，一嗓子嚎了出来。他是个唱把式，连哭都充满了魅力。见无人理睬，马四十三哭了片刻，也就止住了，否则下不了台。王麻问："你日的鬼？"马四十三点头，却申辩说："马骥这狗日的，兄弟我不让他逞能，他偏偏不听老子的话，昨天花钱请了一个拆迁公司，来了几台大设备，就把大烟囱给拔了。我蒙在鼓里，今早上他才电话通知我的。"一席话，让大家齿冷，仿佛身边出了叛徒，出了卖国贼一般。陈劳辛恶向胆边生，逼视说："他仗着有几个钱，就敢给老家伙们当老子呀？妈的，照兄弟我的意思，他咋拔掉的，原给我箍起来，一寸也不能短。"还是冯彬文稳重，思忖说："马骥当然是好意，也有孝心，怕老家伙们腿脚不便，万一有个闪失什么的。但他只知面子，不知里子，这大烟囱不光是个砖塔，还是咱们这些老家伙的一座坟、一块碑。"话说至此，问题的严重性已经俨然明朗了，甚至有点儿上纲上线的味道。马四十三顿觉自己罪愆深重，左右开弓，给自己抽起了耳光。

谁也不劝他。马四十三年轻时就擅长这样，一犯了错，便对自己动手。他这叫苦肉计，一辈子狗改不了吃屎，老了老了，还是同样的嘴脸。

王麻说："既然拆了，那也没办法，总不能让大烟囱曝尸荒野吧。"

"对呀，咱们去收尸吧。"陈劳辛道。

"嗯，不光是给一号送葬，也是为咱们这一帮老家伙祭灵。"蓦地，冯彬文语带哽咽，眼泪婆娑下来，叮嘱说，"诸位，等一下慢慢地收拾砖头瓦块，千万别慌，也别磕碰了。兄弟我睁眼看着大家，别像个土匪，让兄弟我瞧不起你们的手艺。"

那边厢，马四十三显然被孤立了，也有些心虚。他漫唱时就喜欢旁人喝彩，此刻也不例外。马四十三大吼一声，举起一只瓦刀，狼亢地喊叫："狗日的马骥，老子不活了，老子跟你拼了。"后面的人见势不妙，忙像一道洪水似的，席卷而去。

一站上砖塔，视野陡然开阔，风景蓬勃，一线黄河镶嵌在远处，默然而逝。先前的不快和愤懑，此时被一风吹净，只剩下了老家伙们的讶叫与欢呼。大烟囱有点儿拗口，他们喜欢叫砖塔。砖塔上风很大，老家伙们好不容易才收拾住趔趄，盘腿坐下。

"嗯，马骥这小子，像个儿子娃娃，裆里有肉。"王麻赞许。

冯彬文说："幸亏马骥手下留情，没拔干净。这 7 米左右的砖塔，更适合做咱们老家伙的墓碑。原先的 41 米，像人民英雄纪念碑那么高，咱可享用不起呀。"

"诸位，兄弟我差点儿犯了历史性的错误呀。当初怀他时，他妈要参加总厂的广播体操比赛，非要引产掉，还是我英明，阻止了家里的傻婆娘。"马四十三转悲为喜，便有些得意，又说："儿女是前世的冤家，不打不成交。兄弟我晚上给马骥检讨一下，老子错怪了他。"

"趁天凉，开工吧。"陈劳辛催促道。

其实，一切都不是他们想象的那样。或者说，马骥的先兵突袭，让老家伙们的疑难和幼稚迎刃而解，此后的事显得异常明朗了。当时，马四十三气炸了，扬言要给儿子三瓦刀，找回面子。老家伙们尾了上去，知道他生性如李逵，怕出人命官司。岂料，等钻过了那一片蒿草和荆条地带，一伙人顶着日光，来到了空地上时，却发现一号大烟囱的遗址上，已经架设了一圈密密麻麻的脚手架。没有碎砖，也无瓦砾，现场干干净净，脚手架外绷着一层绿色的防尘罩，密不透风。老家伙们揭开一角，蹑手蹑脚地进去，登时僵住了。老天爷，砖塔还在，只不过上半截被削掉了，现在仅存七八米高，被一些钢筋架子支护起来，下盘很稳地坐在地上，仍有一号的气派和尊贵。更惬意的是，沿着脚手架铺设了一圈螺旋状的楼梯，台阶不高，很缓，恰好符合老家伙们的步履。几个人登上去，又蹿下来，美美地参观了一番。每个人的脸上开了花，左喊一声马骥，右叫一嗓子马总，却不见当事人的影子。

这当口，一个戴近视镜的尕娃进来了，身后跟着几个民工。尕娃瘦，但利索极了，跑上来拽住马四十三，喊了一声马叔，口气亲热。双方一说开，这才知道尕娃是马骥的小学同学，外号叫尕镜子，小时候常去马四十三家里玩，还蹭吃过手抓羊肉和油香什么的。马四十三忘性大，为了掩饰尴尬，忙掏出了一张餐巾纸，喝令尕娃张嘴。尕娃很乖，张开了嘴，马四十三从他的门牙上擦下来一片芫荽叶子，说你们刚吃完牛肉面吧，以后吃完了记得剔牙。尕娃这才交代，昨天动用了大型设备，将一号大烟囱拔掉了大部分，清理完了现场，但马骥实不落忍，专门留下这么高的一截儿，还增加了安全防护设备，想让叔伯们尽情发挥。尕娃又说，马骥委派他来主持现场，这几个民工都是雇来打下手的，叔伯们意思一下就行了，具体拆除的活儿由民工来干。尕娃还讲，马骥去开会了，餐饮协会的，今天要选他当副会长。马四十三心喜面煞，抬起一只手说，哼，他恐怕不想吃老子的抽脖子吧。

“尕镜子，兄弟我请教你一句，什么叫意思一下？”陈劳辛发难。

“哦，好我的爷爷，千万别使‘兄弟我’这个话，余生也晚，可担待不起。”尕镜子一揖到底，赎过了罪，便说：“你们敲打一下就下来吧，我们拆起来快，也安全嘛。”

王麻说：“你有情有义，兄弟我领了，但具体拆除必须由我们来干。”

“拜托爷爷们，你们干吗一嘴一个‘兄弟我’的。我羞死了。”

“喏，听兄弟我给你解释。尕镜子，这大烟囱是我们这帮老家伙，在五十年前亲手箍起来的，那时候一个个比你现在还小。它其实不是烟囱，也不是砖塔，它等于一棵树，种在了我们的心上。”冯彬文识人，见对方礼貌有加，遂耐下性子说：“而今，我们真成了老家伙了，它也不合时代，该入土为安了。兄弟我恳请你，就让咱们撒一回野吧。”

“恭敬不如从命，我们随时听吩咐。”尕镜子道。

冯彬文感喟：“好呀，江山留胜迹，我辈复登临。上去喽。”

一开工，事情便正规了。尕镜子将每个人身上的保险绳打开，将挂钩挂在了脚手架上，万无一失。四个民工依次撒开，守住四个角，各自负责一位老人。对方刚拆解下来一块砖，民工便伸手接过来，顺着一根钢管滑下去。下面的伙伴接上，当建筑垃圾一样，齐整地码在车厢里，完工后一总处理掉。尕镜子一边指挥，一边拿手机在拍照，不明白他在搞什么名堂，随他吧。

坦白讲，退下来许多年了，头秃了，牙掉了，就连先前满身的娴熟技艺，也早已雨打风吹去，日渐荒疏了。老家伙们割据一方，动手拆解着脚下的耐火砖，感觉手很生，找不见诀窍。手生也倒罢了，问题在于骨骼中有一种牵扯，丝毫不给力，总要慢上一两个节拍。他们明白，这其实是老了的症候，心到，手却不到，一种流逝的光阴在中间作怪。他们互望一眼，要么咧嘴笑，要么扮一个鬼脸，但谁也不说泄气的话。万事开头难，等拆下来头几块后，他们手上休眠的技艺一下子醒了，老马识途，动作凌厉，反而由不得他们慢下来。

耐火砖很厚，有一本辞典那么厚，单体的重量足有五斤多。砖缝里勾了当年高标号的水泥和砂浆，锅炉烧过，风雨洗礼过，如今血肉粘连，浑然一体了。瓦刀使不上，必须先用凿子在砖缝上开一个缺口，然后将钢钎打进去，慢慢撬起一块。一旦撬出了一块，就像门牙松了，左右两侧的伙计们不战而降，纷纷败下阵来。捧起耐火砖，这家伙还是老样子，棱角分明，颜色鲜亮，如同当年刚砌进去的一般。不，比当时更生动，更具分量，因为几十年高温的淬制，似乎有了一种别样的筋骨，让人不敢小觑。老家伙们越干越起劲，话也就多了起来，一再唏嘘说，瞧瞧，那个时候的水泥，可真是水泥呀，能把天和地都焊在一块儿。又讲，那时候的砖是实心的，人也是实心的，不像现在这么注水，这么短斤缺两。戏谑声中，每个人都不懈怠，每捧起一块砖时，都会用掌心仔细地拭去灰尘，颠来倒去地查看几遍，生怕错漏了什么细节。尕镜子在一旁发笑，觉得这帮老顽童呀，就像站在产房门口的年轻父亲，第一次抱上婴儿，必定先检查一下有无残疾，身上是否带胎记。

来了微信，尕镜子一瞧，马骥说：活到老了，就是一帮老小孩，随顺他们吧。（哭）这几张照片，真让我看到了劳动人民的尊严。

回复说：（撇嘴）啧，这就是你爆的料？

呵呵，少安勿躁，你这个小包工头等着瞧吧，好戏还在后头呢（得意）。转瞬，马骥又追加来一条：我总觉得，他们身上有一个不可告人的秘密，你就是解密的人（阴险）。

尕镜子：这不是我的菜，但我喜欢这帮老头（龇牙）。

哦，你学学他们的耐心吧，他们忍了多少年了，今天绝对是个机会。马骥叮咛道。

拆除作业异常顺利，老家伙们也越来越顺手，找到了昔日的感觉。中午时，马骥的餐厅置备了一桌饭，喊他们去吃，却被拒绝了。马四十三亲自致电，让厨师长做了盒饭。不是一般的盒饭，四菜一汤，醋熘番瓜、干炒茄子、凉拌洋芋丝、虎皮辣子。主食是蓬灰凉面，手擀的，上头浇了卤子、蒜泥和芥末水，颜色花哨，奇香袭人。老家伙们不肯下来，怕耽误时间，饭食送了上去，仍不停手。马四十三吆喝了几遍，其他三人这才捧起了饭碗。孰料，吃了第一口，还没下咽下去，表情便定格了，目光纷纷盯住了马四十三。后者嘻然问："咋样吗，吃出什么味道了没？"三个人不吭气，猛地饱餐了几口，吧嗒着嘴。王麻说："娘的，吃出来了，原先大食堂的味道，香得心都烂了。"陈劳辛陶醉地说："你狗日的，在餐厅吃了多少回，从来就没端上过这个，现在是犒劳兄弟我呀？"马四十三卖弄说："这几样不挣钱，餐厅的菜谱上没有。兄弟我特地交代后厨，用了我的独家秘方。"冯彬文饱了，打着嗝说："为嘛香，照兄弟我看，关键的问题在于咱们跟一号在一起，筋骨醒了，胃口开了，吃回到了从前，想起了厂里的大食堂。"这话在理，老家伙们一致称是。撂下饭碗就喝汤，汤也不是珍珠翡翠白玉的，却是下过面的面汤，里头搁了一根芹菜。原汤化原食，舒坦得他们直拍肚皮，拔长了脖子，饱嗝在冒泡。这时，尕镜子接了一个骚扰电话，声嗓很大地说：

"拜托，兄弟我不喝铁观音，求你别打了。"

"等等。"冯彬文叫住了他，质问说，"你刚才说了啥，你说兄弟我？”

尕镜子很无辜：“对呀，兄弟我。”

“不行！你这个尕娃没礼数，我意见大了。”刚才还一片晴天，冯彬文忽地阴下脸：“你在别处说兄弟我可以，但在老家伙们面前，在一号，你没这个资格。”

见此情状，尕镜子没回嘴，簌簌簌地下了脚手架，乘凉去了。

太阳西移，日光在空中化作热浪，将地面变成了一座澡堂子，令人眩晕。到了下午 4 点多时，原先 7 米左右的大烟囱，已经矮下去了多一半，看样子天黑前就能彻底拆除干净。尕镜子坐在拉废料的卡车旁，一团阴凉罩在身上，指挥着民工，不紧不慢地拾上面拆解下来的耐火砖。尕镜子的手原本很细腻，但帮了一会儿忙，此刻粗糙无比，长了一层毛刺似的。刚才冯彬文的呵斥，尕镜子并没放在心上，自己不小心引用了别人的话，这跟侵犯知识产权没什么两样。尕镜子对付完手上的毛刺，忽然觉出了一种异常，因为脚手架内的作业面上寂静无声，真有点儿瘆人。尕镜子甚至往坏里想，莫非谁一不小心跌倒了，连人带砖，哗啦一下掉在了砖塔后面。一念至此，尕镜子立马慌了，忙奔了过去，笃笃笃地上了台阶。此时，眼前的一幕让尕镜子钉住了，诧异地望着那几个高高在上的老家伙。

居然！他们居然都哭了，垂下头去，在集体默哀。

尕镜子仰看着，见老者们灰头土脸，浑身脏污，但动作很齐整，两腿并拢，肃穆地埋下头去，一个个收不住泪水。他们头顶银雪，雪白得像天上的淡云，虽不茂盛，却让寥廓的天际有了一丝别的味道。刚才吃了亏，尕镜子现在再不敢造次了，也理解了马骥给他的爆料。他的手摸进兜里，找见了那张纸，A4 大小，狠狠地攥成了一团。末了，默哀毕，四个老家伙忽地撒开，从作业面到地面，组成了一条首尾相衔的人链。最上头的马四十三每起获一块砖，便递给了王麻，王麻再交给陈劳辛。冯彬文站在末梢，恭顺地接过陈劳辛手里的砖，将它们逐一搁在地上，摆放得井然有序。

这个过程中，谁也不说话，连每个人的气息都像羽毛那么轻。但尕镜子发现，老家伙们，不，这几位老者面色绯红，心跳过速，身上有一种看不见的激动与傲慢。激动尚可理解，傲慢分明来自他们全身心的沉浸，无视周遭的一切，轻蔑这个赤日炎炎的下午，包括尕镜子和一排惊呆了的民工。尕镜子阻止了民工，没让他们搭手去帮。尕镜子笃信，这种蚂蚁搬砖的秘密仪式，一定有他们自己的逻辑，自己的年代和仪轨，外人不便介入。——话虽这么讲，但尕镜子看见冯彬文刚捧起一块砖，身子晃了晃时，还是第一个冲了上去，架住了他。

通地一声，耐火砖砸在了尕镜子的脚面上。

尕镜子哎呀一声，跌倒了。冯彬文也倒地了，中暑的症状。尕镜子挣扎着爬起来，吆喝民工们赶紧将冯彬文抬到阴凉下。这时，尕镜子讶异地发现，那一块沉重的砖面上，镌着明晃晃的三个字：

冯彬文

太阳落山时，尕镜子仍一瘸一拐的。

问题不大，冯彬文凉了一阵子，又在黄河水里擦了脸，醒转了过来。冯彬文内疚缠身，尾在尕镜子后边，连连抱歉，好像闯了天祸似的。依了老者们的话，尕镜子指挥民工们，将后来拆解下来的耐火砖，统统搬到了黄河岸边，丢在滩涂上。老者们的工作干完了，剩下的大烟囱的底座，会由民工们负责彻底拔掉，再将现场清扫干净。天空澄澈，一览无余，河心里跑过了一艘快艇，将水浪驱逐过来，卷起了白色的浪花。干了一整天，马四十三依然骁勇，喝令另外三个和尕镜子就地歇息。他自己则抱着一块块砖，蹲在河边清洗。砖头蒙尘久矣，边边角角上还带有水泥和砂浆的残迹，也被他仔细剐掉，恢复了先时的模样。

肯定没骨折，但也痛楚难忍，尕镜子心里抽搐着，一时间帮不上忙，急得乱转。马四十三终于清洗完了，来回跑了几趟，将耐火砖搬到了大家面前。冯彬文腾地站了起来，王麻和陈劳辛也赶紧立定站齐。三个人像标枪似的，表情肃穆，却目光热烈，呼吸也急促了起来。马四十三开始搭积木，将散落的砖头塑成了一座塔。或者说，一座微型的小立碑。尕镜子扶了扶鼻梁上的眼镜，趋近一瞧，心中蓦地涌过了一股热流。也不知是脚疼，还是心动的缘故，反正尕镜子双膝一软，跪在了这一座立碑前。

王增武　甘肃天水甘谷人

陆俊德　上海枫泾人

李佳伦　天津塘沽人

刘恩科　陕西咸阳长武人

冯　保　甘肃白银平川人

仇　勇　甘肃定西临洮人

傅崇俭　甘肃平凉崆峒人

朱娃子　江苏兴化人

陈劳辛　湖北武汉黄陂人

王西野　上海闸北人

徐　旭　甘肃平凉人

杨延康　贵州遵义人

张森林　甘肃平凉泾川人
王　麻　河北保定人
杨继军　甘肃平凉静宁人
移高红　甘肃天水麦积山人
冯彬文　辽宁铁岭草帽山人
徐子坤　甘肃凉州双树乡人
漆进茂　甘肃漳县五里铺人
久美琼蓬　青海化隆县外镇人
马四十三　甘肃临夏玛尼沟人

夕阳打了下来，像一张细密的砂纸，替这些沉砖擦去了尘土，打磨出一层鲜亮的金黄色。河风很劲，慢慢吹干了水渍，让那些砖面上漫漶的文字紧凑起来，浮现而出，筋骨毕现。尕镜子用指尖摩挲着，辨识着，并逐一念了出来。显然，这是每个当事人自己凿刻下的，有的工整，有的潦草，但清晰如当年。一共二十一位，上头是姓名，字体大，下面则是籍贯，字小的就像指甲一样。尕镜子看完了这些稚嫩的签名，心猜，这就像一群小学生在答试卷，稍不规矩，先生的戒尺就追了过来。片刻之后，砖石干透了，一种血样的颜色仿佛从心脏地带泛滥出来，布满了砖面。但这种色泽并没有淹没一个个姓名，相反，却让每一根笔画都层次有序、抓石有痕。尕镜子明白，这是几十年的煅烧和炙烤造成的，如今它们不是简单的建筑材料，而是一件件艺术品，立体地码在黄河岸边，矗立在傍晚的夕阳中。

这一切，冯彬文都看在了眼里，会心一笑。见尕镜子一瘸一拐地返身回来时，冯彬文将他拉拽过来，安顿在了自己身边。冯彬文抱拳说：

“兄弟我刚才不慎，让你受罪了。”

“折杀我了！伯，千万别再使‘兄弟我’这个词，我是晚辈。”

“嗯，你是晚辈不假，但我知道你所为何来。”冯彬文云开雾散，料事如神地说，“你现在提一个要求，我不会拒绝你。抓紧时间吧，小心我反悔的。”

尕镜子说：“哦，你当然明白我要问什么。”

天光暗下了一寸，但河面上依然有隐隐的光线，像一个人提着白灯笼，照着那些疲倦的鸟群和鱼群归家似的。四个老神仙疲累了一整天，此刻坐的坐、躺的躺，屁股下是晒烫的细沙，惬意极了。当年，他们也是这么干的。下班后，懒得去食堂打饭，也不进集体澡堂，带着满身的黑灰跳进了黄河水，先痛快一下再说吧。冯彬文形容说，那时候可真年轻，年轻得一塌糊涂，像青蛙一样活蹦乱跳的。动力厂开建在即，首次招人，五湖四海的带着介绍信跑来了，报名、政审、技术考试，刷掉了大多数，最后只剩下了二十一个，组成了青年突击队。从黄河水里爬出来，大家赤条条地躺在沙子上，望着高原的星空和月亮，不知今夕何夕。有时候，说着说着就睡着了，直到被次日一早的晨露打湿了，才惺忪而起。

动力厂应该是有标志的，标志就等于现在社会的LOGO。那么大烟囱就是当年的标志，只有它才是工业化的象征，也才能赶英超美，追上苏联老大哥的步伐。难题来了，这帮二十左右的愣头青，谁也没见过工业烟囱，打开设计图纸，那些密密麻麻的字码如同天书，没一个人能讲出子丑寅卯来。王麻接茬说，厂里的确请了一个武汉的工程师，但天兰线在宝鸡一带塌方了，被滞留在了当地。革命事业不等人，工期不等人，一切都迫在眉睫。这时候，厂里的一位夜班库管站了出来，说他可以试试。

陈劳辛恓惶说：“慢点讲，让兄弟我揩一下眼窝子。”

“老冯，你也擦擦吧。”马四十三递了一张纸巾。

夜班库管这么一挑衅，全厂上下都失笑了，年轻人更是笑死了。没别的，他平时窝囊极了，浑身邋遢，谁也不会正眼瞧他一下。他无儿无女，也没有家，真正的老绝户头。他公开叫板，等于揭了皇榜。加之用人之际，厂长也不曾多虑，便遂了他的心愿，将这二十一个小伙子交给了他，限期完成。那时候整个一个忙字，垦荒平地，铺设线路，砌筑围墙，还要进各种大型设备，这支突击队只是其中的一小部分。刚开始，他连上了三天的课，集中培训，替大家收心。他的课堂很严厉，稍有交头接耳，就会被驱逐出去，罚站罚一天，还不许吃喝。他在黑板上画图，讲解烟囱的构造和功能，剖析设计图纸上的优劣。图纸是借用河南一家工厂的，但那里的地质构造和黄河滩涂一带迥然有异，他修订过来，领导也签了字。造烟囱，首要的问题就是耐火砖，本地的房舍大多是土木材质，对耐火砖闻所未闻。他申请了一辆苏联的嘎斯汽车，带着一帮小伙子，考察完了兰州周边的各个山头。每到一座山上，他攥起一把土，就能知道土质的黏性和成分，好像他的手是一台分析仪。后来，在榆中县的清水驿乡，终于找见了合适的土层，便就地开窑，开始烧耐火砖。

第一批砖出窑后，统统废了，因为火力不均匀，有点儿酥。连续废了七窑，等第八窑砖出来后，大家一下子信服了他。没别的，当时摆在大家眼前的不像一块普通的砖，不像泥土做的。一窑土砖经过一天两夜的淬制，洗心革面，凤凰涅槃了，竟然成了一块块整齐的黄金。真的，这比喻不过分，我们就把这种亲手制作的材料叫金砖。金砖还要经过测试，专门在水里泡，在蒸笼里蒸，用焊枪重复去烧。为了考查它的硬度，专门挑了几个大力士，用二十五磅的重锤去砸。砸到第四十一下时，它才折成了两半。谁也不知道他用了什么魔法，但他肯定有魔法，让那些酥烂的土，变成了一团坚硬的筋骨。他也不多讲，他的话很吝啬，遇见一些人请教时，他会脸红，有点儿像没嫁出去的老姑娘。

农历十五那天，山上的月亮很亮。月亮看见我们在开会，月亮一定听见了。

烧制了将近一个半月，数量早够了，那天要烧最后一窑。他召集大家，每人发了一块砖坯、一把刻刀，命令我们在上头写下自己的姓名，写下籍贯。他什么意思，他玩哪一手，他的目的何在，谁都在心里打鼓。当时，他也不解释，只督促大家按格式写，要求工整，不能出现错别字。他的牙齿很硬，不容分辩，谁要是抗命，谁就当即卷铺盖卷滚蛋。后来，大家站在窑口前，看见二十一个名字和籍贯被推进了窑内，迅速被火焰吞没了，感觉在烧自己，感觉自己也是一块砖，在慢慢地发生改变，一切都神秘极了。停了窑，等这些砖被搬出来后，每个人都惊呆了。因为，谁的名字都被镌在了金砖里，闪着光，憋着劲，仿佛先天从胎里带来的。那一刻，大家抱住各自的金砖，惜疼无比，觉得它就是身体的一部分，也是青春的一部分。从那以后，这支突击队就安静了下来，月月插红旗，年年当先锋。

他揭开了谜底。他当众说，他要把这些刻有名字的金砖，砌在一号大烟囱的底座上。原因有二：其一，既然亲手箍起了砖塔，就要负责到底，塔在，我们在；塔亡，那我们全部碎尸万段。其二，大家来自五湖四海，一号是担负的首个项目，成了便是青春的纪念碑，垮塌了，则是共同的墓碑、这支突击队的耻辱桩。这两条实则是同一个意思，他不过在反复强调罢了。他很干脆，口气决绝，在动员会上像教官那么训话。他还举例说，紫禁城里的每一块砖瓦，都镌着制作人的名号和家徽。要是出了麻烦，朝廷会一路追查下去，直至问罪。他讲这些话时有些自得，好像他是现在电视剧里的清朝太子，来微服私访的，但大家信他。

“哦，不能讲了，兄弟我去河边洗一下脸。”冯彬文道。

“等等，兄弟我也去。”王麻起身。

天彻底黑了，尕镜子听累了，仰躺在河滩上，看见一架航班降下了高度，擦过兰州的头顶，往中川机场飞去。蹊跷的是，耳朵里并没有那种巨大的引擎声。相反，河沟里的蛙声却如潮般响起，让四周越发寂静了下来。尕镜子思忖，其中的一只蛙，一定是当年的那只，见识过这一帮人的飞扬，也见过他们当时的眼泪与汗水。这不，那只蛙来了，呱唧呱唧的。尕镜子一扭头，原先是冯彬文和王麻的脚步声。他慌忙坐了起来，支起耳朵。

一号工程开工了，进展神速，每天增高两米。厂里有一份战报，油印的，每一期都报道大烟囱的高度。平地里忽地矗起了一座塔，成了风景，附近的中小学生组团来参观，就连市区的不少群众也带着干粮，挤上市郊列车来，站在塔下赞叹不已。

谁也没料到，那时候有一张网慢慢地收拢了，目标就是他。

8 月 3 日下午，约莫四点左右吧，工地上来了三名公安员，戴着大盖帽，背着手枪。公安员是副厂长陪同来的，后者还兼任了军代表，气势很凶，吓得大家都躲开了，不知道发生了什么。听见副厂长喊他，他便从作业面上跑了下来，没一点儿精神准备。可当他见了公安员后，突然僵住了，脸色煞白，僵了好几秒钟，又返身跑上了脚手架。他跑得很快，一眨眼就蹿了上去，没了影子。当时，公安员们拔出了手枪，瞄准了塔尖，喝令他立即投降，但回答下面的却是一阵砖头雨。雨很大，也很危险，因为雨是耐火砖。

就这么对峙开了，上头的宁死不屈，下面的也不敢强攻。

天黑之前，双方都进入了僵持阶段，寻找着各自的机会。公安增派了大量的人手，武装到了牙齿，将整个一号团团包围了，连一只麻雀也休想离开。副厂长用望远镜发现，他竟然一个人在拌砂浆，一个人在砌大烟囱的帽子。烟囱也是有帽子的，像人衣服上的小翻领，一则美观，二来洋气。那一天，一号的主体工程接近完成了，但后续的工作还很多，比如焊铁梯，比如装避雷针，比如勾砖缝，等等。那么一个危机重重的场合，无数支枪口都对准他了，但他不管不顾，浑然忘我，慢慢给大烟囱戴上了帽子，砌上了最后一块耐火砖。

第二天早上，公安摸了上去，却在烟道底部发现了他。

他跳了塔，死了。

一个月后，动力车间正式点火，一点就成功了。大烟囱矗立在黄河岸边，像一个巨人似的，简直威风极了。白天，它就站在地上，摸着云彩，嘴里喷吐着黑烟。尤其到了深夜，它的头上喷射出火焰，能把半个天空照亮。一号成了样板工程，图纸被大量复制，后来生出了许多的徒子徒孙。那一段，我们谁也不提他，一提起来，眼睛肯定是湿的。但在每个人的心里，他就是塔，塔也就是他，白天吐出的黑烟是冤屈，晚上祭奠的火焰在叫魂。后来，我们二十一个人咬破了指头，喝了血酒，决定一辈子守着一号大烟囱，守着这一座塔，除非我们自己干掉它。

他死了，一把火烧了，骨灰撒在了黄河里。

刚说过的，他是个绝户头，没有家，也没有儿女。他的死一直没有结论，甚至他的名字、籍贯和年龄据说都是伪造的，黑人黑户，彻底丧失了来历。他在厂里做夜班库管，一个无足轻重的小角色，组织上当初没做进一步的考查，便疏忽掉了。后来有了一点点风声，说他其实是个俘虏，原先在胡宗南的部队里当教员，北平的正牌大学生，土木工程毕业。彭德怀的一野解放灵台时，他被收编了，到了兰州又溜了号，从此隐姓埋名。大家不信这些传闻，也不敢公开提他，却又心里想死了他，天天想得眼睛里哭血。这么着，大家一合计，决定用他平常最喜欢的口头禅来称呼他。外人听见了，也神鬼不知，比较安全吧。

“称呼什么？”

“兄弟我！”

尕镜子惊了：“什么？原来兄弟我是一个人呀？”

“对，兄弟我就是他。”冯彬文道。

“兄弟我也是我。”王麻说。

马四十三和陈劳辛也不落后，纷嚷：“兄弟我就是我，我就是兄弟我。”

“哦，那他当初没给自己刻一块金砖吗？”

“没有。他可能有预感，他不敢刻。”

“那这些金砖怎么办？”

“兄弟我的骨灰撒在了黄河里，已经走了几十年了。”冯彬文哀叹一声，笃定说，“兄弟我走了，那这些金砖和名字，也要扔进去，一起陪着兄弟我，让黄河水去清洗干净吧。”

尕镜子起身，借着黯淡的星光，又伸手摩挲着眼前那一座微型的砖塔，指尖上识读着那些凌乱的文字。他明白，光阴无情，天道如命，这二十一个普通的名字有的凋零，有的斑驳，如今只剩下了为数不多的这几位，头顶白雪，老态横陈，已然迈入了晚境，一如他自己的父亲。尕镜子哀恳说：

“真抱歉！我不是什么民工头，我其实是个作家，我叫叶舟。”

冯彬文一笑：“马骥喊你来的。他给你泄的密，我知道。”

“我能写下这个故事吗？”叶舟问。

“兄弟我？”

“嗯，标题就叫《兄弟我》。”

“当然喽！”冯彬文答。

夜空中挂着一只风筝。风筝发光，好像有一股神秘的电流插在它身上，衬托出了它逶迤修长的尾巴，漫漶地飘在群山之上、星宿之间。这天晚上没月亮，但这帮老兄弟却耳聪目明，不知疲倦地折返在黄河岸边，将一块块金砖安顿在了水中。叶舟懵懂，猜不出这些名字究竟随水而逝，还是沉在了河底，最终模糊并且消失殆尽。依稀间，马四十三又扯开了破嗓子，漫唱了一首高原的民歌。歌词曰：

河里的鱼儿水养着，
头顶的老鹰天养着；
世上的行人万万千，
只有你是我的心养着。

这短暂的一生哟，
到了这里就终了；
来世少年的时节么，
再做相会的盘算。

（此文获2017年度《十月》文学奖）